डॉ. सुरेश अवस्थी
के
प्रतिनिधि व्यंग्य

डॉ. सुरेश अवस्थी
के
प्रतिनिधि व्यंग्य

संपादक

चक्रधर शुक्ल

सत्साहित्य प्रकाशन, दिल्ली

प्रकाशक : सत्साहित्य प्रकाशन,
694 (पहली मंजिल), चावड़ी बाजार, दिल्ली–110006
 / संस्करण : प्रथम, 2024 / पेपरबैक मूल्य : तीन सौ रुपए
मुद्रक : आर–टेक ऑफसेट प्रिंटर्स, दिल्ली ISBN 978-93-92573-97-2

DR. SURESH AWASTHI KE PRATINIDHI VYANGYA
Ed. Shri Chakradhar Shukla ₹ 300.00 (PB)
Published by **SATSAHITYA PRAKASHAN**
694 (First Floor), Chawri Bazar, Delhi-110006

संपादक की कलम से

व्यापक, सामाजिक, सांस्कृतिक सरोकारों की पड़ताल

लेखक-कवि डॉ. सुरेश अवस्थी की हास्य-व्यंग्य कृतियाँ 'सबकुछ दिखता है', 'व्यंग्योपैथी', 'नो टेंशन', 'आईने रूठे हुए', 'दशानन का हलफनामा'—को स्थिरचित्त होकर पढ़ने का अवसर मिला। व्यंग्यकार की विषय चयन की विविधता (Range) विस्मित करती है। उनकी व्यंग्य कविताओं की तरह गद्य में कहन शैली की सरलता किसी भी जिज्ञासु पाठक को गुदगुदाते हुए बाँधकर रख सकती है और विशेष बात यह है कि प्राय: हर रचना के अंत में पहुँचकर एक सकारात्मक संदेश मुखरित होता है। अपनी निष्कर्ष स्थापना के पीछे एक सुन्नागर व्यक्ति के रूप में लेखक स्वयं खड़ा दिखता है। आसपास के परिवेश में व्याप्त विसंगतियाँ, विकृतियाँ, विद्रूपताएँ सभी के मन को बेचैन करती हैं, व्यथित भी; पर डॉ. सुरेश अवस्थी उन्हें अपने व्यंग्य लेखन के केंद्र में लाकर लोक व चिंता बना देते हैं।

मेरे प्रथम प्रकाशित की महक समेटे क्षणिका संग्रह 'अँगूठा दिखाते समीकरण।' को हिंदी पाठकों ने आशातीत प्यार और सम्मान दिया, पर मैं अभी भी स्वयं को व्यंग्य लेखन का विद्यार्थी ही मानता हूँ। डॉ. अवस्थी को पढ़ने के बाद लगा कि नहीं, इनकी अभिव्यक्ति की सरलता के गूढ़ार्थ को सम्यक् रूप से समझने के लिए जरूरी है व्यंग्य विधा के पुरोधा हरिशंकर परसाईजी की व्यंग्य दृष्टि की रोशनी में डॉ. अवस्थी की व्यंग्य रचनाओं का विश्लेषण और विन्यास। परसाईजी का मानना रहा है कि व्यंग्य जीवन से साक्षात्कार कराता है, विसंगतियों, मिथ्याचारों, पाखंडों का पर्दाफाश करता है। इस परिप्रेक्ष्य में डॉ. अवस्थी की 'स्वर्ग की सीढ़ियाँ बिकाऊ हैं, रिश्ते में बाजार, बापू अमर रहे, जल्दी मत आना मिस्टर मानसून के सोथ, ऑनलाइन हँसी, ऑनलाइन आँसू जैसी व्यंग्य रचनाएँ व्यंग्यी रोब के साथ खरी उतरती हैं और अपनी प्रभावोद्पादकता में इस अवधारणा के बहुत नजदीक हैं। डॉ. बरसाने लाल

चतुर्वेदी इसका थोड़ा सरलीकरण करते हैं कि हर व्यंग्यकार का उद्देश्य विसंगतियों का मजाक उड़ाना है। डॉ. अवस्थी जब गुरु और शिष्य (चेला) के संवाद के माध्यम से किसी अनपेक्षित घटित को व्यंग्याभूषण पहनाते हैं तो विषय सहज बोधगम्य तो हो जाता है, पर व्यंग्यकार जो चुटकी काटता है, वह गुदगुदाहट के बीच नाखून गड़ाकर अचंभित करता है, चौंकाता है और अपने पाठक को जागरूक करता है। वह पाठक को भी अपनी चिंताओं का साझीदार बनाता है और बहुत कुछ सोचने को विवश करता है कि यह मात्र मजाक नहीं, प्रत्युत डॉ. अवस्थी सतही हकीकत का आईना दिखा रहे होते हैं। इस संदर्भ में उनके व्यंग्य लेख 'खुद को कूड़ा होने से बचाओ', 'बाहर सब कालिख रहे', 'सिर्फ वोट हो गए हम' बेहद प्रासंगिक हैं।

डॉ. अवस्थी के कृतित्व और व्यक्तित्व पर केंद्रित समीक्षा कृति 'भीतर घाम-बाहर छाँव' (भाव समीक्षक-श्यामसुंदर निगम) में इनकी रचनाधर्मिता में प्रतिनिधि निष्कर्ष रेखांकित किया गया है कि इस साहित्यकार-कवि के भीतर घाम की तपिश है, बाहर छाँव की शीतलता है। उन्हें सामाजिक, पारिवारिक, धार्मिक ताने-बाने का अनुभव कचोटता है। इन पंक्तियों के लेखक (मैंने स्वयं) ने डॉ. अवस्थी का एक लंबा साक्षात्कार लिया है, जहाँ उनकी सोच का पारदर्शी स्वरूप उनके देश-विदेश में फैले ? पाठक समूह के समक्ष लाने में मैं कुछ हद तक सफल हुआ। इसका श्रेय डॉ. अवस्थी की सहजता और सरलता के साथ उनकी साफगोई को देता हूँ। इतना ही नहीं, एक व्यक्ति के रूप में ? अपनी करिश्माई उपस्थिति से छोटे-छोटे कार्यक्रम को महोत्सव में बदलने की महारत भी रखते हैं।

जनप्रिय, लोकप्रिय, बहुआयामी व्यक्तित्व के धनी डॉ. सुरेश अवस्थी उनका मानस सहयात्री बना ही रहता है। उनका व्यंग्य एक सजग पहरुए का काम करता है तो साहित्यकार संवेदना के धरातल पर जिज्ञासु पाठक को जोड़कर मानवीयता की पाठशाला प्रशिक्षु बना देता है।

उनकी बहुमुखी प्रतिभा के प्रति अनंत शुभकामनाओं के साथ आशा करता हूँ कि इस संग्रह के लेख निश्चित रूप से उन्हें ज्यादा और से पढ़ने के लिए पाठकों को विवश करेंगे और नए व्यंग्य लेखकों के लिए भोंडेपन से विशुद्ध हास्य और सात्विक लेखन का मार्ग प्रशस्त करेंगे। उनकी ऊर्जावान लेखनी से अभी बहुत महत्त्वपूर्ण व्यंग्य/साहित्य/काव्य आने की आशा है।

—चक्रधर शुक्ल

लब्ध प्रतिष्ठित साहित्यकार, व्यंग्य

एल.आई.जी-1, बर्रा-6, कानपुर-27

मो. : 9455511337

गंभीर सरोकारों से जुड़ी रचनाएँ

डॉ. सुरेश अवस्थी हिंदी व्यंग्य के उन गिने-चुने रचनाकारों में से एक हैं, जिन्होंने व्यंग्य कविता और गद्य व्यंग्य दोनों ही क्षेत्रों में अपनी कलम की सार्थक छुअन दी है। अगर हम व्यंग्य कविता की बात करें तो हम देखते हैं कि जहाँ मंचीय कविता के शीर्षस्थ व्यंग्य रचनाकार के रूप में उनकी विशिष्ट पहचान है, दुनिया भर में उनकी मंचीय व्यंग्य कविताओं के प्रशंसक हैं। वहीं पत्र-पत्रिकाओं में प्रकाशन की दृष्टि से भी उनकी रचनाएँ बेहद सफल रही हैं। हिंदी की लगभग सभी प्रतिष्ठित पत्र-पत्रिकाओं में उनकी रचनाएँ अपनी उपस्थिति दरशाती रही हैं। इसके अलावा हिंदी गद्य व्यंग्य को समृद्ध करने में भी उन्होंने अपना विशिष्ट योगदान दिया है। उनके कई व्यंग्य-संग्रह अब तक प्रकाशित हो चुके हैं और साहित्य जगत् में काफी चर्चित रहे हैं। वे कई दशकों से एक राष्ट्रीय दैनिक में व्यंग्य स्तंभ लेखन कर रहे हैं। स्तंभ लेखन के अलावा भी उन्होंने प्रचुर मात्रा में स्तरीय व्यंग्य लेखन किया है, इसमें उनकी बड़े कैनवास की व्यंग्य रचनाएँ सम्मिलित हैं, जिनमें व्यंग्य निबंध और कथाएँ दोनों हैं।

डॉ. सुरेश अवस्थी का व्यंग्य लेखन बैठे-ठाले का लेखन नहीं है। वे सिर्फ लिखने के लिए लिखने के हामी नहीं हैं, अपितु उनका व्यंग्यकार अपनी सरोकारधर्मिता के कारण, समाज के प्रति अपने दायित्वों के निर्वाह के कारण लिखता है, अपने आसपास फैली विसंगतियों से बेचैन होकर, उनके खिलाफ माहौल बनाने के उद्‍देश्य से लिखता है। डॉ. अवस्थी के व्यंग्य का फलक बहुत विस्तृत है। उनकी दृष्टि की जद में राजनीति, समाज, साहित्य, संस्कृति, शिक्षा आदि सभी क्षेत्रों की विसंगतियाँ हैं। उनका व्यंग्यकार श्मशान घाट के कर्मकांड की ओट में की जा रही लूट पर भी दृष्टि रखता है तो वही खौफ की चादर के आर-पार झाँककर आतंकवाद की जड़ को भी पहचानने की कोशिश करता है। कहीं वह चौराहे पर पड़ रही ठंड में पेट के अलाव से जोड़कर देखता है तो कहीं नौनिहालों

के भूखे पेटों की पीड़ा का एक्स-रे करने की चेष्टा करता है। इस संग्रह में हर तरह की रचनाएँ हैं, जिनमें से कुछ विसंगति के जिस्म में चिकोटी काटने का एहसास कराती है। ऐसी रचनाओं में वेल इन टाइम वैलेंटाइन डे, साहित्य में झोलाछाप डॉक्टर, अब आ भी जाओ मानसून आदि का उल्लेख किया जा सकता है तो वहीं संग्रह में बेहद तीखे प्रहार की अनुभूति कराने वाली रचनाएँ भी हैं, जो पाठक को एकबारगी तो झिंझोड़कर रख देती हैं। ऐसी रचनाओं में टुकड़े-टुकड़े बापू, अजन्मी कन्या का बयान, चौराहे पर ठंड, पेट में अलाव, जब फूट-फूटकर रोए, नैतिकता के अनुशासन का परीक्षा परिणाम आदि का नाम लिया जा सकता है।

डॉ. सुरेश अवस्थी की व्यंग्य भाषा की बात करें तो हम देखते हैं कि उनकी भाषा रचना की प्रकृति के अनुसार अपना आकार ग्रहण करती है। वह आवश्यकता के अनुसार अन्य भाषाओं से शब्दों को ग्रहण करती है और अपने व्यंग्य को शक्ति प्रदान करती है। चूँकि अधिकांश भाषा रचनाएँ अखबारी व्यंग्य की शक्ल में हैं तो ऐसे स्थानों पर भाषा बहुत सरल और सहज संप्रेषणीय होकर सामने आई है। शैलीगत उपकरणों में वह वक्रोक्ति का सिद्ध प्रयोग करते हैं। प्रतीकात्मकता और सादृश्य विधान जैसी भाषिक शक्तियाँ भी उनके व्यंग्य की गुणवत्ता में वृद्धि करती हैं।

अंत में, डॉ. सुरेश अवस्थी के सरोकारपरक और जनोन्मुखी व्यंग्यों के इस संकलन के लिए, मैं उन्हें हार्दिक शुभकामनाएँ देता हूँ और आशा करता हूँ, जितना यह संग्रह मुझे पसंद आया है, उतना ही यह अन्य पाठकों को भी पसंद आएगा। इन्हीं शुभकामनाओं के साथ···।

—सुभाष चंदर

जी-186 ए.एच.आई.जी. प्रताप विहार
गाजियाबाद-201009
मो. : 9311660057

सात्त्विक आक्रोश की अभिव्यक्ति हैं डॉ. सुरेश अवस्थी की रचनाएँ

वरिष्ठ व्यंग्यकार डॉ. सुरेश अवस्थी की रचनाओं में अनीति, अन्याय और अव्यवस्था के विरुद्ध एक सात्विक आक्रोश देखने को मिलता है। सामाजिक, राजनीतिक, साहित्यिक आदि सभी क्षेत्रों की विसंगतियाँ उन्हें पीड़ित-व्यथित करती हैं और उनका संवेदनशील मन विद्रोह कर उठता है और रचनाओं के माध्यम से अपनी पीड़ा व्यक्त करने को विवश हो जाता है। उनका यह रचनात्मक विद्रोह समय, समाज और सरोकारों के प्रति उनकी सजगता और ईमानदारी की घोषणा करता है।

एक व्यंग्यकार के व्यंग्य-कर्म को वे व्यंग्य-धर्म मानते हैं और अपने लेखकीय दायित्व के लिए सदैव प्रतिबद्ध रहते हैं। विविध विषयों पर लिखी गई उनकी महत्त्वपूर्ण रचनाएँ उनके प्रगाढ़ अध्ययन और सुदीर्घ अनुभव का परिचय देती हैं। अपनी विलक्षण व्यंग्य-दृष्टि से वे समाज और व्यवस्था के विद्रूप को प्रखरता से रेखांकित करते हैं। पत्रकारिता से जुड़ाव के कारण सामयिक घटनाओं पर भी सदा उनकी पैनी नजर रही है। समसामयिक विषयों पर उनका प्रभावी लेखन उनके युगधर्म का ही प्रमाण है।

डॉ. अवस्थी शिक्षाविद् होने के साथ कुशल व प्रतिष्ठित मंच कवि भी हैं, जिससे उनकी भाषा-शैली अत्यंत सरल और सहज है। उनकी रचनाएँ सरल व बोधगम्य हैं और पाठकों से संवाद करती प्रतीत होती हैं। लेखक-पाठक के मध्य संवाद का पुल ही सार्थक सृजन की अनिवार्य शर्त है।

साहित्य के महायज्ञ में डॉ. सुरेश अवस्थी की नई 'समिधा' का शत-शत अभिनंदन!

—डॉ. पिलकेंद्र अरोरा
आभार, आजादनगर, उज्जैन
मो. : 9893441760

अनुक्रम

हमारी हिंदी पर कोरोना संक्रमण!!

कोरोनाकाल में कोरोना का हल्ला बोल संक्रमण मनुष्यों, उद्योग, व्यापार लुका-छुपी के प्यार, उत्सव, उल्लास, देशाटन सहित जिंदगी के तमाम क्षेत्रों में तो हुआ ही, अपनी हिंदी भाषा भी इस संक्रमण से अछूती नहीं रही है। हिंदी महसूस कर रही है कि उसका कोरोना संक्रमण स्थायी रूप से जुकाम से पीड़ित पुरुषों के गजत्व की तरह निरंतर बढ़ रहा है। शब्द ही नहीं, कई प्रायोजित मुहावरे भी नियोजित रूप से आ गए हैं। उस दिन समाचार-पत्र उठाते ही हिंदी भाषा मजबूर मजदूरों की तरह विवश बोली, "मेरा 'प्रवासी' शब्द इतना व्यापक था कि उससे विदेशों में बसने वाले भारतीय का बोध होता था, पर बुरा हो कोरोना का, अपने गाँव से बाहर किसी शहर जाने वाला मजदूर भी 'प्रवासी' हो गया?"

वैसे हिंदी में भारतीय राजनीति की तरह व्यापक लचीलापन और लाभकारी समन्वयवाद है, फिर भी अतिवाद हो तो उसे पीड़ा होती ही है। 'कोरोना' को लेकर 'लोकल' से भी आदमी व्यापक वोकल होकर 'ग्लोबल' ज्ञान बघारने में जुटा है। 'सामाजिक दूरी' को 'सोशल डिस्टेंसिंग' और 'शारीरिक दूरी' को 'फिजिकल डिस्टेंसिंग' घोषित करके मेरी सामर्थ्य को उसी तरह चोट पहुँचाई जा रही है जैसी मजदूरों को लगी है। मेरे मानद पुत्र शब्द समूह 'एकांतवास' को सिद्ध ऋषि-मुनियों ने भी प्यार-दुलार दिया, पर कोरोना की दुष्टता ने इसे तिरस्कृत कर 'क्वारंटाइन' बना दिया। 'स्वच्छता पदार्थ', 'सैनेटाइजर' बन गया तो कोरोना वाहक का 'कोरोना कैरियर्स' कोरोना योद्धाओं को 'कोरोना वारियर्स' नाम देकर मेरी अभिव्यक्ति की शक्तिमत्ता को नकारकर मुझे गरीब बनाने की कोशिश की गई, जबकि मैंने कुछ राज्य सरकारों की तरह जबरिया आँसू बहाकर राहत पैकेज तो माँगा नहीं था।

हमारी हिंदी थोड़ी देर खामोश होकर लंबी-लंबी साँस भरने लगी। मैंने अनुभव से उसकी थर्मल जाँच की तो वह गहरी साँस खींचकर फिर बोली, "प्रियवर! आप 'मुखरक्षक' अर्थात् मास्क लगा लो, नहीं तो जैसे मुझे आम्ल विषाणु जकड़-पकड़

रहा है, आप भी वायरसित हो सकते हैं।" वह आगे बोली, "अब देखिए, पहले मेरे 'विचार मंथन' को 'सेमिनार' नाम दिया गया और अब कोरोनाकाल ने इसे वेबिनार बना दिया। ऑनलाइन होम डिलीवरी, फूड पैकेट, हॉटस्पॉट, कॉटेनमेंट, ग्राउंड रिपोर्ट जैसे कई शब्द ब्रेकिंग न्यूज की तरह आकर 'एक्सक्लूसिव बनकर मुझे मुँह चिढ़ाते हैं। मेरा मन कोरोना वार्ड की तरह खामोश हो जाता है। ये सब हाथ धो-धो कर मेरे पीछे पड़े हैं।"

मुझे मेरी मातृभाषा-राजभाषा का दु:ख परेशान कर रहा था। मैंने कहा, "ये तो आपकी ही शक्तिमत्ता है। किसी भी भाषा का कोई भी शब्द आप पूरी अर्थवत्ता के साथ अपने आप में समाहित कर लेती हैं और फिर उनके माध्यम से अभिव्यक्ति देती हैं। जैसे 'कैपिटल एक्सप्रेस ट्रेन लेट है' में केवल है आपका है, फिर भी आमजन को पूरी बात समझ आती है।" वह आक्रोश में बोली, "मैं भाषा हूँ, कोई नदी नहीं, जो चाहे कूड़ा-करकट फेंक जाए और उसे गोद में उठा लूँ। अब देखिए कोरोनाकाल में लोगों ने कैसे मुहावरे गढ़ लिये हैं जैसे अब वुहान की औलाद एक पंच मारेंगे तो जस्ट आइसोलेट हो जाओगे। "अक्ल से अमेरिका शक्ल से पाकिस्तान।"

मुझे एहसास हुआ कि सच तो यह है कि हम 'ब्रांडेड के व्यामोह में जकड़े', 'पराये पात के भात' की गुणवत्ता पर आँकड़े, 'दूर के ढोल सुहाने' को पकड़े, 'आत्मनिर्भरता' और 'स्वदेशी' की ओर पीठ करके सुस्ता रहे हैं। आपको नहीं लगता है कि हमारी तरह हमारी भाषा भी संक्रमण संकट से परेशान है?

□

इम्युनिटी, ह्यूमैनिटी, कम्युनिटी

अचानक फोन की घंटी बजी। घड़ी देखी, रात के 11:30 बजे थे। फोन मेरे ही अपार्टमेंट में रह रहे मित्र का था। रिसीव करते ही बोला, "डॉक्टर साब, मेरी पत्नी की माँ यानी कि मेरी सासूजी इस दुनिया को छोड़कर चली गई हैं। वे अपनी इकलौती बेटी के नाम पर 35 लाख रुपए की एफ.डी. और कुछ संपत्ति छोड़कर गई हैं। उन्हें कोरोना हुआ था। उनकी इम्युनिटी इतनी कमजोर थी कि वे दो दिन भी बुखार नहीं झेल सकीं।" इतना कहकर उसने फोन काट दिया। मुझे शोक व्यक्त करने का मौका तक नहीं दिया। मैं सोचने लगा, मित्र का उद्देश्य सासू माँ की मृत्यु का संदेश देना कम, संपत्ति छोड़कर जाने का अधिक था। मन में आया, फोन मिलाकर उसे कहूँ कि तुम्हारी पत्नी की माँ की इम्युनिटी भले ही कम हो गई हो, परंतु तुम्हारी ह्यूमैनिटी माइनस जीरो पर खेल रही है, पर खामोश ही रहा।

इन दिनों देश में जो वायरसित वातावरण चल रहा है, उसमें अंग्रेजी के नाम वाले तीन जुड़वाँ भाई जैसे घर-घर मेहमान बने बैठे हुए हैं, जबकि तीनों के स्वभाव अलग हैं। ये तीनों हैं—इम्युनिटी, ह्यूमैनिटी और कम्युनिटी। इम्युनिटी को हर कोई गले लगाना चाह रहा है तो कम्युनिटी से दूरी बनाकर रह रहा है और ह्यूमैनिटी जैसे बीमार-बसी हो रही है। हर व्यक्ति फल, फूल, सब्जी, आयुर्वेद, होम्योपैथी, यूनानी, तंत्र-मंत्र व योग आदि पता नहीं कहाँ-कहाँ से इम्युनिटी निचोड़कर पीने की फिराक में है। बेचारा कम्युनिटी अलग-थलग पड़ा हुआ अपने भाग्य को कोस रहा है। क्या समय था, जब कई लोग एक साथ जमा होकर खाते-पीते थे, हँसते-बोलते व बातें करते थे, नाचते-गाते थे। कम्युनिटी के साथ लोगों में इम्युनिटी अपने आप आ जाती थी। इस दौर में कम्युनिटी सन्नाटे में घुट रही है और 'आपदा को अवसर' बनाने में जी-जान से जुटी बीमार ह्यूमैनिटी, नकली इंजेक्शन, सैनेटाइजर की जगह निखालिस पानी, कई गुना दामों पर दवाइयाँ बेच रही है। कहीं बीमार को बेड दिलाने के लिए दलाली तो कहीं ऑक्सीजन के नाम नाजायज कमाई में फँसी है।

जिनकी ह्यूमैनिटी ने रंग बदला तो कम्युनिटी ने उनके संबोधन भी बदल दिए। टी.वी. चैनल से लेकर घरों में लोग उन्हें राक्षस, नर पिशाच, दुष्ट, लाशों के सौदागर और साँसों के नीच व्यापारी कह रहे हैं। संभ्रांत लोगों का संकट ये है कि वे अबोध बच्चों को इन संबोधनों का अर्थ क्या और कैसे समझाएँ? खाली बैठे बच्चे हैं कि सवाल किए बिना मानते ही नहीं।

हम सोचते हैं कि इन नीच-गलीज जनों में इतनी इम्युनिटी कहाँ से आ गई कि इन्हें किसी का भय नहीं?

अगले दिन जब फिर से मित्र का फोन आया तो मैंने पूछा, "घर में तो बहुत ही उदासी का वातावरण होगा?" बोला, "रात में ही अपार्टमेंट की पूरी कम्युनिटी को मैंने यह सूचना दे दी थी। जहाँ तक घर में दु:ख के वातावरण की बात है तो 70 साल की थीं, जाना ही था, चली गईं। तुम्हारी भाभी थोड़ा दु:खी हैं, पर काहे का दु:ख! उन्होंने जिंदगी जी और हम लोगों के जीने का साधन छोड़ गईं। जाते-जाते भी एक पैसा खर्च नहीं कराया।" फोन रखा तो दिमाग चकरघिन्नी की तरह घूम रहा था। पहले एक गिलास गुनगुना पानी पीकर मैंने गले और फिर थोड़ी भाप लेकर नाक, गला व दिमाग को सैनेटाइज किया। इसके बाद इम्युनिटी बढ़ाने के लिए दो संतरे खाए। कर्पूर-अजवाइन की पोटली सूँघी, गरम पानी में तुलसी का अर्क डालकर पिया।

हल्दी वाला दूध लिया। टी.वी. खोला तो देखा, न्यूज शुरू होने से पहले एक-एक करके नौ उत्पादों के विज्ञापन आए, जिनमें से 7 ऐसे थे, जो इम्युनिटी बढ़ाने का दावा कर रहे थे। दिमाग चकरा गया, टी.वी. बंद किया और सोच में पड़ गया, कोरोना आने से पहले क्या हमें इम्युनिटी बढ़ाने की बिल्कुल जरूरत नहीं थी। अब बालों में लगाने वाले तेल को भी इम्युनिटी बढ़ाने वाला बताया जा रहा है। सच तो ये है कि बाजारवाद की पालकी पर सवार होकर अंग्रेजी-हिंदी के कुछ शब्द— इम्युनिटी, सैनेटाइज, हैंड वाश, आइसोलेशन, क्वारंटाइन, कोविड, ऑक्सीमीटर, 2 गज की दूरी, मास्क है जरूरी, आदि ऐसे बस गए, बच्चों के नाम भूलने लगा हूँ। हो-न-हो, कल आने वाले बच्चों के नाम इन्हीं के नाम पर रखे जाएँ। कोरोना एक-न-एक दिन चला जाएगा, पर अगर किसी की ह्यूमैनिटी मर गई तो वक्त ऐसे लोगों को कम्युनिटी से निकालकर जीते-जी श्मशान में फेंक देता है।

□

आपदा में आत्मनिर्भरता एवं कौशल विकास के अवसर

अभी-अभी काम करके लेटा ही था कि मित्र हाँकू पहलवान का फोन आ गया। मेरे मित्रों की टोली में एक शिक्षक एच.के. पहलवान हैं, जिन्हें हम सब मजाक में 'हाँकू पहलवान' कहते हैं। इसलिए भी कहते हैं, क्योंकि जब वे बात शुरू करते हैं तो फिर जल्दी बंद नहीं होते। जब वे पूरी तरह से सेल्फी मूड में होते हैं तो फिर उनकी बातों के आत्मनिर्मित वीडियो को किसी और को बंद करने की अनुमति नहीं मिलती। विषय कोई भी हो, तरह-तरह के उदाहरणों के साथ बोलते जाते हैं, बोलते जाते हैं। लॉकडाउन में मैं भी खाली बैठा था तो सोचा चलो, बात करते हैं। वह चहककर बोला, "डॉक्टर साहब, नमस्कार, कैसे हैं?" मैंने जवाब दिया, "भाईजी, लॉक हूँ, पर डाउन नहीं हूँ।"

मैंने भी पूछा, "क्या चल रहा है लॉकडाउन में?"

वह जोर से हँसा और बोला, "क्या चलेगा, 'जाहि विधि राखे राम ताहि विधि रहिए' आजकल तो इसी पर अमल कर रहा हूँ, क्योंकि हमारे धर्मगुरुओं ने समझाया है, 'हुई है वही जो राम रचि राखा।' इसी पर भरोसा करके लॉकडाउन में दिन काटने की कोशिश कर रहा हूँ।" मैंने कहा, "बात तो सही है, पर सब करता तो ऊपर वाला या वक्त ही है।"

उसने मेरे अतिरिक्त ज्ञान वाले तर्क पर हामी भरी और बोला, "अच्छा या बुरा तो मैं नहीं जानता, इतना जानता हूँ, इस लॉकडाउन में मुझे "जब आवे संतोष धन सब धन धूरि समान' का अर्थ अच्छी तरह से समझ में आ गया है। इस बीच आपदा को अवसर बनाने की कला भी सीख गया हूँ। इतना ही नहीं, आत्मनिर्भर हूँ और कौशल विकास कार्यक्रम भी चल रहे हैं। मैं तो कहता हूँ डॉक्टर साहब, आप भी इस दिशा में आगे बढ़ें। आप तो लेखक हैं, मसाला मिलेगा लिखने के लिए।"

मुझे हँसी आ गई। वह बोला, "वाह! आप हँस रहे हैं। अच्छी बात है, मैंने भी इस बीच परिस्थिति कुछ भी हो, पर हँसना नहीं छोड़ा। कभी टी.वी. पर आ गई बहस पर हँसता हूँ तो कभी बीवी की एकल प्रशिक्षण पाठशाला में अभ्यास करते-करते अदृश्य रूप से हँसता हूँ। कभी-कभी मित्रों की पुरानी बातें याद करके भी हँसता हूँ। कहा गया है कि हँसना और हँसाना एक पूजा है। जब कोई हँसता है तो ईश्वर की प्रार्थना करता है और जब कोई किसी को हँसाता है तो ईश्वर उसके लिए प्रार्थना करता है।"

मुझे फेंकूजी की बात अच्छी लगी और मेरी हँसी निकल पड़ी। मैंने पूछा, "मित्र, यह बताइए यह आपदा में अवसर, कौशल विकास, आत्मनिर्भर क्या हैं? इनका कोविड काल में मुझसे क्या लेना-देना?" वह फिर हँसा और बोला, "भैया! मैं तो इतना जानता हूँ कि मौसम व माहौल कैसा भी हो, पर हौसला कुतुबमीनार हो तो आकाश को भी करीब से देखा जा सकता है। आपको तो पता है कि मैं जिस अपार्टमेंट में रहता हूँ, वह नौ मंजिल का है। सबसे नीचे का, सामने का अपार्टमेंट मेरा है। जब से लॉकडाउन लागू हुआ है, ऊपर की आठ मंजिल के लोगों के लिए सब्जी खरीदने का काम मैं कर रहा हूँ। वे लोग डलिया लटका देते हैं। मैं डलिया से नोट निकालता हूँ और सब्जी वाले से सब्जी लेकर उसमें रख देता हूँ। जब यह काम पूरा हो जाता है तो सब्जी वाले से मैं कभी धनिया तो कभी कुछ और निःशुल्क ले लेता हूँ। यही तो है ई-आपदा को अवसर बनाना।"

मैंने कहा, "वाह, इस काम के लिए तो आपका सार्वजनिक अभिनंदन होना चाहिए।" वह बोला, "क्या इरादा है, इस समय सार्वजनिक अभिनंदन का। कोई दुश्मनी निकाल रहे हो क्या?" अब मुझे हँसी आ गई। बात बदलने के लिए मैंने पूछा, "आप आत्मनिर्भर कैसे हुए भाई?" उसने जवाब दिया, "लॉकडाउन में मुझे लगता है, सभी आत्मनिर्भर हुए होंगे। अब देखिए, मैं अपने बाल खुद काटता हूँ। दाढ़ी खुद बनाता हूँ। कपड़े खुद धोता और प्रेस करता हूँ। यह आत्मनिर्भरता नहीं तो और क्या है? मेरा विश्वास है, यह तो आप भी कर रहे होंगे, क्या कभी भाभी की साड़ी प्रेस करते हुए आपने नहीं सोचा कि आप कितना आत्मनिर्भर हो गए हैं?"

फेंकू बात तो सही कह रहा था, पर पुरुषोचित और पतियोचित दंभ आड़े आ गया तो थोड़ी देर खामोश रहा। स्वंभू दंभ से बाहर निकला तो हँसते हुए कहा, "तुम सही कह रहे हो। मैं भी कई मामलों में आत्मनिर्भर हो गया। कई कार्यकलापों में कौशल विकास में लगा हूँ।"

फेंकू हँसा। बोला, "बिल्कुल ठीक कर रहे हो। इसी में भलाई है, क्योंकि

कहा गया है कि "रहिमन विपदा हू भली जो थोड़े दिन होय, हित-अनहित या जगत् में जान परत सब कोय।" यानी कि नहीं करोगे तो विपदा खत्म होने पर किसी को मुँह दिखाने काबिल नहीं बचोगे। कोरोना की कसम, पहले मुझे चाय तक बनानी नहीं आती थी। लॉकडाउन में चाय तो छोड़िए, सूप, सब्जी, कढ़ी और रोटी बनाना सीख लिया। ऐसा कौशल विकास हुआ कि अब तुम्हारी भाभी शाम होते ही बोल देती हैं, आप मुझसे अच्छा पकाते हो, इसलिए आप ही। और इसके बाद चाहे-अनचाहे मुझे ही कौशल विकास प्रशिक्षण में जुटना पड़ता है। अच्छा आप बताओ कि आपने आत्मनिर्भरता के साथ इस कौशल का कितना विकास किया?" मैं सच बोलने के बजाय खामोश ही रहा। उसने ज्यादा नहीं कुरेदा तो मेरा पतियोचित दंभ संतुष्ट हुआ।

फेंकू आगे बोला, "मैंने तो दूसरा लॉकडाउन शुरू होते ही तेरी भाभी से 'जेहि बिधि होय 'बॉस' हित मोरा, करहु सो बेगि 'खास' मैं तोरा" कह दिया था। बस उसके अनुसार ही लॉकडाउन कट रहा है। अभी उस दिन मैं मुँह पर अँगोछा बाँधकर बाहर बरतन धो रहा था। सामने वाले फ्लैट के छज्जे पर खड़ी महिला ने इनको फोन किया, 'दीदी, मेरी काम वाली बाई नहीं आ रही है। ये जो आपने नया आदमी रखा है न बरतन धोने को, बहुत मन से काम कर रहा है। उससे बात करो मेरे यहाँ भी।' फोन का स्पीकर खुला था। मैंने सुना तो जोर का झटका धीरे से लगा। देखा, तेरी भाभी को तो जोर से खाँसी आ गई। वो कुछ नहीं बोली और फोन काट दिया।"

"आपको उस लेडी की बात सुनकर बुरा नहीं लगा?" मैंने पूछा तो फेंकू हँसते हुए बोला, "मुझे तो खुशी हुई, क्योंकि उसने मेरे काम की कुशलता की तारीफ जो की थी।" उसके इस जवाब से मैं तय नहीं कर पाया कि क्या कहूँ। अंततः वही बोला, "माई डियर फ्रेंड! तुम्हारी भाभी ने भी इस बीच बच्चे की ऑनलाइन क्लास कराने और उसे होमवर्क कराने में जो कौशल विकास हासिल किया है, वो कमाल का है और बच्चे ने तो पिछले दिन जिस कौशल का परिचय देते हुए आपदा में अवसर निकाला, वह तो और भी कमाल ही हुआ।" मेरी जिज्ञासा बढ़ी तो पूछ लिया कि क्या हुआ? उसने किंचित् गर्व के साथ बताया, "उसके मामाजी लॉकडाउन में आ गए और जाने का नाम ही नहीं ले रहे थे। मैं 'जा पर कृपा 'बॉस' की होई, ता पर कृपा करे सब कोई' की व्यवस्था से मजबूर था, पर पुत्तर ने 'जहाँ काम आवै सूई, काह करै तरवार' की सूई का कमाल किया। हुआ ये कि एक दिन पुत्तर से मामाश्री ने यों ही पूछ दिया कि तेरी ऑनलाइन पढ़ाई कैसी चल रही है? पुत्तर ने

जवाब दिया, 'बिल्कुल रुकी हुई है, जैसे आप रुके हुए हो।" फिर क्या था, एक घंटे के भीतर साला खिसक लिया।"

बात लंबी हो चुकी थी। शाम की चाय बनाने की मेरी आत्मनिर्भरता व कौशल विकास मुझे बार-बार कोच रहे थे, सो मैंने कोई कॉल आने का बहाना करके फोन काटने का संकेत किया। वह भी समझ गया था शायद। "अच्छा ठीक है, माहौल भले ही ठीक न हो, पर मन ठीक रखो। मिल-जुलकर संकट का सामना करो, सब झकास ही रहेगा।" कहकर उसने फोन काट दिया।

□

बिकाऊ हैं स्वर्ग की सीढ़ियाँ!

"बिना किसी प्रोग्राम के स्वर्ग सिधारे पिताजी की अंत्येष्टि के साथ-साथ खुद के वजूद की अंत्येष्टि करके लौटा हूँ।" गुरुदेव के इस वक्तव्य से हतप्रभ शिष्यों ने समवेत पूछा, "अपने वजूद की अंत्येष्टि का मतलब?" गुरुदेव गंभीर हो उठे। उन्होंने आँखों से निकलकर चेहरे पर फैल गए आँसुओं के साथ पसीना पोंछते हुए कहा, "श्मशान घाट के कथित पंडित मृतकों की अंत्येष्टि कराने में उनके परिजनों की जेब जिस चतुराई से काटते हैं, उससे मृतक की मुर्दा व परिजनों की जिंदा अंत्येष्टि होती है।" शिष्यों ने विस्तार से जानकारी चाही तो गुरुदेव ने आँखों देखी कथा सुनाई, "जैसे ही श्मशान पर शव यात्रा पहुँचने वाली थी, कुछ लोगों ने घेर लिया। एक बोला, 'किस ढंग से अंतिम संस्कार कराना है? सनातन, आर्यसमाजी अथवा किसी और तरीके से?' पिताजी ने अपनी वसीयत में भी ऐसा कुछ लिखकर स्वर्ग प्रस्थान नहीं किया था, सो चौंकने के साथ सोचना जरूरी था। मैंने सनातन बता दिया। इसी बीच दूसरा व्यक्ति बड़ी आत्मीयता के साथ मेरे कान में फुसफुसाया, 'भाईसाहब, जो लड़का बात कर रहा था, बड़ा लूटू है। उसके चक्कर में मत फँसना।' इसी बीच एक बेहद मोटा आदमी आ टपका और चिता की लकड़ी सजाने लगा। उसके पास एक और आदमी खड़ा होकर कुछ मंत्र जैसे पढ़ने लगा। उन्हें देख पहले आने वाले टहल लिये। आने वाला व्यक्ति शायद उनकी अंत्येष्टि आयोजन पार्टी का उच्च पदस्थ नेता अथवा ठेकेदार था।" गुरुदेव की गंभीर बात सुनकर शिष्यगणों की जिज्ञासा और बढ़ गई। उन्होंने पूछा तो गुरुदेव ने प्रसंग आगे बढ़ाया, "इधर लोग शोक संवेदना व्यक्त कर रहे थे और उधर चिता सजा रहे व्यक्ति ने कहा कि जिसे कार्यक्रम (क्रियाकर्म) करना है, वह यहाँ आए। मैं उसके पास पहुँचा तो उसने सीधे संवेदना पर हमला किया, 'खाता-पीता घर छोड़कर चले गए हैं पिताजी। पूरे मन से काम करो। सबकुछ उन्हीं के आशीषों से है।' मेरे भीतर जैसे मेरे साथ पिता भी सुबकने लगे। अब तक पिता के शव को नहलाया जा चुका

था। चिता पर रखा तो पूजा शुरू हुई। बालू का एक पिंड पिता के एक हाथ में रखकर कथित पुजारी ने कहा कि जिन्हें दान करना हो, वे पिता के हाथ में रख दें। इससे बड़ा कोई पुण्य नहीं है, क्योंकि ऐसा करने वालों की उम्र बढ़ती है और मृतक सीधे भगवान् के दरबार में पहुँचता है। संवेदना ने फिर से मन को छुआ और मैंने 50 का एक नोट रखा। पिताजी के रात की ड्यूटी से लौटने पर मैंने उठकर दरवाजा भले ही न खोला हो, पर मृत पिता के लिए स्वर्ग का दरवाजा खोलने की कोशिश करने में मुझे गर्व का अनुभव हो रहा था। अब क्या था, साथ के सौ से अधिक लोगों ने 5 से 50 तक के नोट रखकर अपनी और अपने बुजुर्गों की उम्र बढ़ाई। पिता की हथेली के साथ मेरी अंजुली भी नोटों से भर गई। सेवानिवृत्ति के बाद हमने अथवा खुद पिताजी ने अंजुरी में शायद ही इतने नोट रखे हों। जरूरत पड़ने पर जिन्होंने कभी दस का नोट उधार नहीं दिया, उन्होंने भी 50-50 के नोट रखे। लोगों में संवेगात्मक होड़ लग गई थी। नोट-ही-नोट, पर पिताजी के लिए नहीं, उनके लिये स्वर्ग की सीढ़ियाँ खोलने वाले कथित पंडितजी के लिए थे ये नोट। उसने नोट समेटे और बोला कि बड़े प्रतापी लोगों के इतने व्यवहारी बनते हैं। स्वर्ग की सीढ़ी बनने लगी है, पिताजी जरूर सीधे स्वर्ग जाएँगे।"

कहते-कहते गुरुदेव कहीं शून्य में खो गए। शिष्यगण थोड़ी देर शांत रहे, फिर प्रसंग आगे बढ़ाने का आग्रह किया। गुरुदेव बोले, "इसके बाद गोदान, आत्मशांति, मंत्रपाठ, दक्षिणादान आदि पता नहीं कौन-कौन से मदों में कथित पुजारी ने रुपए रखवाए। हर बार उसने स्वर्ग जाने वाली सीढ़ी में एक पायदान बढ़ने का संकेत दिया। अब तो पिताजी का सीधे स्वर्ग जाना तय लग रहा था। वैसे भी पिताजी मेरे हों अथवा किसी और के—मरने वाला सच्चरित्र हो अथवा दुष्चरित्र, वह स्वर्ग जाए या नरक, अपने यहाँ मरने के बाद सभी स्वर्गीय कहलाते हैं। अपना घर भले ही स्वर्ग न बना सके, पर मरने के बाद सबकी कामना स्वर्ग जाने की ही रहती है। सोचने वाली बात यह है कि यदि सभी स्वर्ग ही जाते हैं तो स्वर्ग और नरक में क्या फर्क रहता होगा ? चिता यों कर जली। पुजारी ने सलाह दी कि फूल सवेरे चुन लेना। सभी ने विदा लेनी शुरू कर दी। थोड़ी देर में पुजारी ने क्रियाकर्म कराने का मेहनताना (दक्षिणा) माँगा। पूछा तो 2100 रुपए बताए। साथ में भाषण दिया कि पिता के लिए तो कुछ भी कर दो, कम होता है। किसी ने तर्क दिया कि ये तो ज्यादा हैं तो उसका स्वर बदल गया, 'पिता लाखों देकर स्वर्ग सिधारे हैं और उनकी देहशांति के लिए 2100 भी खर्च नहीं कर सकते ? क्यों उनका परलोक बिगाड़ रहे हो ?' मन किया कि चीखकर कहूँ कि पिता के पास लाखों थे तो, पर रुपए नहीं जिम्मेदारियाँ।

वही सब देकर स्वर्ग सिधारे हैं। इतनी ही श्रद्धा है तो उनमें से एक-दो बाँट ले, पर वहाँ सच्चाई सुनने वाला कौन था! तो 2100 रुपए अदा किए। अभी वह पीछे हटा ही था कि एक और आगे आकर बोला, सफाई के लिए दीजिए यजमान। सफाई? हाँ, जहाँ चिता सजाई गई थी, उस स्थान को साफ किया था। 200 रुपए में बात छूटी। इसके बाद एक ने उस फूस के पैसे माँगे, जिसमें आग का टुकड़ा रखकर आग दी गई थी। वह हटा तो चिता सजाने वाले ने हथेली पसार दी। उसकी मुट्ठी गरम की-तो पानी पिलाने वाला आ गया। ऐसे दो और लोगों ने पिता को स्वर्ग पहुँचाने का टैक्स वसूला।" थोड़ी देर साँस भरने के बाद गुरुदेव बोले, "सवेरे फूल चुनने पहुँचा तो किसी और ने पूजा कराई। फिर से पूजा फंड दिया। चिता की राख साफ करने वाले ने अलग से रुपए लिये। मृत्यु प्रमाण-पत्र ब्योरा दर्ज कराने के लिए भी माँग हुई। पिता की अंत्येष्टि करते-करते अपनी भी अंत्येष्टि होती दिखी।"

गुरुदेव शांत हुए तो शिष्यगण और गंभीर हो उठे। सन्नाटा और गहरा गया था। थोड़ी देर बाद एक बोला, "गुरुदेव, सभी शहरों में ऐसा ही होता है!" दूसरे ने कहा, "गुरुदेव, इस लूट-खसोट के खिलाफ कुछ करना चाहिए।" गुरुदेव ने मौन तोड़ा, "मैं तो उनके बारे में सोच रहा हूँ, जिन्हें घर का सामान बेचकर अथवा उधार लेकर क्रियाकर्म करना पड़ता है। तब तो जिंदगी से भारी मौत हो जाती होगी।" गुरुदेव ने लाल-लाल हो गईं आँखों पर धोती का पल्लू रखा, जैसे दुनिया का नग्न सच देखने की हिम्मत न कर पा रहे हों। किसी ने बुदबुदाना शुरू किया—

चीलों को मांस की निगरानी
गिद्धों को हरे पेड़ की निगेहबानी
यहाँ का अजीब चलन है।
घरों से बाहर
निकलूँ भी तो कैसे निकलूँ
तप रहा है सूरज, फिर भी गलन है।
रुपयों से खुलतीं जो
स्वर्ग की सीढ़ियाँ।
सिर्फ और सिर्फ तरतीं
अमीरों की पीढ़ियाँ।

□

पेट की पगार बच्चे

कहते हैं, बच्चे राष्ट्र का भविष्य हैं, परंतु वे अपनी पर उतर आएँ तो किसी भी अधिकारी का वर्तमान खराब कर सकते हैं और छोरे गंगा किनारे वाले हों तो कहने ही क्या ? हाल ही में गंगा किनारे के छोरों ने दोपहर को स्कूल में भोजन करके जो उलटियाँ कीं, उससे शासन को उलटियाँ होने लगीं। पहली उलटी में ग्राम प्रधान के विरुद्ध एफ.आई.आर. उगली, दूसरी में ए.बी.एस.ए. का निलंबन और तीसरी में बी.एस.ए. को जप लिया। बच्चों की उलटी से कितने ही लोगों का वर्तमान खराब हो गया, अब उनके भविष्य का भगवान् ही मालिक है। फिलहाल सरकारी पेट का दर्द तो खत्म हो गया, परंतु बच्चों का पेट अभी भी दुख रहा है, क्योंकि उन्हें दस दिन से भरपेट खाने को नहीं मिला है। गंगा किनारे के इन छोरों ने इतना बड़ा बखेड़ा खड़ा कर दिया कि पूरा अमला परेशान है कि करें तो क्या करें ?

शायद इसीलिए कहते हैं कि कभी बच्चे भोले-भाले होते थे, परंतु अब केवल भाले ही रह गए हैं। जब से स्कूलों में खाना मिलना शुरू हुआ है, पढ़ाई पीछे, खाना आगे हो गया है। पेट और दिमाग के बीच युद्ध चल रहा है। इन बच्चों का दिमाग पेट के पीछे-पीछे भागता रहता है। जब तक पेट खाली, दिमाग खाने के बारे में सोचता है और जैसे ही पेट भरा, दिमाग खेलने-कूदने के बारे में सोचना शुरू कर देता है। 'खाओ और पढ़ो' का नारा 'खाओ और खेलो' में बदल जाने से पूरी पीढ़ी केवल खाने के लिए स्कूल जाती है। हमने एक मास्टरजी से पूछा, "पढ़ाई कैसी चल रही है ?" तो बोले 'पढ़ाई ? कैसी पढ़ाई ? तमाम बच्चे तो जैसे ही भोजन का समय होता है, उसी समय स्कूल में आ धमकते हैं, तो समय पर आने वाले बच्चों का पूरा समय बरतनों के जुगाड़ में कटता है। दो पीरियड बाद में वे घरों से कटोरी-तश्तरी लेने जाते हैं। एक पीरियड के बाद लौटते हैं। जब तक भोजन नहीं आ जाता, किताबें नहीं खोलते। भोजन करने के बाद वे बरतन रखने जाते हैं और फिर अगले दिन ही लौटते हैं।"

मास्टरजी का मासूम जवाब सुनकर लगा कि इस देश के गरीब बच्चों को किताबों की नहीं, सिर्फ पूरी, सब्जी, तहरी, मीठे चावल व खिचड़ी की जरूरत है। हमने मास्टरजी से पूछा, "वे नहीं पढ़ना चाहते तो आप क्यों नहीं पढ़ाते?" सवाल सुनकर मास्टरजी का मुँह लाल हो गया। थोड़ा संयत होकर बोले, "कब पढ़ाएँ और किसको पढ़ाएँ? कक्षा एक से पाँच तक के बच्चों को एक साथ घेरे रखने की सेवा क्या कुछ कम है? बच्चों के नाखून देखने, तेल कंघी करने, उनकी यूनिफॉर्म निरीक्षित करने, भोजन पकवाने, चखकर उसे सही होने का प्रमाण देने, बच्चों के हाथ धुलवाने, भोजन परोसने, अपने सामने खिलवाने, जूठे बरतन धुलवाने, खो गए बरतनों का झगड़ा निपटवाने, स्कूल की मरम्मत, भवन निर्माण, रँगाई-पुताई, यूनिफॉर्म की ग्रांट सही जगह खर्च हो, इसके लिए ग्राम प्रधान या पार्षद से लड़ाई लड़ने से समय बचे, तब तो बच्चों को पढ़ाने का माहौल बने?"

साँस लेकर फिर बोल पड़े, "जुलाई में बच्चों को घर-घर खोजने जाओ, फिर उन्हें स्कूल तक लाने के लिए जुलूस निकालो। अधिकारी फरमान जारी कर दें तो पशुओं की गणना करो, वोट लिस्ट संशोधित करो, राशन कार्ड बनवाओ, इसके बाद समय मिले तो पढ़ाओ! अब आप ही बताएँ कि वे शिक्षक हैं या जादूगर कि हर काम समय पर सही तरीके से हो जाए? इतना ही नहीं, सरकारी समायोजन कुटीर उद्योग का शिकार होने से बचने, निरीक्षण हथियार से उगाही करने के अभियान से स्वयं को सुरक्षित रखने के लिए भी काफी मेहनत करनी पड़ती है। इन सभी से बच जाओ तो समझो मास्टरी बची, नहीं तो गई।"

मास्टरजी अपने आप से काफी क्षुब्ध, थके-हारे, टूटे, परेशान व टेंशन में लग रहे थे। उनके महान् त्याग, तपस्या और राष्ट्र निर्माण की महती भूमिका पर हमें शर्म मिश्रित गर्व हो रहा था और मास्टरजी की गरदन गर्व मिश्रित शर्म से अकड़ी जा रही थी। थोड़ा सा कुरेदा तो आगे बोले, "कोई भी भक्त अपने इकलौते भगवान् को प्रणाम करके खुश रह सकता है, परंतु यहाँ तो पूरे 33 करोड़ देवता हैं। डी.एम., ए.डी.एम., सी.डी.ओ., ए.डी.बी., बी.एस.ए., ए.बी.एस.ए., बी.आर.सी., ग्राम प्रधान, शिक्षा समिति के सदस्य, पार्षद, सत्तादल के सभी नेताओं सहित उनके तमाम माई बाप हैं। सबको नमस्ते करते-करते कमर झुक जाती है। पढ़ाएँ तो किस समय पढ़ाएँ?"

मास्टरजी के क्रोध व क्षोभ ने तमाम नग्न सच्चाइयाँ परत-दर-परत उघाड़ दी थीं। फिलहाल तो इतना ही कहा जा सकता है—

बस्तों में बँधे बीमार हैं बच्चे।
सूली पर टँगे मीनार हैं बच्चे॥
किताबों को बाँधकर रख दो,
खाने के लिए तैयार हैं बच्चे॥
स्याह पड़ गईं स्लेट की शक्लें,
पाठ नहीं पेट की पगार हैं बच्चे॥

□

रिश्ते हैं बाजार में

सवेरे-सवेरे बेटा उठते ही माँ के गले से लिपट गया और एक टॉफी देते हुए बोला, "हैप्पी मॉम डे।" माँजी चौकीं कि कहीं बच्चे की तबीयत तो खराब नहीं है। इसके पहले तो उसने और उसके बड़े भाइयों ने कभी किसी सवेरे ऐसी हरकत नहीं की थी। बाद में बच्चे ने ही बताया, "स्कूल में मैम ने बताया था कि कल 'मदर्स डे' है, इसलिए मम्मी को कॉन्ग्रेचुलेट करना और उनके प्रति प्यार जताना उसकी ड्यूटी बनती है।" बच्चे ने भोलेपन से जवाब दिया, पर उसका जवाब जेहन में सवालों का करील बनकर उग आया। मदर्स डे? अर्थात् साल में एक दिन मॉम अर्थात् मम्मी अर्थात् माँ यानी कि माताजी को प्यार देना है। हम लोग तो रोज अपना दिन माँ के चरण स्पर्श कर उनके आशीर्वाद के साथ शुरू करते हैं!

नाश्ता कर ही रहा था कि बच्चे ने माँ के सामने एक फरमाइश रखी—उसे मदर टेरेसा की तसवीर, फैंसी ड्रेस में मम्मी का रूप धरने का सामान, थोड़ी मिठाई और नमकीन स्कूल ले जाना था। बताया कि स्कूल में 'मदर्स डे' के लिए सामान मँगाया गया है। उसकी माँ को सामान जुटाते-जुटाते पहली बार लगा कि वाकई आज 'मदर्स डे' है। बच्चे के स्कूल जाते ही पड़ोसी मित्रवर आ धमके। गुस्से से तमतमाए थे, "अमाँ डॉक्टर साहब, आप तो खबरनवीस हैं, कुछ लिखते क्यों नहीं? इन अंग्रेजीदाँ लोगों ने तो नाक में दम कर रखा है। कभी पैरेंट्स डे, कभी फादर्स डे, कभी मदर्स डे तो कभी वैलेंटाइन डे। हद हो गई, हर रोज कोई-न-कोई डे और इनको कुछ-न-कुछ दें।" मित्र को बैठाकर ठंडा पानी पिलाया तो बोले, "विदेशी संस्कृति ने देश में अजीब वातावरण बनाना शुरू कर दिया है। पहले तो इन्हें स्वतंत्रता दिवस याद नहीं आता और आता है तो इंडिपेंडेंस के रूप में। अब जरा सोचिए, माँ, जो जीवन के हर क्षण में महसूस करने वाला रिश्ता है, उसके लिए साल भर में एक दिन तय करने का क्या औचित्य है?" मैंने वार्ता को थोड़ा सरल और रोचक बनाने की कोशिश की, "उनके पास हनुमान दिवस (मंगलवार), गुरु दिवस (गुरुवार), संतोषी माता दिवस

(सोमवार), शनिजी महाराज दिवस (शनिवार) जो नहीं होते हैं। सो वे वैलेंटाइन जैसे संतों के नाम पर वैलेंटाइन डे व माँ के नाम पर मदर्स डे मनाते हैं।" मित्रवर ने मुझे घूरकर देखा। उनके होंठों पर मुसकराहट और आँखों में गुस्सा था। थोड़े झुँझलाते हुए बोले, "ये दिन तो हर सप्ताह आते हैं, पर मदर्स डे, फादर्स डे, पैरेंट्स डे का क्या मतलब हो सकता है? क्या साल में एक बार ही हम अपने माँ-बाप को प्यार करें?" मित्रवर बौद्धिक प्रथा के प्रवर्तक लगने लगे थे। इसी बीच बच्चे ने अंग्रेजी में छपे तीन कार्ड मुझे पकड़वाए और बोला, 32 रुपए के मिले हैं। मैंने कार्ड पर एक नजर डाली। कार्ड पर 'हैप्पी मदर्स डे' छपा था। बच्चे को कार्ड वापस दिए और मित्रवर से सवाल किया, "32 रुपए, अब कुछ समझे?"

मित्रवर थोड़े और गंभीर हो उठे और बोले, "समझ में आ गया कि विदेशी कंपनियाँ रिश्तों का बाजारीकरण कर रही हैं। चूँकि हिंदुस्तान संवेदनाओं का देश है और हर स्तर का व्यक्ति रिश्तों की संवेदना के स्तर पर जीना जानता है, इसलिए उन्हें यह देश बड़े बाजार के रूप में दिखता है।"

मित्रवर ने सही समझा था। इसी बीच बच्चे की स्कूल डायरी हाथ लग गई। पन्ने पलटे तो एक पेज पर अलग-अलग तारीखों में कुछ नए-नए दिनों, जैसे चॉकलेट डे, फूड डे, आइसक्रीम कोन डे, फादर इन लॉ डे, यूथ डे, वुमेंस डिसेबिल डे, वर्ल्ड हैबीटेड डे, ब्रदर्स डे, सिस्टर्स डे, अंकल-आंटी डे, ग्रैंड पैरेंट्स डे लिखे हुए थे। इन दिनों के नाम सुनकर दिमाग बाजार में घूमा और एक ही क्षण में पता चल गया कि किस रिश्ते के नाम पर किस दिन क्या खरीदना और क्या बेचना है? अपनी जेब खाली होगी, उनकी गुल्लकें भरेंगी और मन जाएगा एक डे! मित्रवर मुसकराए और बोले, "आइडिया, और भी कुछ डे बनाए जा सकते हैं। मसलन डॉग डे, पूसी डे, मिल्क डे, वाइन डे, पान मसाला डे, गाली डे आदि।" मित्रवर के प्रस्ताव पर हँसी तो आई, पर उसमें छिपे व्यंग्य से मन तिलमिला उठा। मित्रवर फिर बोले, "डू नॉट गुस्सा यार, अपने शहर में तो इलेक्ट्रिसिटी डे, वाटर डे, जाम डे, इनक्रोचमेंट डे जैसे दिन भी मनाए जा सकते हैं। इसी बहाने ही सही, शहर को साल में कम-से-कम एक दिन को पूरे समय बिजली, एक दिन पानी मिलेगा। एक दिन ऐसा भी हो कि शहर में जाम न लगे और एक दिन ऐसा हो, जब सभी अतिक्रमण हट जाएँ। काश ऐसा हो!" वैसे तो हालात यह हैं—

जेवर, सिक्के, रूप-रंग, रख ले खूब सहेज।
रिश्ते हैं बाजार में बेच सके तो बेच॥

□

वेल इन टाइम दे : वैलेंटाइन डे

आदिकाल से लेकर आधुनिक कवि, लेखक, कलाकार, फिल्मकार प्रेम, मोहब्बत, लव, ईलू-ईलू अथवा कोई और जो भी संबोधन कहें, को बार-बार रेखांकित करते रहे हैं। किसी ने लैला-मजनूँ के फंडे का अंडा फोड़ा तो किसी ने देश-प्रेम का झंडा गाड़ा। किसी ने माँ के प्यार को जिया तो किसी ने दूसरे रिश्तों के प्यार को स्वर दिया। रिश्तों में प्यार जिंदा रहे, इसके लिए अपने देश में करवाचौथ, भैयादूज, रक्षाबंधन, सकट जैसे त्योहार बनाए गए तो पश्चिमी देशों में 'डे'। शायद डे इसलिए, क्योंकि वहाँ के प्रेम संबंध वर्षों, सदियों, दिनों नहीं बल्कि किसी दिन तो घंटे-दो घंटे ही जीवंत रह पाते हैं। सो मदर्स डे के साथ बन गया वैलेंटाइन डे। जिसके लिए जो डे तय हुआ है, उसे मुसकराते हुए 'हैलो' बोलिए और फूलों का गुच्छा पकड़ा दीजिए। बस हो गया प्रेम का फास्टफूडीय प्रदर्शन!

कहते हैं कि हमारे पूर्वज बंदर थे, सो नकल करना हमारा जन्मसिद्ध अधिकार है। इसलिए हम मल्टीकलर्ड, मल्टीपरपज, मल्टीकल्चर्ड होकर मनाने लगे वैलेंटाइन डे अर्थात् 'प्रेम दिवस'। मेरे एक मित्र हैं, प्रेमू। बोले, "पहले अपना नाम लेकर बड़े शर्मसार रहते थे, पर अब कहते हैं कि मेरे ही नाम का अंग्रेजी अनुवाद है ईलू और वैलेंटाइन डे मेरा जन्म दिवस है। लेकिन वे आज तक यह बात नहीं समझ पाए कि जिस दिन को मनाने में पुलिस को एलर्ट करना पड़े, उसमें प्रेम कहाँ से आएगा? इधर वैलेंटाइन डे आया और उधर शहर में पार्कों, टॉकीजों, बाजारों, चर्चित शोरूम व होटलों के आसपास पुलिस का अतिरिक्त बंदोबस्त शुरू। संगीनों के साये में प्रेम। वाह! क्या थ्रिल है! थर्ड ग्रेड की हिंदी फिल्म जैसा!

नई पीढ़ी का सामान्य ज्ञान इतना बढ़ गया है कि पूछिए नहीं। भगत सिंह भले ही पता न हों, पर ऋतिक रोशन को बखूबी जानते हैं। महात्मा गांधी कहाँ पैदा हुए मत पूछिए, शाहरुख खान की जन्मकथा सुना सकते हैं। बसंत पंचमी के बारे में भले न मालूम हो, पर वैलेंटाइन डे की नस-नस पहचानते हैं। एक युवा से चिल्ड्रन डे व

वैलेंटाइन डे के बारे में पूछा तो बोला, "14 फरवरी को होता है वैलेंटाइन डे और उसके ठीक 9 माह बाद 14 नवंबर को होता है चिल्ड्रन डे। मतलब यह कि असली प्रेमफल 9 माह बाद ही प्राप्त होता है।"

वैलेंटाइन डे की दुकानें सज गई हैं। उन पर माँ, पिता, भाई, बहन अथवा किसी पुरुष मित्र के प्रति प्रेम प्रदर्शित करने का सामान नहीं है। युवा दिलों को चीरते हुए तीर, अधर जुड़ी परछाइयों के विचित्र चित्र, काँच के घर में नाचते गुड्डे-गुड़िया के शोपीस की भरमार है, ताकि लोग ऐसे ही सत्कर्म करके मोक्ष पा सकें। बाजारवाद ने तमाम दिन बेचे हैं, एक दिन और बेच दिया। इसके लिए इस देश से बड़ा बाजार और कहाँ हो सकता था? उधर विरोध करने वालों के सालाना शटर उठ गए हैं। खबर बनने के लिए इससे अच्छा दिन और कौन सा हो सकता है? जिन्हें नून, तेल लकड़ी के चक्कर में वैलेंटाइन डे मनाने की फुरसत नहीं है, वे इसका अर्थ अपनी तरह से निकालते हैं। मसलन एक व्यापारी बोला, "उधार लेकर गया ग्राहक जब उधारी 'वेल इन टाइम दे, मेरे लिए तो तभी वैलेंटाइन डे है।" बरतन साफ करने वाली महरी बोली, "जिस दिन हम बाबूजी से पगार पाते हैं, उसी दिन वैलेंटाइन डे मनाते हैं।" मासूम बेटे ने माँ से पूछा तो बोली, "बेटा, तुझे नहीं लगता कि तू जव जिद करके रोता है, तेरा उसी समय वैलेंटाइन डे होता है।" एक कवि से पूछा तो बोला, "क्या कोई प्यार के इजहार के लिए दिन या तारीख देखता है? यदि इस फरवरी में मौका न मिला तो साल भर फिर इंतजार में मरूँ?" अपनी जेब से दिवंगत पत्नी का चित्र निकालकर निहारा, फिर बोला, "दरअसल प्रेम तो आँसू है। पता नहीं कब आँख भर आए! कब टपक पड़े! ऐसा ही कुछ भी हो तो समझो वह क्षण भी 'वैलेंटाइन डे' होता है। किसी कवि ने 'प्यार एक राजा है, जिसका बहुत बड़ा दरबार है, पीड़ा जिसकी पटरानी है, आँसू राजकुमार है'—सही कहा है। इस प्रेम-परिवार के लिए न किसी खास दिन की जरूरत होती है, न किसी उपहार की। बाजारवाद की कोख से जनमे हजारों वैलेंटाइन डे इसके सामने बौने हैं। सच्चाई है कि—

बाजारवाद ने दिए,
कैसे अजब प्रभाव।
एक दिवस बस प्रेम का,
बाकी दिवस तनाव।
प्रेमघट छलकत मगर,
बोल न बोलें ऊँच।
उछले-उछले वे फिरैं,
जिनकी छोटी पूँछ।

□

खौफ की चादर

"एक व्यक्ति सड़क के बीचोबीच पड़ा था। भीड़े घेरे खड़ी थी। जितने लोग उतनी ही बातें। किसी ने कहा कि कई दिनों से भूखा होगा, इसलिए चक्कर खाकर गिर गया होगा। दूसरा बोला, नहीं भाई, दारू ज्यादा हो गई। तीसरा बोला, बीमार है शायद, किसी ने बेहोश कर लूट लिया है और यहाँ फेंक दिया। यह अगले व्यक्ति का कथन था। इसी बीच एक बोला, हो सकता है यह मानवबम हो। हालाँकि यह स्वर काफी धीमा था, परंतु जंगल की आग की तरह तेजी से भीड़ में फैल गया। जितनी तेजी से स्वर फैला, भीड़ उतनी ही तेजी से पीछे हटी। थोड़ी देर में सायरन बजाती पुलिस की गाड़ियाँ पहुँच गईं। खाकी वर्दियाँ भी उसे दूर से देख रही थीं। किसी की पास जाने की हिम्मत नहीं हो रही थी। बम निरोधक दस्ता बुलाया गया। दस्ते ने सावधानी से उस व्यक्ति को सीधा किया। यंत्रों से जाँच की। कपड़े हटाकर जाँच की तो पता चला कि वह मानवबम नहीं है। पुलिस हरकत में आई। उसे अस्पताल ले जाया गया। डॉक्टर ने परीक्षण कर कहा कि शुगर डाउन होने से गिरा था यह आदमी। यहाँ लाने में देर कर दी, नहीं तो बच भी सकता था।"

घटना सुनाते-सुनाते गुरुदेव आतंकवादी समस्या से भी अधिक गंभीर हो गए। शिष्यगणों के चेहरों पर आशंका व उदासी की गहरी परत जम गई थी। थोड़ी देर किसी खाली प्रेक्षागार की तरह सन्नाटा रहा। फिर गुरुदेव ने खँखारकर गला साफ किया तो लगा कि जैसे प्रेक्षागार में कोई खराब बॉल बेयरिंग वाले किसी सीलिंग फैन ने चलने की कोशिश की। गुरुदेव बोले, "शिष्यगणो, इस घटना के पीछे असंवेदनशीलता, भय, आतंकियों की सफलता, हमारी कमजोरी अथवा कुछ और क्या है?" सवाल कठिन था। शिष्यों ने पहल की, "दरअसल यह खौफ है अपनी जान जाने का, जिससे इन दिनों पूरा देश परेशान है। खौफ ने हमारी संवेदनशीलता को निगल लिया है। खौफ लावारिस अटैची, टिफिन बॉक्स, पेन,

ट्रांजिस्टर की यात्रा करते हुए हमारे-तुम्हारे शरीरों तक पहुँच गया। यह आतंकियों की सफलता है। उनके बोए बीज पेड़ बनने लगे हैं। हवाई जहाज में बम की अफवाह से यात्रियों की चार घंटे कवायद, लावारिस अटैची को खँगालने के लिए पूरे शहर की पुलिस परेशान जैसी घटनाएँ इसके जिंदा प्रमाण हैं। हम खौफ को जीत लें तो इसे भी जीता जा सकता है।" गुरुदेव की दीक्षा से शिष्य मुखर हुए, "खौफ को जीत लेने का क्या मतलब है ?" अब गुरुदेव थोड़ा सीधे होकर बैठ गए, बोले, "खौफ के सामने सरकार पहली बार तब हारी थी, जब रूबिया को छुड़ाने के लिए आतंकवादियों से समझौता किया था। खौफ से हम सब तब हारे थे, जब विमान अपहरण के बाद विमान में सवार एक भी भारतीय अथवा उनके घर वालों में से एक ने भी छाती ठोंककर नहीं कहा कि हम मरते हैं, मर जाएँ, परंतु सरकार आतंकियों के सामने घुटने न टेके। तीसरी बार पूरा देश तब हारा, जब आतंकी हमले के लिए जिम्मेदार अफजल गुरु की फाँसी टलवाने के लिए हमारे ही जननायक हाथ उठाकर खड़े हो गए। अब खौफ हमारे सिरों पर सवार है। हो सकता है कि कल हम अपनी ही जेब से गिरे पेन को उठाने में खौफ खाएँ। नई दुलहन आए और अफवाह उड़ा दी जाए कि उसके बालों में बम है। सासें उसका मुँह देखने से डरें।" गुरुदेव की गंभीरता और गहरा गई। उन्होंने पास रखे लोटे से एक घूँट पानी गले से नीचे उतारा तो शिष्यों ने सवाल किया, "शासन-प्रशासन रक्षा-सुरक्षा की कोशिश तो पूरी करता है।' सुनकर गुरुदेव के चेहरे पर मुसकराहट तैर गई। वे बोले, "जरूर करता है। घटना घटते ही रेड अलर्ट की जाती है। बड़ी घटना हो तो हाई अलर्ट कर दिया जाता है। देश समझ नहीं पाता कि जब हर दूसरे-तीसरे दिन घटनाएँ घटती रहती हैं तो रेड सुस्त कब हो जाती है ? सरकार हर बार कड़े कदम उठाती है। वे इतने कड़े हो जाते हैं कि फिर उठ नहीं पाते। इसके बाद शुरू होती है गाड़ियों की पुलिसिया तलाशी।" गुरुदेव और कुछ कहते कि एक शिष्य अचानक हँस पड़ा। पहले गुरुदेव की भौंहें तनीं, फिर स्वर में थोड़ी तल्खी आई। उन्होंने उसे घूरा तो वह स्वयं प्रश्नवाचक हो गया। बिना साँस लिये बोला, "गुरुदेव, आप सही कह रहे हैं। यहाँ तक आने पर हर चौराहे पर पुलिस ने खड़ा किया। सबकुछ ठीक-ठाक है, पर किसी ने प्रदूषण तो किसी ने स्पीड के नाम पर उगाही की। जो नहीं दे सके, उनका चालान काटा। पूछा तो बोले, 6 दिसंबर के लिए हो रहा है। समझ में नहीं आया कि 6 दिसंबर की तैयारी में उगाही हो रही है या जाँच ?"

अब गुरुदेव के चेहरे पर मुसकराहट थी। उन्होंने कहा कि भीतर से खौफ

निकालो और शहर व देश की सुरक्षा के लिए आगे बढ़ो। यही आज का 'सूक्ति-सबक' है। हमारी यह भी सलाह है—

भीतर बहुत धुआँ है,
निकल के बाहर आइए।
शहर पर तन गई
खौफ की चादर,
उसको हटा
नया सूरज उगाइए।

□

बापू अमर रहे, बापू-(अ) मर रहे

कृतज्ञ राष्ट्र ने एक बार फिर से गांधी जयंती मनाई। शहर में भी बड़ी धूम रही। टाई, बरमूडा जींस व टी-शर्ट के साथ विदा हो चुकी गांधी टोपी के दिन लौटे। कारण, हजारों बच्चों को उसे पहनकर राष्ट्र चेतना के गीत जो गाने थे। पूरे शहर की दुकानें खाली हो गईं, पर सारे बच्चों को टोपियाँ नहीं पहनाई जा सकीं। वैसे राजनीति हो या प्रशासन, शहर की कोई समस्या हो, आपराधिक मामले, लोग एक-दूसरे को टोपी पहनाने से बाज नहीं आते। गांधीजी भी अगर इसकी टोपी उसके सिर, उसकी टोपी इसके सिर रखते तो देश भले ही आजाद न होता, उनकी आकस्मिक मौत नहीं होती। इतना ही नहीं, आजादी के बाद नेताओं ने एक-दूसरे की सरे चौराहों पर इस कदर टोपियाँ उछालीं कि लोगों ने डर से टोपी पहननी ही बंद कर दी कि पता नहीं कब कौन, क्यों और कहाँ किसकी टोपी उछाल दे?

जिन बच्चों को टोपियाँ नहीं मिलीं, उन्होंने गांधीजी से कुट्टी कर ली और रैली में नहीं गए। टोपी के बिना गांधी से कैसे रिश्ता जुड़ सकता है भला? पहले उनके माँ-बाप दु:खी थे कि उनका लाड़ला रैली में नहीं जा पाया, पर जब उन्हें पता चला कि रैली में तमाम बच्चे बेहोश हो गए तो उन्हें खुशी हुई कि चलो अच्छा हुआ कि लाड़ले को टोपी नहीं मिली, वह भी टोपीलाल होकर लौटता। दरअसल गांधीजी के साथ प्रकृति का कुछ ऐसा ही जुगाड़ फिट है कि उनका नाम भी आ जाए तो कोई विसंगति पैदा हो जाती है। जिन-जिन के नामों के आगे गांधी जुड़ा, अचानक साफ हो गए। पहले गांधी को तीन गोलियाँ मिलीं तो दूसरे गांधी को उसकी छह गुनी 18 गोलियाँ। तीसरे गांधी को मानव बम ने बाँहों में भर लिया। कभी गांधी चश्मा चोरी हो गया तो कभी गांधी लाठी। कभी गांधी की समाधि को लोगों ने चप्पलों से ठोंका तो कभी किसी ने उन्हें 'शैतान की औलाद' कह डाला। यहीं शहर में हुआ। शहर में पहली गांधी जयंती से हजारों बच्चों को जोड़ा गया तो बेचारे एक-एक बूँद पानी को तरस गए। कई का तो शरीर इतना निपनिया हो गया कि बेचारे अस्पताल पहुँच

गए। यह भी अजब संयोग है कि महात्मा गांधी अमर रहें और यह नारा लगाने वाले मर रहे।

आजादी के महात्मा गांधी का जितना 'मिसयूज' किया गया, उतना किसी महात्मा, नेता अथवा महापुरुष का नहीं हुआ। आजादी के बाद महात्माओं की ऐसी फसल उगी कि वे स्वयं भक्तों का 'मिसयूज' करने में पारंगत हो गए। धीरे-धीरे गांधी की उपयोगिता साल में एक छुट्टी व झूठी कसमें खाने भर की रह गई। एक साल बिरादरी वाले सोते से जागे और गांधीजी के नाम पर बच्चों को मैदान तक घसीट लाए। वह तो बकरी का दूध व मट्ठा पीने वाले गांधीजी ऐसे जीवट किस्म के इनसान थे, जो कई-कई दिनों का निर्जला उपवास करके भी दौड़ लेते थे। पता नहीं आयोजकों ने कैसे मान लिया कि फास्टफूड खाकर, कोल्डड्रिंक पीने वाले, टी.वी. संस्कृति के आज के बच्चे पानी पिए बिना भी घंटों खड़े होकर गाना गाते रहेंगे? अहिंसावादी गांधी की याद में बच्चों के साथ इतनी बड़ी हिंसा! बुरा न देखो, बुरा न करो, बुरा न बोलो का संदेश देने वाले गांधी के बच्चों के साथ इतना बुरा सलूक। क्या खूब गांधी जयंती मनी अपने शहर में कि थोड़ी देर के लिए ग्रीन पार्क हीन पार्क हो गया। जिस टोपी ने कभी अंग्रेजों की क्रूरता से बचाया था, वह धूप से न बचा सकी। हे महात्माजी! आपकी दिव्यात्मा जहाँ कहीं विचरण कर रही होगी, आज आप निश्चित रूप से दु:खी होंगे। किसी ने ठीक ही कहा है कि 'सत्य, अहिंसा से अपना बस इतना ही नाता है, दीवालों पर लिख देते हैं, दीवाली में पुत जाता है।' महात्माजी, आपको पता भी नहीं होगा कि लोग आपके बारे में कैसा सोचते हैं? एक संवाद देखिए—

एक बोला— गांधीजी बड़े महान् थे,
पार्टीबाजी से दूर सच्चे इनसान थे।
दूसरा बोला—गांधी ने छेड़ा आंदोलन स्वदेशी,
गांधीजी थे पक्के कांग्रेसी।
तीसरा बोला—गांधी ने दलितों को आगे
बढ़ाया, उनको गले से लगाया
इसलिए मेरे भाई,
गांधीजी थे पक्के बसपाई।
चौथा बोला—आदमी
जिंदगी भर झूठ-फरेब में डोलता है
मरते समय बिल्कुल सच बोलता है

गांधीजी ने मरते समय
राम-राम की आवाज लगाई
इसलिए गांधीजी थे शुद्ध भाजपाई।
पाँचवाँ बोला—यार, राजनीति की आरी से
देह को काट दिया, आत्मा को मत काटो
आँगन का बँटवारा क्या कुछ कम है
कम-से-कम बापू को तो मत बाँटो!

□

भटकने लगे आचरण के चरण

शिष्यगण जब शाम को पढ़ने पहुँचे, गुरुदेव झमाझम टेंशन में थे। उन्होंने शिष्यों के प्रणाम पर खुलकर आशीष भी नहीं उड़ेले। इस पर शिष्यगण टेंशन में आ गए। एक ने साहस कर पूछा, "गुरुदेव! कोई ऑफ द ट्रैक मामला ब्रेक हुआ है जो?" गुरुदेव मुश्किल से मुसकराए। थोड़ी देर चुप रहे, फिर रुमाल से रगड़-रगड़कर चेहरा साफ करने लगे। सवाल के जवाब, उनकी इस प्रतिक्रिया से शिष्यगण परेशान हो उठे। अब गुरुदेव ने जुबान पर जमी चुप्पी की बर्फ थोड़ी पिघलाई, "आप लोग सोच रहे होंगे कि आखिर मैं रुमाल से रगड़-रगड़कर मुँह क्यों साफ कर रहा हूँ? पिछले दिनों शहर के कुछ गुरुओं ने जिस तरह के अपसंस्कृतिनिष्ठ आचरण का अवतरण किया है, उसने पूरे गुरु समाज के चेहरे पर कालिख पोत दी है। हमें तो स्नान करने के बाद भी लगता है कि अदृश्य कालिख साफ नहीं हुई है। इसलिए बार-बार उबकाई आती है और चेहरा रगड़ने का जी करता है।"

गुरुदेव की पीड़ा सुनकर शिष्यगणों का मन पकी फुंसी की तरह दुखने लगा। उन्होंने एक-दूसरे को आँखों आँखों में देखा। आँखों-आँखों में सवाल किए और उन्हीं के माध्यम से जवाब लिये। एक शिष्य ने हिम्मत कर विषय के उलझे ऊन के गोले को खोलने की कोशिश की, "ऐसी कौन सी घटनाएँ हैं, जो आपको गुरुओं की छवि खराब होने का दुःख साल रहा है?" गुरुदेव ने फिर से चेहरा साफ किया और बोले, "तुम्हें याद होगा, एक आदर्श कॉलेज में दो गुरुओं ने एक-दूसरे पर जूते लहराकर अपने-अपने गुरुत्व का परिचय दिया था। कलम उठाने वाले हाथ यदि अपने ही वंशधरी पर जूता उठाएँगे तो उनके शिष्य पिस्तौल व बम उठाने में संकोच नहीं करेंगे। उन्हें जूता उठाना ही था तो बच्चों में फैल रही अपसंस्कृति के ऊपर उठाते। स्कूल-कॉलेजों में पनप रहे नशाखोरों पर उठाते। वे अगर शिक्षा मंदिरों में सुलग रही सांप्रदायिकता पर जूता उठाते तो अभिनंदनीय होते। उन्होंने तो अपने हाथों से अपने ही मुँह पर जिस तरह से जूते मारे हैं, उससे तो वे सार्वकालिक

अभिनिंदनीय हो गए हैं। अब किसी दिन उनके शिष्य ही उन पर जूता तान दें तो कोई आश्चर्य न होगा।"

गुरुदेव की पीड़ा गरम लोहे की तरह पिघल रही थी। उन्होंने एक बार फिर रुमाल से अपना चेहरा रगड़ा और आगे बोले, "अभी इन जूतों की कालिख साफ भी नहीं हो पाई थी कि कुछ गुरुओं ने एक अधिकारी पर आई.एस.आई. मार्का गालियाँ उड़ेल दीं। उन गुरुओं की गाली डिलीवरी इतनी फूहड़, सड़ाँध भरी और अमानुषिक थी कि उनके सामने आण्विक अथवा वायरस हथियार भी फूट-फूटकर रोने लगे। वैसे गुरु, गाली और गुंडा एक ही राशि के शब्द हैं, परंतु गाली का अन्योन्याश्रित संबंध गुरु से नहीं गुंडे से होता है।

यदि गाली गुरु के साथ जुड़ जाए तो शिष्यगण तो उन्हें गुरु ही मानने से इनकार कर देंगे। उनको गालियाँ देनी ही थीं तो अपने भीतर बैठे अज्ञान को देते। अपने भीतर सड़ रही अध्ययनशीलता की लाश को देते। ऐसा करते तो वे प्रशंसनीय होते, पर उन्होंने तो अपने ही उजले चरित्र पर गालियों का कीचड़ उड़ेला तो पूरा गुरु चरित्र ही आलोचनीय हो गया।" अब गुरुदेव की पीड़ा पारे की तरह पिघल रही थी। उन्होंने इस बार चेहरे पर पानी के छींटे मारे और अपनी चाह के कुरते से लगातार तीन बार चेहरा रगड़ा। फिर आँखे पोंछते हुए बोले, "चॉक, डस्टर, कॉपी, किताब, कलम के हथियारों से अपसंस्कृति की जंग जीतने वाले ये राष्ट्र निर्माता सिपाही ही जब अपने आचरणों से अपने ही हथियारों पर कदाचरण की जंग लगा लेंगे तो असंस्कारों की जंग कैसे और कौन जीतेगा? अभी गाली गर्जना का मामला ठंडा भी नहीं हुआ था कि एक दूसरे विद्यामंदिर में कुछ गुरुओं ने दूसरे गुरु की लात-घूँसों से पिटाई कर दी। लगता है कि नगर के गुरुओं को किसी ऐसे कुएँ का पानी पिलाया जा रहा है, जिसमें काफी समय से भाँग पड़ी हुई है। ऐसे में चेहरे पर कालिख का एहसास न हो तो क्या हो? पर अफसोस तो यह है कि बार-बार साफ करने के बाद भी इस एहसास की कालिख साफ नहीं हो रही है या कुछ और है। गुरु नाम कोई सरकारी पद होता तो कितने ही लोग उससे इस्तीफा दे चुके होते।"

गुरुदेव की पीड़ा पिघल-पिघलकर जले गुड़ की चाशनी की तरह शिष्यगणों को परेशान कर रही थी, पर वे असहाय थे। अचानक गुरुदेव ने उन्हें प्रस्थान का संकेत किया तो शिष्यगण उठ खड़े हुए। गुरुदेव गुनगुनाने लगे—भटकने लगे हैं आचरण के चरण, आदर्श करने लगे खुद का अपहरण, श्लोक सोने लगे अपसंस्कृति की गोद में सभ्यता का कहो, कौन करेगा वरण?

□

एक खत सूरज के नाम

प्रातः उदयनीय, प्रकाश बिखेरणीय, प्रदीप्त प्रतिभा के प्रतीक, प्रकाश के पुंज भगवान् भुवन भास्कर का मूड इन दिनों अचानक काफी खराब हो गया है। इतना खराब कि 42 से 48 डिग्री सेल्सियस तक तमतमा रहे हैं। मई से ही जून की धमक-चमक-गमक देने वाले श्रीमान सूर्यजी महाराज को शायद अपने शहर के बारे में जानकारी नहीं है, वरना उनको थोड़ा तो तरस आता। इसलिए शहर की ओर से उन्हें एक प्रार्थना-पत्र भेजना उपयुक्त रहेगा।

हे ताप प्रसारक! हम अकिंचन नगरवासी आपकी कृपा के अभिलाषी हैं। आपको पता नहीं शायद कि अपने शहर से बिजली महारानी कितनी कुपित हैं। सवेरे से शाम तक का उनका उपस्थिति चार्ट बनाया जाए तो सरकारी कर्मचारी की उसके दफ्तर में उपस्थिति का रिकॉर्ड कहीं ज्यादा फीलगुड कराने वाला मिलेगा। सरकारी कर्मचारी बेचारा 10 बजे के स्थान पर दोपहर 12 बजे तक तो कार्यालय पहुँच ही जाता है, परंतु बिजली महारानी को सवेरे पाँच बजे आना होता है तो शाम पाँच बजे तक नहीं आतीं। सरकारी बाबू सायं पाँच बजे के बजाय साढ़े तीन बजे कार्यालय छोड़कर चला जाता है, परंतु बिजली महारानी तो आते ही चली जाती हैं। जरा सोचिए कि बिजली की चमक गायब हो, जेनरेट चीख-चीखकर थक चुके हों, इनवर्टर भूखे पेट चीं-चीं कर रहे हों, ऐसे में आपका उबलता, गमगमाता, हहराता गुस्सा झेलना शहर के लिए कितना नर्कदायी होगा। किसी ने ठीक ही कहा है—

हमने किया गुनाह तो,
दोजख हमें मिला,
दोजख का क्या गुनाह
जो उसको हम मिले।

हे ग्रीष्म संवाहक! यह भीषण व भयानक विडंबना की बात है कि हम अभागे नगरवासियों को प्यास भी लगती है। प्यास भी इतनी उच्चकोटि की कि आँसू पीकर

भी शांत न हो। प्यास ऐसी विलक्षण-कुलक्षण कि पानी माँगती है। और यहाँ पीने का पानी गूलर का फूल होता जा रहा है। जल स्तर तमाम नेताओं के चरित्र की तरह नीचे उतर गया है। हैंडपंप भ्रष्टाचार की तरह बड़े हैं, परंतु उनका चरित्र खाकी वरदी की तरह सिकुड़ गया है। कुएँ गरीब के चूल्हे की तरह सूखे हुए हैं। जलावंटन के जिम्मेदार लोगों की टंकियों की तो छोड़िए, उनकी आँखों तक का पानी मर चुका है। अमीरों के हाथों में मिनरल वाटर की बोतल और आम आदमी के कंधों पर अपनी ही लाश है। उनकी आँखें रोते-रोते निचुड़ गई हैं। उनसे आँसू भी नहीं आते, जो वह उन्हीं को पीकर प्यास बुझा ले। ऐसे में आपका भड़भड़ाता, धड़धड़ाता व गड़गड़ाता गुस्सा कौन और तक तब झेल सकता है? आप तो सूखे गले में काँटों वाली झाड़ी डालने का काम कर रहे हैं। हालात ये हैं कि—

पानी-पानी सब कहें,
पानी देत न कोय।
खुद से पानी माँगते,
पानी-पानी होय॥

हे ऊर्जा के अक्षय आधार! जहाँ तक बोतल का सवाल है तो बोतल आदमी के जन्म से लेकर मृत्यु तक साथ देती है। बच्चा पैदा होने पर दूध की बोतल। बड़ा हुआ तो कोकाकोला की बोतल; और बड़ा हुआ तो बियर की बोतल, बियर से काम न चले तो दारू की बोतल। दारू अधिक हो जाए तो ग्लूकोज की बोतल। इससे काम न चले तो खून की बोतल। खून की बोतल भी काम न आए तो गंगाजल की बोतल। परंतु इस शानदार, जानदार, गुमानदार शहर से तो गंगा भी रूठी हुई हैं। पानी, बियर व दारू की बोतल कौन कहे, आम आदमी को तो गंगाजल की बोतल भी नसीब नहीं है। ऐसे में—

आग का जलजला,
सबको जलाता है।
पानी बूँद भर नहीं मिलता,
ऊपर से खून सूख जाता है।

हे महातपाऊ ताऊ! महँगाई से भी कड़ा, सड़ा किंतु बड़ा आपका गुस्सा देखकर कभी किसी पार्क के घने पेड़ की छाँव में बैठने का मन करता है। पर इस उद्योग-धंधों वाले, आँख के अंधों वाले, टूटे कंधों वाले, गति-मंदी वाले शहर में पार्क तो हैं, पर उनमें पेड़ व हरियाली उतनी ही बची है जितनी कि राजनीति में सिद्धांत, रिश्तों में मिठास, व्यापार में विश्वास और संतों में संन्यास शेष है। चुटकी

भर चाँदनी के लिए तरसने की तर्ज पर मुट्ठी भर छाँव के लिए तरसते इस शहर में आपका तपना ऐसा है, जैसे तपते तवे पर पड़ी रोटी पर ऊपर से जलता कोयला रख दिया जाए। या फिर थाने में शिकायत दर्ज कराने गई बलात्कार की शिकार महिला को पुलिस वाले भी छेड़ने लगें। मंदिर के बाजू में दारू की दुकान, अब आप ही कृपा करो भगवान्।

धूप सयानी हो गई,
बौनी होती छाँव।
रिंग रोड पर सोचते,
कहाँ खो गया गाँव॥

□

अथश्री अतिक्रमण कथा

अतिक्रमण का अर्थ हैं अति करके मुफ्त की जमीन के लिए रण करना, अर्थात् सरकारी जमीन, सड़क, फुटपाथ, किसी के भी खाली प्लॉट, मकान, दुकान, मंदिर व स्कूल आदि जहाँ भी अंगद पाँव रख दिया, वह जगह जमीन हो गई अपनी अतिक्रमण एक ऐसा फलदार पेड़ है, जो मुफ्तखोरी की जमीन को गुंडागर्दी के औजारों से खुदाई करके रोपन के बाद दूसरों के खून से सींचा जाता है। उसकी रखवाली स्थानीय कानून के रखवाले करते हैं और जब फल लगते हैं तो उनके साथ रोपन वाले लोग किश्तों में खाते-पीते और मस्त रहते हैं। अर्थात्—

सीट मिले बस में उसे,
जो रुमाल धर देय।
वैसे ही जो जोत ले,
खेत उसी का होय॥

अतिक्रमण के केंद्र में निरंकुशता, दबदबा, कानून के प्रति निडरता, पहुँच का प्रताप, गुंडई-गर्व, स्वार्थसंधान, अनियंत्रित-असंयम, धींगामुश्ती का धन, अन्याय-अनीति, अनंत-अभिमान, प्रशासकीय पहुँच जैसे कई मनोभाव उसी तरह भरपूर मात्रा में होते हैं, जैसे खराब व पुराने इंजन वाले टैंपों में धुएँ की धूम होती है। अतिक्रमणकारी को स्थानीय खाकी वर्दियों की औकात का सही अंदाजा रहता है। वह जानता है कि किस स्तर के नोट से डंडा झुक सकता है और कितने बड़े नोट से घुटनों-घुटनों हो सकता है। उसे पता होता है कि उनके पूरे दमखम को कितने में खरीदा जा सकता है? जरूरत पड़ने पर उनकी टोपी पर किस नेता का कुरता-पाजामा टाँग देने से काम निकाला जा सकता है?

रेट लिखे निज माथ पर,
डोल रहे दिन-रैन।

बिकने को बेचैन सब,
खादी-खाकी मैन॥

अतिक्रमण की पाचन शक्ति बड़ी तेज होती है और जनन शक्ति अजब-गजब की फर्टाइल। उसने न जाने कितने फुटपाथ पचाकर दुकानें उगल दीं। कितने ही पार्क और प्लॉट निगले, फिर वहीं झोपड़ियों की बीट कर दी। और तो और अतिक्रमण रेलवे लाइन, नहर पटरी की जमीनें पचा गया। वहाँ दूध के चट्टों व कारखानों की ऐसी उलटियाँ की हैं कि तमाम लोग उसी के भरोसे पेट पाल रहे हैं। अतिक्रमण दानव के नाखून इतने बड़े और पैने हैं कि वह भरे बाजार में सड़क खरोंचकर खा जाता है और लोग चींटियों की तरह रेंगने को मजबूर हो जाते हैं, पर उस दानव के सामने मुँह खोलें तो उसके पोषक पुरुषोत्तमों की फुकार उन्हें निगल जाए।

नव विकास की योजना,
धूप, हवा, जलपान।
गिद्ध, सिद्ध ऐसे हुए,
बाँटी घुटन, थकान॥

हालाँकि अतिक्रमण व्यवस्था की अवैध संतानें हैं, पर व्यवस्था उसे अपनी संतानों से भी अधिक प्यार, दुलार, मनुहार से निजी उद्यम व व्यापार की तरह पालती है। अपनी संतान तो नालायक, अवज्ञाकारी, आवारा, अनियंत्रित भी हो सकती है, जो भावुकता की भयानक भूलें करके भी पकड़ में नहीं आती है, पर अतिक्रमण की अवैध संतान सुगठित, सलीकेदार, साधन संपन्न और स्वउत्प्रेरित होती है, जो सलीके से सही समय पर समुचित सहयोग संग्रह करके सधती है। अतिक्रमण के रक्तबीज इतने उर्वरा होते हैं कि इधर हटाइए उधर उग आते हैं। सुबह हटाने वालों के चेहरे तमतमाए होते हैं और शाम को उनमें कई के चेहरे अतिक्रमण के आगे आकर चमचमाते हैं। शहर का चेहरा बिगड़े, बिगड़ जाए। स्वास्थ्य के सूत्र टूटें तो टूट जाएँ।

स्वारथ के संसार में,
किसको कौन बचाय?
रहे गरम मुट्ठी अपुन,
कोउ लुटे लुट जाय।

राजनीति शास्त्र के नवीन संस्करण में अतिक्रमण हटाने-जुटाने को कूटनीतिक औजार माना गया है। नई परिभाषा के मुताबिक सत्ता अपनी हो तो अतिक्रमण

जुटाना मुफीद रहता है। सत्ता और की हो तो अतिक्रमण हटाना वोटकारी सिद्ध होता है। सत्ता अपनी और महापौर भी अपना तब तो सत्ता संरक्षकों व पालतुओं को कहीं भी कब्जियाने की खुली छूट देना राजधर्म होता है, परंतु सत्ता अपनी हो, पर महापौर किसी और का तो अतिक्रमण के खिलाफ जुलूस निकलवाना मुफीद रहता है। यही सब शहर में चल रहा है। हालात ये हैं—

लाभ-हानि का कर गणित,
करते सारे काज।
कुरसी अपनी ही रहे,
भाड़ में जाय समाज॥
लेन-देन उपहार अरु,
टैक्स, वसूली, घूस।
जनता तो बस आम है,
चाहे जितना चूस॥

मिस्टर मानसून का गुस्सा जायज लग रहा था। सही भी है। हर साल मानसून आने से पहले शहर की समस्याओं के समाधान की घोषणाएँ होती हैं, परंतु नतीजा वही ढाक की तीन कटी-फटी पत्तियाँ, अर्थात् टाँय-टाँय फिस्स। पर इतनी गरमी भी तो नहीं सही जा रही है। पानी भी तो जरूरी है। इसलिए मैंने प्रार्थना जैसे शब्दों में गुहार लगाई है, "श्री श्री श्री 2014 श्रीमान स्वामी मानसून बरसातेश्वरजी महाराज! आप कानपुवर राइट्स पर दया और शहर प्रबंधकों को क्षमा कीजिएगा। शहर को नरक बनाने के लिए जिम्मेदार लोगों से नाराजगी का खामियाजा आम आवाम को क्यों भुगता रहे हो? हे निर्मल जलवाहक! जीवन प्रवाहक गुस्सा थूको और अपनी बादल सेना के साथ हवाओं के रथ पर सवार हो मेरे शहर पधारो। प्यासी धरती को पवित्र करो जग जीवनाधार!"

बरसातेश्वरजी महाराज थोड़ी देर शांत रहे, फिर जैसे उधर से बिजली-सी कौंधी और आवाज आई एवमस्तु वत्स! इसी के साथ 'महाराजजी' अंतर्धान हो गए। विश्वास जगा कि उनका गुस्सा ठंडा पड़ गया है। शायद एक-दो दिन में उनकी सवारी इस शहर में आ पहुँचे। पर इतना तय है कि शहर के भाग्य में जाड़ा, गरमी व बरसात हर ऋतु में समस्याएँ यानी कि अग्निपरीक्षाएँ लिखी हैं, सो वह सालों-साल से भुगत रहा है। पता नहीं आगे कब तक भुगतनी पड़ेंगी। उम्मीद रखनी होगी कि—

एक तो बरसात नहीं आई
उस पर चीनी और

रेलयात्रा पर चढ़ गई महँगाई
पेट्रोल पर भी महँगाई की मार, डीजल पर हर माह
पचास पैसे का भार
वे रसोई गैस के भी दाम
थोड़ा सा घटाने और ज्यादा बढ़ाने
का खेल कर रहे हैं
फिर भी हम कह सकते हैं कि
अच्छे दिन आने वाले हैं।
अच्छे दिन आए नहीं
हमें रुलाए दाल।
चीनी, आलू ने किया
सबको फिर बेहाल॥

□

अब आ भी जाओ मिस्टर मानसून

"हैलो मिस्टर मानसून! शहर आपकी प्रतीक्षा में पागल है और आप हैं कि आने का नाम ही नहीं ले रहे। अब आ भी जाओ मिस्टर मानसून!" मैंने थोड़ा तल्ख लहजे से कहा तो उधर से उत्तर मिला, "आ तो जाऊँ पर पहले अपने शहर में मेरे आने का वातावरण तो बनाइए।" उत्तर सुनकर मैं चौंका और तुरत सवाल दागा, "वातावरण का क्या मतलब? बहानेबाजी मत करिए। देखिए, लोग यहाँ गरमी से कैसे पसीने-पसीने हो अस्पतालों की तरफ भाग रहे हैं। बिजली न आने पर रात-रात भर जाग रहे हैं। देह पर फोड़े-फुंसियों की फसलें खड़ी हो गई हैं। उमस, तपिश, उलझन, घुटन की तसवीरें बड़ी हो गई हैं। और आप हैं कि कह रहे हैं, वातावरण बनाइए। कैसा वातावरण चाहते हैं बताइए!"

मेरी बात सुनकर उधर से जोर से ठहाका लगा तो मैं सन्नाटे में आ गया। थोड़ी देर में बादलों जैसी गर्जना हुई और फिर लू चलने की साँय-साँय की आवाजें आई। इसी के बीच मिस्टर मानसून की आवाज सुनाई पड़ी, "आपके शहर में जब कोई अदना सा राजनेता आता है तो आप लोग कैसे उसके लिए स्वागत द्वार बनाते हो, गंगापुल पर लेने जाते हो और मेरे लिए कोई इंतजाम नहीं। आपके यहाँ की लगभग हर दूसरी सड़क खुदी पड़ी है! सोचो, ऐसे में आ गया तो वे तालाब में तब्दील हो जाएँगी। सड़कों की दीनता-हीनता पर लोग मुझे कोसेंगे। ऐसे में भला कैसे आ जाऊँ?"

मिस्टर मानसून का तर्क मुझे डरा रहा था। मैंने अचानक रुआँसी हो गई आवाज में समझाने की कोशिश की, "मेरे माननीय सरकार, बस इतनी सी दरकार? आपको केवल सड़कें दिख रही हैं! बच्चे बीमार हो रहे हैं, वे नहीं दिख रहे। बिना बिजली के लोग ऐसे तड़पते हैं, जैसे जल बिन मछली। यह त्रासदी नहीं दिखती?" उधर थोड़ी देर तो टप-टप-टप की बूँदों के टपकने जैसी आवाजें आती रहीं, फिर मानसून उवाच, "मानता हूँ कि शहर गरमी से गुस्साया हुआ है, पर बताइए, क्या

आपके शहर के नालों की सफाई हो गई? जिनकी हुई भी है, क्या उनकी सिल्ट सड़कों से उठ गई? जल भराव की समस्या का कोई निदान हुआ? सरकारी स्कूलों के रास्तों में मेरा जल भराव न हो, उनकी छतें न टपकें, इसका इंतजाम किया गया? नहीं न तो फिर मुझे बुलाने का क्या फायदा? शहर को समंदर बनाना है क्या? आ गया तो कई सड़के बह जाएँगी। पूरा शहर कीचड़खाना हो जाएगा। गलियों का पानी रसोई तक कुलाँचे मारेगा। लोगों को घर पहुँचने का रास्ता खोजे नहीं मिलेगा। ऐसे में मेरे आने का क्या फायदा?"

□

ऑनलाइनीय हँसी, ऑनलाइनीय आँसू!

तकनीकी की ताक धिना-धिन के दौर में एक शब्द 'ऑनलाइन' घर-परिवार, बाजार-दफ्तर, हर कहीं उसी तरह छाया हुआ है जैसे इस बार चुनाव में 'अबकी बार, मोदी सरकार' का नारा छाया हुआ था। उस दिन महरी ने दो दिन की छुट्टी ली तो उससे बोला गया कि छुट्टी बढ़ाना तो किसी से सूचना जरूर दिला देना। उसने तपाक से जवाब दिया, ऑनलाइन दे दूँगी। ऑनलाइन का मतलब पूछा तो बोली, ऑन का मतलब पता नहीं, पर यह सच है कि मैं काम के मामले में वैसे तो कभी किसी को लाइन नहीं देती। पर आन या शान पर आ जाऊँ तो लाइन दे भी सकती हूँ। उसकी बातों की लाइन ऑन हुई तो हम लोगों का मूड भले ही लाइन हाजिर हो गया हो, पर उसकी लाइन ऑफ नहीं हुई।

आधुनिक टेक्नोलॉजी से बिल्कुल अनभिज्ञ दादीश्री को जब उनके लाड़ले पोते ने बताया कि उसने दिल्ली यूनिवर्सिटी में एडमिशन फॉर्म ऑनलाइन सबमिट किया है तो वे बोल पड़ीं, "लल्ला अबै फॉर्म ऑनलॉइन करत हो, फिर खुदै ऑनलाइन हुई जहाँ और घर माँ सबका लाइन देन की कोशिश करिहौ। सो हमारी मानौ लाइन-वाइन के चक्कर मा न पड़ो, सीधे जाके भरती होव।" दादी की बात पर पोते को हँसी आ गई। उसने दादी को ऑनलाइन का मतलब समझाया तो दादी बोलीं, "पुत्तर सावन सूख-सूख जा रहो है, हुई सकै तो बरसाती ऑनलाइन बुलवा लेव। अब नातीश्री की बोलती बंद हो गई। दादी को कैसे समझाए कि पानी की टंकी की खरीदारी तो ऑनलाइन हो सकती है, परंतु बरसात नहीं आ सकती? दादी की बहू यानी कि नातीश्री की माँ, जिनका बेडरूम ऊपरी मंजिल पर था, सबकुछ खामोशी से सुन रही थीं। उन्होंने समझाने की कोशिश की, "अम्माजी, अब तो बिजली का बिल, फीस, फोन का बिल सबकुछ ऑनलाइन जमा हो जाता है। पिज्जा से लेकर ए.सी. तक ऑनलाइन मँगा सकते हैं। कितनी सुविधा हो गई है इस हाईटेक व्यवस्था से!" दादीजी थोड़ी देर खामोश रहीं, फिर बोल पड़ीं, लागत है कि थोड़े दिन बाद

भगवान् का फूल-पत्ती, परसाद और जल ऑनलाइन चढ़ावे की व्यवस्था हुई है। तब भगवान् भी ऑनलाइन दर्शन देवा करिहैं।" माँ ने सुना तो भौचक रह गई। वे बेटे को साथ लेकर ऊपर अपने कमरे में चली गईं।

अगले दिन बहू अर्थात् नातीश्री की माँ का जन्मदिन था। बेटे ने उन्हें ऑनलाइन गुलाब का फूल भेजा तो उन्हें पहली बार महसूस हुआ कि अब तमाम चीजों की तरह रिश्ते भी ऑनलाइन हो गए हैं। उनका मन किया कि वे भी बेटे को ऑनलाइन थैंक्स कर दें, पर मन नहीं माना तो उसके कमरे में गईं। बेटा फेसबुक ऑन किए उस दिन जनमे अपने दोस्तों को लाइन से बधाई भेजने में जुटा था। माँ सोचने लगीं कि तकनीकी युग में अब दया, क्षमा, करुणा, प्रेम, सदाशयता, परोपकार, सौहार्द, सहयोग, सिद्धांत, ईमानदारी सबकुछ ऑनलाइन हो जाएगा। फिलहाल तो इनसान मशीनी जिंदगी जी ही रहा है, अगर ऐसा हुआ तो वह खुद एक हाईटेक मशीन बन जाएगा, हँसी-खुशी सीधे तौर पर न बाँटकर ऑनलाइन बाँटेगा। खुशी ऑनलाइन मिलेगी तो आँसू भी ऑनलाइन आएँगे।

माँ ने अपने कंप्यूटर पर आया ताजा मेल खोला तो देखा, किसी बचपन की सहेली ने उन्हें जन्मदिन पर किसी कविता की कुछ पंक्तियाँ भेजी थीं—

शरीर पर जरूर पहनो
आधुनिकता के परिधान
पर मन में हमेशा रखो
खुला-खुला आसमान
हँसी, खुशी, संवेदना व
प्रेम की अँजुरी में
होश खोने वाली वाइन मत भरो।
सुविधाओं को तो
ऑनलाइन आने दो,
रिश्तों को ऑनलाइन मत करो।

□

ऐ भाई, जरा देख के चलो

पद्मभूषण गोपालदास नीरज का चर्चित फिल्मी गीत, 'ऐ भाई, जरा देख के चलो, आगे ही नहीं पीछे भी, ऊपर ही नहीं नीचे भी, दाएँ ही नहीं बाएँ भी', को जब पहले सुनते थे तो गीत में जीवन दर्शन होने का आभास होता था। इधर जब-जब शहर की भीड़ भरी सड़कों पर निकलते हैं तो लगता है गीत, सड़कों पर पैदल या वाहन से चलने का सलीका सिखा रहा है। जरा देखकर चलो अर्थात् सावधानी हटी, दुर्घटना घटी। आगे ही नहीं पीछे भी, मतलब होशियार रहिए, आगे जाम हो सकता है और पीछे से किसी तेज गति वाले वाहन का स्वर्ग का रास्ता दिखाने वाली टक्कर ऊपर ही नहीं नीचे भी, अर्थात् ऊपर से किसी ट्रक पर लदा सामान सिर पर गिर सकता है और नीचे खुला मैनहोल, सड़क के चेहरे पर दाग बने हुए हड्डी तोड़क बड़े-बड़े गढ्डे या स्पीड न होने पर भी स्पीड रोकने वाले सीधे, नुकीले स्पीड ब्रेकर हो सकते हैं। दाएँ ही नहीं बाएँ भी का मतलब कोई जरूरी नहीं है कि आपको ओवरटेक करने वाला ट्रक, टैंपो, खड़खड़ा, बाइक बाएँ से ही निकले, दाएँ से भी निकल सकते हैं। जरा सा चूके तो धीरे का धक्का जोर से लगा। उनका धक्का और आपका चक्का जाम, और लग गया काम।

उस दिन एक बुजुर्ग ने प्रस्ताव रखा कि क्यों न नए साल में इस गीत को शहर के यातायात के लिए नगर गीत बनवा दिया जाए? मैंने समझ न पाने का अभिनय किया तो उन्होंने विस्तार से समझाया, जैसे राष्ट्रगीत, जनगीत व कुलगीत होता है वैसे ही यातायात जागरूकता के लिए इसे 'नगर गीत' बनाया जा सकता है। हर चौराहे पर बजता रहे, ताकि लोग सावधान होकर सड़कों पर चलें। टैंपो में जो फूहड़ फिल्मी गीत बजते रहते हैं, उसके स्थान पर सिर्फ यही गीत बजाने की व्यवस्था हो। बसों, ट्रैक्टरों, ट्रकों में हॉर्न के स्थान पर इसी गीत को बजाने का प्रबंध हो। हॉर्न-का-हॉर्न, जागरूकता-की-जागरूकता। शहर के लिए नए साल का इससे अच्छा तोहफा और क्या हो सकता है?

अभी जाम में फँसे बुजुर्गवार के प्रस्ताव पर सोच ही रहा था कि पास खड़ी एक एंबुलेंस पर ध्यान गया। वह लगातार हूटर बजा रही थी, परंतु जाम इतना फौलादी था कि आगे खड़ी कारें, खड़खड़ा, रिक्शे, बैटरीचालित रिक्शे व बाइक सवार कोई भी हिलने-डुलने की स्थिति में नहीं था। चौराहे पर बैक करता एक ट्रक आड़ा होकर ऐसा फँसा कि सभी ओर के रास्ते बंद। आधा घंटे बाद आगे-पीछे करके किसी तरह ट्रक सीधा हुआ तो थोड़ी साँस मिली। अभी एंबुलेंस जगह बना ही रही थी कि स्कूली बच्चों से भरी एक वैन आगे बढ़ गईं। वैन रेंगते हुए आगे बढ़ी तो हाथ ठेले वाला आगे आ गया। उसने पार किया तो टैंपो वाले ने रास्ता रोक लिया। अंततः मरीज का एक तीमारदार नीचे उतरा और उसने लोगों को रोककर रास्ता बनाने की कोशिश की। बाँहें फैलाकर जगह बनाई तो एंबुलेंस निकल सकी। थोड़ी देर में पता चला कि अस्पताल पहुचने से पहले ही मरीज इश्वर को प्यारा हो गया। हाय, जाम! को कितनी मौतें लिखी हैं तेरे नाम?

किसी तरह कूदते-फाँदते, टूटी-फूटी सड़क के गढ्डे बचाते घर पहुँचा तो देखा कि दद्दाजी दस बजे रात की ट्रेन पकड़ने के लिए शाम साढ़े सात बजे ही ऑटो से निकल रहे थे। पूछा तो बोले, पुल पर जाम लगता है, इसलिए मार्जिन लेकर निकल रहा हूँ। हमने विदा किया। रात के लगभग साढ़े 11 बजे थे कि दद्दाजी वापस आ गए। पूछा तो बोले, पुल पर सरिया लदे एक खड़खड़े के पलट जाने से ऐसा जाम लगा कि ऑटो न आगे जा सका, न पीछे। पैदल निकलने का रास्ता नहीं मिला। नतीजा, जब तक स्टेशन पहुँचा, ट्रेन जा चुकी थी। जाम, कितनी ट्रेन छूटेंगी तेरे नाम? आखिर कितना मार्जिन लेकर घर से निकलें? दद्दाजी बहुत दुःखी थे। कुरेदा तो फट पड़े, यातायात के मामले में शहर तो जैसे नरक हो गया है। जहाँ देखिए, जाम-ही-जाम। स्कूल लगने के समय जाम, स्कूल छूटने के समय जाम। दफ्तर जाते समय जाम, दफ्तर से आते समय जाम, चौराहों पर जाम, पुलों पर जाम। ऐसे में तो यही कहा जा सकता है—

पुल, चौराहे, घर, सड़क
मोड़-मोड़ पर जाम।
धूल, धुआँ, गढ्डे निरे,
लिखे शहर के नाम॥
शहर तू कितना प्यारा रे
शहर तू कितना न्यारा रे
हो जाए इस शहर में,

एक अनोखी बात।
नया साल दे गिफ्ट में,
इनसे सकल निजात॥
शहर तू कितना प्यारा रे
शहर तू कितना न्यारा रे।

□

मौसम हाईटेक हुआ, हवा कर रही घात

बड़े साइज के मोबाइल पर इंटरनेट से घंटे भर से अटके मित्र के सेल की बैटरी डिस्चार्ज हुई तो उसने अपने दिमाग की बैटरी चार्ज करके मेरी नमस्कार का डाउन सर्वर वाले इंटरनेट जैसी सुस्त मुद्रा में जवाब दिया, "सॉरी, कुछ खास दोस्तों के ग्रुप से चैट चल रही थी।" मैंने पूछा, "हर रोज फेसबुक से कितने दोस्तों से मिलते हो?" वह गर्व से बोला, "फेसबुक पर एक हजार से ज्यादा दोस्तों से रूबरू होता हूँ। व्हाट्सएप पर 100 से 150 दोस्तों से चैट करता हूँ। 18 ग्रुप भी हैं। 50 से 60 दोस्तों से मेसेंजर पर गुड मॉर्निंग व गुड नाइट होती है। इतने ही दोस्तों से इनबॉक्स में बतिया लेते हैं।" मैंने कहा, "तब तो आपका बड़ा तंबूयाना फैलाव है?" वह गर्व से बोले, "सो तो है। सिटी के शानदार लोग भी मुझसे जुड़े हैं। कोई पोस्ट डालता हूँ तो खूबसूरत महिलाओं के भी खूबसूरत व सेंटेंड जवाब आते हैं।"

कहते-कहते उसने जेब से बैटरी बैकअप निकाला और सेल को चार्जिंग पर लगा दिया। सेल खोला तो टन्न की आवाज आई। मित्र ने व्हाट्सएप खोलकर दिखाया। एक साथ 20 संदेश पड़े थे। उसने गर्व से मुझे दिखाया, "देखा, 5 मिनट को फोन बंद हुआ और 20 संदेश आ गए। संदेश देखे तो उनमें कुछ पालतू के शेर, कुछ दहशत फैलाने वाले फोटो व कुछ पत्नी प्रजाति का मजाक बनाने वाले घटिया संप्रदाय के संदेश थे।" उसने जवाब देने शुरू किए तो मैंने नमस्ते कर ली। उसके सेल्फ सृजित भौकाल से मेरे ऊपर इनफीरियॉरिटी कॉम्प्लेक्स हावी हो रहा था।

अभी कुछ ही दिन बीते थे कि मित्रवर से फिर भेंट हो गई। उनका मूड बरसात में कीचड़ बनकर सड़क तक फैली सिल्ट की तरह दूर से बदबू मार रहा था। कारण पूछा तो तल्खी के साथ बोले, "धोया, भिगोया, निचोड़ा और हो गया" के इस फास्टफूड के दौर में रिश्तों को जैसे लकवा मार रहा है। फेसबुक पर हमारे ढाई हजार से अधिक मित्र हैं। किसी एक्ट्रेस का फोटो पोस्ट करता हूँ तो सिटी सहोदर ग्रुप के सदस्यों को मिलाकर दो हजार से अधिक लाइक व खूबसूरत कमेंट आ जाते हैं। अभी

शहर की गढ्डे-गढ्डे हुई सड़क पर मेरा खाकी वर्दी की जीप से एक्सीडेंट हुआ तो लहूलुहान होने की घटना फेसबुक पर डाली। अफसोस, इसे भी 150 लाइक और 55 बधाई संदेश आ गए। कुछ ने 'बाइक चलाते हुए ताक-झाँक न करने' कुछ ने 'नशे में गाड़ी न चलाने' की नसीहत दे डाली। फेसबुकिया दोस्तों में से एक का भी फोन नहीं आया और सिटी सहोदर ग्रुप से भी कोई हाल पूछने वाला नहीं मिला। अगली पोस्ट हमने इलाज के लिए मदद की डाली तो सिटी के दो सौ लोगों ने मेरी फ्रेंडशिप लॉक कर दी। कैसा वक्त आ गया है कि हम भीतर की संवेदना मुट्ठी में रख नहीं पा रहे हैं और लोग 'दुनिया कर ली मुट्ठी में' का नारा लगा रहे हैं।

मित्र की पीड़ा जायज और चेहरा देखने वाला था। मैंने जानबूझकर सवाल किया, "छोटे भाई के घर कब से नहीं गए?" उसके चेहरे पर थोड़ा खिंचाव पैदा हुआ। फिर संयत होकर बोला, "तीन महीने पहले ही तो मिला था।" मैंने अगला सवाल किया और माँ से मिलने गाँव कब से नहीं गए? यह सवाल सुनकर वह थोड़ा संजीदा हो उठा। घुटने पर बँधी गरम पट्टी को थोड़ा ऊपर-नीचे करके सेट किया और गला साफ करते हुए जवाब दिया, "दो महीने होने को हैं।" मैंने फिर एक सवाल किया, "ये सब फेसबुक पर हैं?" वह झुँझला उठा, "गाँव में नेट कहाँ है, फिर आप ये सब क्यों पूछ रहे हैं?" मैंने उसकी कोहनी पर लगे टेप को सहलाया और जवाब दिया, "सुपरस्टार युग के परमैन को जब छोटे भाई व माँ से मिलकर हालचाल पूछने का महीनों वक्त न मिले तो फेसबुक पर हजारों लोगों से हर रोज मिलने का क्या अर्थ हो सकता है?"

वह देर तक सन्नाटे में ठगा-ठगा सा ऐसे खामोश खड़ा रहा, जैसे अपनी साँसों की आवाज सुनने की कोशिश कर रहा हो। उसे लगा जैसे इंटरनेट पर चार्जिंग के दौरान सेल फोन की बैटरी अचानक डिस्चार्ज हो गई हो। वह बिना कुछ बोले चला गया। सवेरे फोन किया तो उसकी बेटे ने बताया, पापा गाँव गए हैं। फोन घर पर छोड़ गए हैं। भीतर से आवाज आई—

मौसम हाईटेक हुआ
हवा कर रही घात।
फोन छोड़ करते नहीं
एक-दूजे से बात।
घात-पर-घात सह रहे
गधे की लात सह रहे॥

□

जल्दी मत आना मिस्टर मानसून?

अब आप कहेंगे कि इतनी सड़ी गरमी, फिर भी मानसून से जल्दी न आने की गुहार? चौंकिए नहीं, मानसून को जल्दी आने की हिदायत मैं नहीं, बल्कि वर्षा के देवताश्री दे रहे हैं। हाल ही में जो थोड़ी बूँदाबाँदी हुई, उसे लेकर शहर खुश था कि मिस्टर मानसून आ रहे हैं, परंतु बाद में पता चला कि वह मानसूनजी नहीं, बल्कि वर्षा के देवताश्री के दूत थे, जिन्हें शहर में सर्वे करने को भेजा गया था कि यहाँ मानसून के स्वागत की तैयारियाँ किस तरह की हैं? आज ही सर्वे रिपोर्ट की कॉपी हाथ लगी है, सो देवताश्री को लग रहा है कि मानसून को आने की जल्दबाजी नहीं करनी चाहिए।

हँसते-मुसकराते यहाँ पिकनिक मनाते हुए सर्वे करने की सोचकर आए दूत जब लौटे तो भूत नजर आ रहे थे। खुदी पड़ी सड़कों से उड़ने वाली धूल, शाम को गलियों से उठने वाले धुएँ और फुटपाथों पर अतिक्रमण को देख दूत बेचारे, ड्यूटी के मारे हाँफ-हाँफकर काम पूरा कर सके। उनकी रिपोर्ट के मुताबिक यहाँ मानसून के स्वागत करने की तैयारियाँ माइनस जीरो परसेंट है। कहीं-कहीं सड़कों पर गड्ढे हैं तो कहीं-कहीं गड्ढों में भी सड़क है। बहरहाल हर गड्ढा बारिश में छोटा-मोटा कुआँ होने व अपने में बच्चों, पैदल यात्रियों व वाहनों को समेटने की तैयारी में है। खुदी पड़ी सड़कों की मिट्टी इतनी सूख चुकी है कि थोड़ी सी हवा भी उड़नछू करने लगती है। उसे तन-मन को गीला करने की प्रतीक्षा है, ताकि अल्टीमेटली एंड कंप्टटली खुद को कीचड़ में बदल सके। वह झकाझक-लकालक कपड़ों में लिपटे आने-जाने वालों तथा उनके चमाचम वाहनों को फिसलाकर ठहाके लगाने का आनंद ले सके और गरमी से पैदा हुई बोरियत दूर कर सके।

सर्वे दूतों से सूखे नाले, नालियों ने शिकायत की है कि उनकी कोख में 'सिल्ट' नामक ऐसे पिंड जम गए हैं कि यदि उन्हें मानसून आने से पहले साफ नहीं किया गया तो पूरे मोहल्ले की किचन तक बदबूदार पानी भेजने को मजबूर होना

पड़ेगा। हमारी वोटिंग से निकला बजबजाता पानी लोगों के आँगन तक चहलकदमी करने लग गया तो बिना किसी अपराध के बद्दुआएँ तो मुझे ही सुननी पड़ेंगी। तमाम मोहल्लों की सड़कों ने पिछले साल छोटी-मोटी नदी अथवा तालाब हो जाने का गौरव प्राप्त किया था? कितने ही लोग घुटने-घुटने पानी में मँझाकर घरों में घुस पा रहे थे। रिक्शों को नाव बनाकर लोग बरसाती वैतरणी पार करते थे। ऐसे मोहल्लों में जलभराव की समस्या और विकराल हो चुकी है। शहर सोचता है कि समस्या का समाधान निकले, तब ही मिस्टर मानसून को आना चाहिए।

सर्वे दूतों ने यह भी कहा कि कूड़े के ढेरों पर भिनभिनाते मच्छरों को गीलेपन की तलाश है। वे चाहते हैं कि श्री मानसूनजी महाराज जितनी कृपा कर दें, उन्हें उनकी पसंद की डिश खाने को मिले। वे डिस्को करते हुए रोग फैलाने की मुहिम शुरू कर सकें। उधर शहर गरमी के मारे बिलबिला रहा है। उस पर बिजली की आँख-मिचौनी ने नरक ही बना दिया है। इसलिए तमाम लोग तो चाहते हैं कि मानसूनजी जितनी जल्दी हो सके, पधार जाएँ; पर जहाँ तक बरसात के लिए शहर की तैयारियों का हाल है, वे मानसून को आने की इजाजत नहीं देतीं। अंत में बस इतना ही—

हे भाग्य विधाता
प्रायोजित नरक के निर्माता
पहले शहर की कुंडली टटोलो
मानसून से तब आने को बोलो
हम गरमी की मार सह लेंगे
बिना बिजली के भी रह लेंगे
पर बारिश से उपजी
सड़ाँध को कैसे सहेंगे?
रास्ते व घर बने टापू तो
कहाँ और कैसे रहेंगे?
पहले ठीक से आँखें खोलो
फिर मानसून आने को बोलो।

□

अथश्री फुटपाथ उवाच

जी हाँ, मैं फुटपाथ बोल रहा हूँ। दसियों साल हुए, मेरा दुःख-दर्द कोई सुनने वाला नहीं है। अब जबकि मुझे लूप लाइन से निकालकर पटरी पर लाने की मुहिम शुरू हुई है तो मैं अपने मन की गाँठें खोल रहा हूँ। सदियों पहले जब मानव सभ्यता का विकास हुआ और क्रमशः शहर बसे तो मेरा जन्म हुआ। हमारी पड़ोसन काली-कलूटी सड़क पर लपालप बत्तियों, हू-हू हूटर व हॉर्न बजाकर बेलौस भागने वाली गाड़ियों, खड़-खड़ करते खड़खड़ों और दूसरे वाहनों से बच-बचाकर लोगों को सही-सलामत घर पहुँचने के लिए मेरा अवतार हुआ।

मैंने अपनी छाती पर भीड़ की चहलकदमी झेली, पर उफ नहीं की और एक दिन ऐसा आया कि जिन लोगों के लिए मुझे पैदा किया गया, वही मिटाने में जुट गए। अब वे मुझे लेकर एक-दूसरे को भदेस-से-भदेस कुविशेषणों से संबोधित करते हैं, पर मौका मिलते ही वे ही मुझे प्रताड़ित करने से बाज नहीं आते।

जी हाँ, मैं फुटपाथ मरणासन्न हालत में हूँ, फिर भी साहस करके बोल रहा हूँ। स्वार्थीजनों ने मुझे मिटाने के लिए कोई कोर-कसर नहीं छोड़ी। जैसे अधिकांश लोगों ने अपने मन की मुट्ठी से नैतिकता, सिद्धांत व ईमानदारी उड़नछू कर दी, मुझे भी गायब करने में जुटे हैं। मैं कहीं चौड़ीकरण संस्कार के लिए सड़क को समर्पित कर दिया गया तो कहीं मेरी छाती पर दुकानें सजाकर मेरा रंग-रूप, चाल व चोला सबकुछ बिगाड़कर रख दिया गया। किसी ने मेरी देह पर साइकिल स्टैंड खोल लिया तो किसी ने जानवर बाँध दिए। किसी ने घर का सामान सजा दिया तो किसी ने मेरी देह को कूड़े के ढेर में दबा दिया। मैं बेचारा अतिक्रमण का मारा कब से चीख रहा हूँ, रो रहा हूँ, खीज रहा हूँ, पर आँख के अंधे, गाँठ के पूरे लोगों के कान पर जूँ नहीं रेंगती।

जी हाँ, शहर में मुझे ऐसे सुदर्शन लोगों के कुदर्शन करने का अटल सौभाग्य मिला है, जिन्होंने पहले मेरी देह पर पत्थर रखकर फूल चढ़ाए। थके-हारे, परेशान-

टूटे, अंधी आस्था के वशीभूत पूरे लोगों ने चमत्कार की प्रबल प्रत्याशा में पत्थर पर जल व चावल चढ़ाने शुरू किए और फिर मेरी देह पर पूजाघर खड़ा हो गया। मैं, मैं न रहकर चढ़ौती की चाल बन गया। कहीं लोगों ने मेरी देह पर खूँटे गाड़े और चादर तानकर बेचने लगे फल, फूल, कपड़े, अनाज, कुल्फी-कुल्चा, छोले, सब्जी और पता नहीं क्या-क्या? पैदल चलने वालों से मेरा नाता टूट गया। मेरी देह की खाल छिली, हड्डियाँ टूटीं तो भी किसी ने फिक्र नहीं की। ऊपर से कूड़े के डिब्बे रख दिए। धीरे-धीरे मेरा अस्तित्व ही एक घूँट का पाँच रुपए लगेगा? उद्भव के पाँव के नीचे से जमीन ही खिसक गई। सोचने लगे, पीने का पानी भी निर्गुण हो गया? थोड़ी देर में संयत होकर फिर उसकी ओर ध्यान दिया, जिस कारण शहर में आए थे। रिक्शे वाले से बिना कुछ कहे आगे की ओर निकल पड़े।

थोड़ी दूर चले तो उन्हें धुँधलके में एक मंदिर दिखा। किसी तरह वहाँ पहुँचे तो देखा, चबूतरे पर कुछ लोग सो रहे थे। अचानक उनका पाँव मार्ग में सो रहे कुत्ते की पूँछ पर पड़ गया। कुत्ता जोर-जोर से भौंकने लगा। लोग जाग गए। उद्धव ने इशारे से पूछा कि यहाँ कैसे सो रहे हो? एक बुजुर्ग ने अपनी बनियान की जेब से 50 का नोट निकाला और उसे उद्धव की ओर बढ़ाते हुए बोला, "आज सादी वर्दी में हो साहब! कई दिनों से बिजली गायब है सो मोहल्ले के कई परिवार यहाँ?" उद्धव को झटका लगा, बोले, "बिजली के दर्शन करने हों तो क्या करें?" बूढ़ा फूट पड़ा, "बिजली दर्शन के लिए आपको किसी मंदिर जाने की जरूरत नहीं है। राजधानी लखनऊ के साथ मिनी राजधानियों जैसे रामपुर, इटावा व कन्नौज जाइए।"

उद्धव अब सबकुछ समझ चुके थे। वे सीधे श्रीकृष्ण के पास पहुँचे और बोले—

प्रभु मेरे औगुन चित न धरो
क्षमा, और कोई आदेश करो।
बिजली महा ठगिनि हम जानी
जानि न पावैं गति ज्ञानी-ध्यानी
कुछ लोगों के घर गिरवी रहती
जनता तो बस अँधियारा सहती
प्रभुजी, कोई चमत्कार करो।
कनपुरियों का दुःख-दर्द हरो।

□

जब फूट-फूटकर रोए चाकू और जंजीर

शहर में मासूम संभावनाओं, सतरंगी सपनों और आधी दुनिया की पुनीत प्रतिनिधि की निर्मम हत्या के बाद 'चाकू' व 'जंजीर' जब पहली बार मिले तो दोनों ने पहले तो एक-दूसरे पर गुस्सा उतारा, फिर गले लिपटकर घंटों रोते रहे। शहर के बिगड़ते संस्कारों को कोसा, अपने दुरुपयोग पर अफसोस जताया और लौह खानदान की बदनामी पर भी दु:ख जाहिर करते हुए लंबी आह भरी।

"छी-छी, कलमुँही कहीं की! तुझे जरा सी भी दया नहीं आई उस मासूम का खून बहाने में। निर्दयी! तूने एक हत्या ही नहीं की है, जाने कितनों के भीतर जल रही विश्वास की 'ज्योति' बुझाई है। वक्त तुझे कभी माफ नहीं करेगा।" जंजीर ने जैसे चाकू को उसके किए पर ललकारा।

"मैं तो अपने किए पर शर्मसार हूँ ही, पर तू कौन सी पाक-साफ है। तूने भी तो उस बुजुर्ग को मौत की गोद में बाँधकर फुँकवा दिया। तुझे तो किसी गहरी खाई में दबकर जंग के हाथों घुट-घुटकर मरना चाहिए।" चाकू ने करारा जवाब दिया।

दोनों के बीच इसी तरह की डाँट-फटकार, बार-बार लगातार चलती रही तो अचानक चाकू रो पड़ा। बोला, "अपने आप से शर्मिंदा हूँ। हम तो सब्जी काटने के लिए तैयार किए गए थे, पर गला काटने के काम आए। समुद्र मंथन से जो पीयूष (अमृत) निकला, उसे पीकर देवता अमर हो गए और एक इस कलयुगी अमृत ने मेरा दुरुपयोग कराकर किसी की जिंदगी छीन ली।" उसकी बात सुनकर जंजीर का मन भीतर तक छिल गया। रुँधे गले से बोली, "और मेरे काले-कलूटे भाग्य ने तो मुझे कहीं का नहीं छोड़ा। मुझे तो रक्षा-सुरक्षा के लिए चीजों को बाँधने के लिए लाया-बनाया गया और मुझसे किसी की साँसें बँधवा दी गईं। इतने दर्दनाक, खौफनाक, दरिंदगी वाले काम में शामिल होने की सजा तो यही थी। अच्छा था कि उसी आग में फुँक जाती। पर पुलिस की कस्टडी में पड़ी आँसू बहा रही हूँ।"

जंजीर का दर्द सुनकर चाकू सुबक-सुबककर रोने लगा। बोला, "उफ! आदमी

भी क्या चीज है? उस काले कारनामे से लड़कियाँ शादी के नाम से डरने लगी हैं। जिनकी शादी हो गई है, वे अपने पति को संदेह की नजर से देखने लगी हैं। मासूम बेटियों के पिताओं की साँस फूली है। किस विश्वास के साथ लड़की को किसी के साथ विदा करें? सवाल उन्हें मथ रहा है। मैं किसी लड़की के सामने पड़ता हूँ तो वह सहम जाती है।" चाकू की दर्द भरी बातों से जंजीर की भी रुलाई छूट पड़ी। किसी तरह खुद को संयत करके बोली, "और मुझे देखिए। मेरी उपयोगिता संदिग्ध हो गई है। किसी दुकान पर मेरी किसी बहन को कोई लेने आता है तो लोग संदेह की दृष्टि से देखते हैं। उम्र तपाकर छोटी-मोटी जमीन-जायदाद खड़ा कर लेने वाले बुजुर्ग सोचने लगे हैं कि क्या तपस्या का परिणाम यही है। दो चीजों को बाँधकर एक करने वाली मैं जब से आदमी के बीच खाक हुए विश्वास की चशमदीद हुई हूँ, अपने आप से शर्मिंदा हूँ। देख, तू और मैं दोनों एक ही अर्थात् लौह खानदान से हैं। मैं तो ईश्वर से मनाती हूँ कि अब जंजीर बनाना तो अपराधियों को फाँसी देने वाले फंदे की शक्ल में बनाना। किसी निर्दोष को जिंदा जलाने के लिए नहीं।"

दोनों ने एक-दूसरे को देखा और फिर गले मिलकर रो पड़े। दोनों खूब देर तक फूट-फूटकर रोती रहे। अचानक कहीं से आवाज आई, "तुम दोनों को अपना-अपना दुःख इतना बड़ा लग रहा है कि मेरे दामन में लगी कलंक की कालिख को भूल गए। 1857 की क्रांति में अत्याचारियों का दिल दहला देने वाला मैं, अपनी जान की आहुति देकर दंगे का खून-खराबा रोकने वाला मैं, आँखों-में-आँखों डालकर दुश्मनों को ललकारने वाला मैं, इन घटनाओं से इतना शर्मिंदा हूँ कि सामने आँख उठाकर देखने का साहस नहीं कर पा रहा हूँ।" जंजीर-चाकू ने आवाज पहचानी। आवाज किसी और की नहीं, अपने क्रांतिकारी शहर की थी। चाकू बोला—

हे मदहोश इनसान
अपने स्वार्थों के कद्रदान
तुझे काटना ही है तो
किसी का गला नहीं,
मुसीबतों के फंदे काट
काले-कलूटे गोरखधंधे काट।
मुझे मर्ज ठीक करने के लिए
ऑपरेशन में काम ला।
रिश्ते काटने का
हथियार मत बना।

□

आँखों में जलने लगी, लुप-लुप बत्ती लाल

प्रस्तावना : राजनीति लोकतंत्र के गर्भ से उत्पन्न एक ऐसी अबूझ पहेली है, जो राज व नीति शब्दों के संयुक्त प्रभाव से बनती है। वर्तमान में इसमें नीति गायब है, राज ही शेष बचा है। इस राज के राज अर्थात् रहस्य को जो लोग कतई नहीं जानते, वे राज का मजा लूट रहे हैं और जो पूरी तरह से जानते हैं, वे नीति की पूँछ पकड़े वैतरणी में डूब-उतरा रहे हैं।

राजनीति के प्रकार : वर्तमान राजनीति की दो प्रजातियाँ हैं—(क) 'ऊँच राजनीति' व (ब) 'नीच राजनीति'। भारतीय समाज में सदियों से व्याप्त 'ऊँच-नीच' की भावना इन दिनों कई राजनेताओं की जिह्वा के नीचे किसी वायरस की तरह चिपकी हुई है। आइए, इन दोनों तरह की राजनीति से परिचित होते हैं।

(क) ऊँच राजनीति : आजादी से पहले तक इस प्रजाति की राजनीति का बोलबाला था। तब के राजनेता श्रद्धा के साथ देश को अपने सिर पर रखकर उसके मान-सम्मान, स्वाभिमान, विकास के लिए राजनीति करते थे। अंग्रेजों के खिलाफ उन्होंने भूखे रहकर चमकदार व दमकदार राजनीति की। आजादी मिलने के बाद इसका तेजी से क्षरण होने लगा। आज यह राजनीति शोरूम की वस्तु हो गई है और धीरे-धीरे राजनीति की यह प्रजाति लुप्त-सी हो गई है।

(ख) नीच राजनीति : राजनीति की यह प्रजाति सहज सुलभ, सस्ती, (अ) सुंदर, टिकाऊ और बिकाऊ है, जो मान-सम्मान, स्वाभिमान, सच्चाई, सिद्धांत, सदाशयता, दया, क्षमा, करुणा, ईमानदारी व जनता जैसे शब्दों से मीलाधिक दूरी बना जाति, धर्म, क्षेत्र, भाषा, संप्रदाय, फूहड़ नाटक-नौटंकी की पीठ पर सवार होकर बेशर्मी की सड़क पर सरपट यात्रा करती है। इन दिनों इसका नक्केटाआ स्वरूप हर शहर में देखा-सुना जा सकता है।

कुशब्दों की चोरी : नीच राजनीति के हजारों हाथ, हजारों पाँव, हजारों आँखें, कान, नाक व नाखून हैं। उसके करोड़ों स्वरूप हैं। कण-कण व क्षण-क्षण

में व्याप्त इस प्रजाति की राजनीति के रक्तबीज बेशरम बेल की तरह बढ़ते हैं। इन दिनों इस प्रजाति की राजनीति आम फहम भाषा के कुशब्दों जैसे, नीच, शैतान, आदमखोर, जंगली जानवर, हत्यारा, दंगाबाज, दगाबाज, धोखेबाज, फेंकू, फर्जी, जहरीला, विभाजनकारी, देशद्रोही, सौदेबाज, विनाशकारी, महिला मान-मर्दक, भ्रष्ट, झूठा आदि की चोरी करके अपनी (कु) भाषा का (कु) विकास करने में जुटी है।

सौदेबाजी : ऊँच व नीच दोनों ही प्रजातियों की राजनीति सौदेबाजी में निपुण मानी जाती है। दोनों ही तरह की राजनीति अपने-अपने ढंग से काम करती है। राजनीति सत्याग्रह, अनशन, धरना जैसे शांतिप्रिय हथियारों के माध्यम से देश के स्वाभिमान के लिए अपने जीवन तक का सौदा करने से पीछे नहीं हटती थी। नीच राजनीति भी प्रयोग तो इन्हीं हथियारों का करती है, परंतु वह देश के लिए नहीं, गद्दी के लिए वोटों का सौदा करती है। सही व सुंदर तसवीर पर भी स्वार्थ का कीचड़ फेंककर जनता को भ्रमित करके भ्रष्टाचार को संस्कार व शिष्टाचार को कुसंस्कार साबित करने की कोशिश करती है।

उपसंहार : राजनीति के अनेक रंग हैं। इन रंगों को इस प्रकार भी कहा जा सकता है—

वोट 'भिखारी' डोलते,
लिये कटोरा हाथ।
सबको सपने में दिखे,
मढ़ा मुकुट से माथ॥
मन मकड़ी बन घूमता,
बुने स्वयं में जाल।
आँखों में जलने लगी
लुप-लुप बत्ती लाल॥
दर्शन छोटे ही दिखे,
बड़े-बड़े बस नाम।
सहने को मजबूर हम,
कूड़ा-करकट, जाम॥

मुखड़े पर पोते चमक,
भीतर है भूचाल।

सबका दावा जीत का,
ठोंक रहे हैं ताल॥

हीन आचरण के धनी
अब चुनाव पर ध्यान।
धोती, कंबल, टोपियाँ,
बाँट रहे श्रीमान॥

□

शुभ व सुखद यात्रा के लिए
(अ) शुभकामनाएँ

शहर का रेलवे स्टेशन कोई हरा-भरा पार्क तो नहीं है, जो कोई व्यक्ति तीन घंटे तक वहाँ चहलकदमी करके प्रकृति का आनंद उठाए? पर पुरानी कहावत के अनुसार सोलह आने और नई कहावत के अनुसार यह चौबीस कैरेट का सच है कि इस बंदे ने उस दिन रेलवे स्टेशन पर तीन घंटे तक चहलकदमी की। कारण, फोन पर राइट टाइम बताई गई ट्रेन आदतन तीन घंटे लेट थी और यथास्थितिवादी रेलवे संयंत्र फोन पर हमेशा की तरह झूठी जानकारी दे रहे थे। इन तीन घंटों में बंदा साक्षात् खौफ, द्विविधा व टेंशन की जीती-जागती तसवीर बना रहा।

ट्रेन के निर्धारित समय से 20 मिनट पहले पहुँचा तो स्टेशन के मुहाने पर ही बेतरतीब, आड़े-तिरछे खड़े वाहनों के ऐसे सार्वभौमिक, परंपरावादी व पुख्ता जाम से दो-दो हाथ करने पड़े कि सामान उठाकर मैराथन करके प्लेटफॉर्म पर पहुँच पाया। प्लेटफॉर्म पर क्षमता से दो गुना भीड़। डिस्प्ले बोर्ड पर देखा तो उस ट्रेन व कोच का नंबर दिखाया जा रहा था, जो आधा घंटे पहले जा चुकी थी। धक्का-मुक्की इतनी कि हर धक्के पर लगता कि पर्स गया? कभी लगता कि अब गिरे, तब गिरे तो कभी किसी का सामान सिर पर गिरने का खौफ। अचानक उद्घोषिका ने घोषित किया कि ट्रेन दो घंटे देरी से आ रही है।

एक घोषणा ने हताशा, निराशा, आक्रोश, दुःख, खौफ सभी का ग्राफ महँगाई से भी ज्यादा तेज गति से बढ़ा दिया। बुद्धि जड़ हो गई। सोच पर भी जैसे चुनावी आचार संहिता लग गई हो। प्लेटफॉर्म पर जितने मुसाफिर उससे ज्यादा उनके परिजन, कुली, अवैध वेंडर, वसूली की मुद्रा में हाथ फैलाए खाकी वर्दीधारी, भगवा वस्त्र पहने बाबा, भिखारी, सवारियाँ खोजते रिक्शा व ऑटो वाले भरे पड़े थे। प्रतीक्षालयों में बगुला भगत की मुद्रा में एक टाँग पर खड़ा रहने की भी जगह नहीं।

खौफ उस समय तो सीने पर चढ़ बैठा, जब तड़ातड़ गोलियाँ चलने की आवाजें आने लगीं। गोलियों की आवाज सुनकर पहले भगदड़ मची, फिर चीख-पुकार। प्लेटफॉर्म के साथ भीतर से जी भी काँप गया।

कुछ देर में चर्चाओं की भट्ठियाँ सुलगने लगीं। एक ने सवाल उछाला, स्टेशन की सुरक्षा के नाम पर इतना भद्दा मजाक? आखिर असलहे भीतर तक आ कैसे गए? दूसरे ने कहावत उछाली, अंधे पीसें, कुत्ते खाएँ, स्टेशन आना है तो जान हथेली पर रखकर आइए। एक अन्य ने जुमला कसा, खामोश आचार संहिता लागू है। अफवाहें फैलाना मना है। अगला बोला, चुप रहिए, हम अगली सदी की ओर बढ़ रहे हैं, किसी ने जवाब दिया, पर बढ़ेंगे कैसे? गाड़ियाँ तो कई-कई घंटे लेट चल रही हैं। अगले ने कहा, शांत! हम सभी सीसी टीवी कैमरे की निगरानी में हैं। बीच में कुली बोल पड़ा, कैमरे तो जमाने से अंधे पड़े हैं। किसी ने कहा, पुलिस क्या कर रही है? दूर से जवाब आया, पुलिस ए.सी. में सो रही है या फिर वसूली में व्यस्त है।

अचानक उद्घोषणा हुई कि गाड़ी तीन घंटे लेट है। इस लेट ने तो लपेट ही लिया। प्लेटफॉर्म के कोने में खड़े कूड़ेदान के पास नाक पर रुमाल रखकर किसी तरह एक घंटा कटा। घटना के बाबत काले कोट वालों से कुछ पूछा तो उन्होंने हिकारत से देखा। कुली मुसकराकर निकल लिये। ट्रेन आई तो लगा कि जैसे डूबी साँस आ गई।

उद्घोषिका ने
यात्रा मंगलमय की आवाज सुनाई
फिर भी ट्रेन तीन घंटे लेट आई
बजबजाता कूड़ा,
भिनभिनाती मक्खियाँ
आपको क्या-क्या बताएँ
वहीं एक पट्टी पर लिखा था
कृपया, गंदगी न फैलाएँ।
शुभ व सुखद यात्रा के लिए
शुभकामनाएँ...

□

सिर्फ हिंदुस्तान बनकर बोलो

पिछले दिनों लगातार दो दिनों में दो सम्मान मिले तो एक तथाकथित उदारवादी साहित्यकार मित्र का फोन आया। बोले, "जब सम्मान लौटाने की होड़ लगी है, तब आप सम्मान बटोरने में लगे हैं। यह तो निजकुल का घोर अपमान है। आपको तनखइया घोषित किया जा सकता है।" मित्र का लहजा इतना सख्त था, जितनी सख्त भाषा में तो सम्मान लौटाने वाले साहित्यकारों ने कभी नहीं बोला होगा। मैंने सुसंस्कृत भाषा में जवाब दिया, "भाई, सम्मान न तो खरीदा जाता है और न बेचा जाता है। न माँगा जाता है, न बटोरा जाता है। सम्मान तो बस लिया जाता है या दिया जाता है। सम्मान के साथ लेने वाले और देने वाले दोनों की ही संवेदना, सोच, समर्पण, साधना, सहृदयता, सदाशयता जैसे कई उपक्रम जुड़े होते हैं। इसलिए सम्मान लौटाने नहीं, सहेजने की वस्तु होती है। यह कोई बाजार से खरीदी वस्तु तो है नहीं, जो उसे लौटाया जा सके।"

मित्र मेरे व्याख्यान को सुनकर खामोश हो गए। बोले, "आप समझते नहीं हैं?" मैंने जवाब दिया, "मैं समझ ही तो रहा हूँ।" वह बोले, "क्या खाक समझ रहे हो? देश में जो माहौल चल रहा है, उसमें साँस लेना मुहाल है और आप हैं कि समझने को तैयार ही नहीं हैं।" मैंने कहा, "क्या माहौल चल रहा है?" उस दिन के कार्यक्रम में आप ने एक जनप्रतिनिधि से माला और उत्तरीय पहना। बाद में हुई पार्टी में जी भरकर जाम लिये और खुद को सम्मानित बताते हुए अब तक मिले सम्मानों की फेहरिस्त सुनाई। अभी भी कुछ समझने-समझाने को बाकी है?"

मित्र थोड़ी देर के लिए खामोश हुआ। उसने गले में फँस गई मेरी बातों को खँखारकर पेट की ओर ढकेला और फिर थोड़ा संयत होकर बोला, "आप गलत समझ रहे हैं। मेरा मतलब है कि मुझे पहले सम्मान मिल चुका है, अब आपको भी मिला है, क्यों न हम लोग भी सम्मान लौटाने-लौटाने का खेल खेलें। पहले सम्मान लेकर अखबारों में फोटो छपवाई थी, अब वापस करके छपवाते हैं। वो कहावत है न कि बदनाम होंगे तो क्या हुआ, नाम तो होगा?"

मैं खेल को समझ चुका था सो मैंने भी खेलना शुरू किया। मैंने कहा, "पर सम्मान लौटाने का कोई कारण भी बताना होगा?" उसका तुरंत जवाब आया, "बस वही, इन दिनों हवा में एक शब्द है न 'असहिष्णुता'। यह अलग बात है कि सम्मान लौटाना भी अपने आप में असहिष्णुता है। जिस संस्था व जिन्होंने दिया है, उन्हें 'असहिष्णु' होने को प्रेरित करना है, परंतु इससे क्या फर्क पड़ता है। हम ठहरे स्वयंभू विशिष्ट साहित्यकार, हमारा तो समाज में असहिष्णुता, सांप्रदायिकता, सेकुलरिज्म, बीफ जैसे शब्द फेंकते रहने का सर्वाधिकार सुरक्षित है। हम चाह लें तो 'विमर्श' शब्द को जिसके साथ जोड़कर साहित्य की एक नई धारा बना देते हैं। इसलिए हमें भी आगे आना चाहिए और बहती गंगा में हाथ धोने चाहिए। क्या पता खेल-खेल में हम इतना बढ़िया खेल जाएँ कि लोग हमारे इस कदम को हँसी-खेल न मानकर कोई ऐसा बड़ा दाँव खेल दें कि प्रायोजकों का खेल बिगड़ जाए?"

मित्र काफी मुखर हो उठे थे। मैं भी समझ रहा था कि वह मुझे भाषाई चकरघिन्नी में चक्कर कटवाकर ऐसे चक्कर में उलझाना चाहता है, जिसमें फँसकर मैं घनचक्कर बन जाऊँ। मैंने निवेदन किया, "चलिए, मैं भी आपके खेल का खिलाड़ी बनता हूँ, परंतु पहले आप अपने रचे साहित्य को हाजिर-नाजिर मानकर, भावी साहित्य की शपथ लेकर सम्मान में मिली रकम को ब्याज सहित, उस सम्मान से बड़े मान से और मिले सम्मान, उनमें मिली मालाएँ, शॉल, रकम, शोहरत लौटाने की घोषणा कीजिए। यदि आपकी शोहरत का ग्राफ बढ़ा तो मैं भी आपका अनुसरण करूँगा।" मित्र डिस्चार्ज बैटरी वाले मोबाइल की तरह शांत हो गए। मैं सोच रहा था कि अपना शहर कितनी शांत प्रकृति का है कि कई लोगों के पास कई तरह के बड़े सम्मान हैं, पर एक ने भी सम्मान के साथ खेल खेलने की पहल नहीं की। हमने सुना, एक फकीर गा रहा था कि—

न हिंदू, न सिख, न ईसाई
न मुसलमान बन के बोलो।
न सिंहासन न कि ठेकेदारों की
जुबान बनकर बोलो
न धर्म, न पंथ, न मजहब की
दुकान बनकर बोलो।
बोलना ही है तो
सिर्फ, सिर्फ और सिर्फ
हिंदुस्तान बनकर बोलो।

□

मत देना लालची मछलियों को तैरने का हुनर

'कोयले की दलाली में हाथ काले' की कहावत तो एक बार इसलिए समझ में आती है कि कोयला होता ही काला है। पर यदि कहावत यह बने कि 'बीमारी के व्यापार में हाथ हीरा' तो किसी का भी चौंकना स्वाभाविक होगा। चौंकने के साथ जिज्ञासा भी होगी कि आखिर इस नवसृजित कहावत का अर्थ क्या हो सकता है? सच तो यह है कि इस कहावत के साथ अर्थ (धन) इतना गहरे जुड़ा है कि लोगों के जीवन के साथ अनर्थ हो रहा है। जो 'अर्थ' से समर्थ हैं, उन्हें भले ही यह कहावत व्यर्थ लगे, पर जिनका 'अर्थ' से 36 का आँकड़ा है, उनके लिए यह कहावत जिंदगी व मौत का सबब बनती है।

जी हाँ, बीमारी है तो इलाज की जरूरत होगी? इलाज होगा तो दवाइयाँ होंगी। दवाइयाँ होंगी तो अर्थ का खर्च होगा। खर्च होगा तो हिसाब होगा। हिसाब ठीक है तो भले ही कर्ज लेकर इलाज कराया जा रहा हो, पर हिसाब, बेहिसाब और उससे फायदा। बेकायदा हो तो हलचल तो होगी ही। इन दिनों इसी हलचल से हमारे कुछ मित्र रूबरू हुए हैं। एक मित्र हैं, जो ताजा-ताजा बाप बने हैं, पत्नी को भरती कराने से पहले तीन नर्सिंग होम के भाव, प्रभाव और सुझाव लेकर आए थे। डिस्चार्ज कराया तो बिल का भार तो दिल पर भारी पड़ा ही, सच के कुछ चित्र इतने विचित्र दिखे कि उनकी नींद ही उड़ गई। पूछा तो कुछ नमूने बताए। मसलन चिकित्सा सेंटर में जो जरूरी बताकर पाँच इंजेक्शन लगाए गए, उनकी कीमत 1800 रुपए प्रति इंजेक्शन थी। बाहर पता किया तो उसी कंपनी का वही इंजेक्शन 1100 रुपए का था। मित्र ने बाहर से इंजेक्शन लाने का प्रस्ताव रखा तो नर्सिंग स्टाफ ने तर्क दिया कि बाहर की दवाइयों से कोई इंफेक्शन हो जाए तो उनकी जिम्मेदारी नहीं होगी? सवाल है कि भीतर व बाहर की दुकानों की दवाइयों में इतना फर्क क्यों? पूरा बिल देखा तो मेडिकल फीस के

साथ कमरे में रखे डस्टबिन तक का किराया लगा हुआ था। मित्र बोले, "कितने ही टेस्ट व दवाइयाँ ऐसी, जिनकी जरूरत ही नहीं थी, पर उन पर खर्च करना पड़ा। जितने खर्च में कभी शादी हो गई थी, उससे ज्यादा खर्च में औलाद मिली। ऊपर से पत्नी ताने मारती है कि नॉर्मल डिलीवरी हो सकती थी, पर फालतू में पेट फड़वाना पड़ा।" मित्र के कथन में कितनी सच्चाई है, यह तो वही जानें, पर उन्होंने आजकल 'मजबूरी का नाम···' मुहावरे को 'मजबूरी का नाम इलाज' बना रखा है।

उस दिन एक अन्य मित्र थोड़ा खुश थे, क्योंकि उन्हें नन्हे बच्चे के इलाज के लिए रिश्तेदार के मेडिकल स्टोर से दवाइयाँ लेने और पैथोलॉजी से टेस्ट कराने पर दस प्रतिशत की छूट जो मिली थी, परंतु उनकी खुशी पर उस समय पानी पड़ गया, जब अगले सप्ताह उन्हीं दवाइयों को दूसरे मेडिकल स्टोर से खरीदने व वही टेस्ट दूसरी पैथोलॉजी में बिना छूट के कराने का खर्च छूट वाले खर्च से भी दस प्रतिशत कम आया। दवाइयों व पैथोलॉजी के इस तिलिस्म को तो ऊपर वाला ही जाने, पर मित्र उस दिन से ऐसी 'छूट' को 'लूट' कहते घूम रहे हैं।

उस दिन एक बुजुर्ग डॉक्टर साहब मिल गए। दोनों मित्रों ने उनके सामने ये सवाल रखे तो उनके चेहरे पर तनाव की परतें उभर आईं। फेफड़ों में हवा भरकर बोले, "जिस व्यवस्था में दिल की दवाइयों में भी दलाली चलने लगे, जहाँ बड़े-बड़े दिल वाले लोग वॉल्व और पेस मेकर में आधे-आधे का सौदा करने लगे, जब धन कमाने के लिए नकली ग्लूकोज बनाया जाने लगे, जब कमीशन के चक्कर में बिना जरूरत के कई-कई टेस्ट कराए जाने लगें, जब वेंटीलेटर, ऑपरेशन व पैथोलॉजी को लालच की कमाई का हेतु बना दिया जाए और जब कुछ मछलियाँ इस तरह की हरकतों से चिकित्सा सेवा जैसी पवित्र नदी को लालच की उलटी करके गंदा करने लगी हैं तो ईश्वर से यही प्रार्थना उपयुक्त होगी—

हे प्रभु!
ऐसी लालची मछलियों को
पवित्र नदी तक मत लाना
नदी तक आ भी जाएँ तो
उन्हें तैरना मत सिखाना
हे प्रभु! मेरी जिंदगी
किसी पर भार न करना।
अपने पास बुला लेना पर
बीमार न करना।

□

‘तंत्र’ से बाहर ‘गण’ वाला गणतंत्र

“शिवजी के गण जब तंत्र-मंत्र से वश में किए जाएँ तो उसे गणतंत्र कहते हैं।” एक विद्यार्थी से जब गणतंत्र की यह परिभाषा सुनी तो दंग रह गया। आधी शताब्दी से अधिक समय में भी आम आदमी को झाड़ू पकड़ने, भाषण देने, लोकतंत्र को कोसने की कला तो आ गई, पर न तो वोट देना आया और न गणतंत्र के अर्थ की समझदारी। अपना शहर भी इस विसंगति से अछूता नहीं है। स्नातक के एक छात्र से पूछा तो उसने तपाक से जवाब दिया, “जिस ‘तंत्र’ में ‘गण’ को कोई स्थान न हो वह कैसा गणतंत्र?”

स्नातक छात्र की सोच पर उँगली उठाने का मन किया, पर लगा कि शायद वह सही कह रहा है। इसलिए गणतंत्र को लेकर मजदूर से पूछा तो उसका उत्तर था, उसके लिए तो गणतंत्र का मतलब एक दिन की दिहाड़ी का न मिलना। छोटे बच्चों ने बताया कि गणतंत्र का मतलब प्रभात फेरी, गाना बजाना और लड्डू। सरकारी कर्मचारी का जवाब था कि गणतंत्र का मतलब छुट्टी और पिकनिक। नेताजी ने बताया कि उनके खुद के लिए गणतंत्र का मतलब झंडारोहण, भाषण व माल्यार्पण, बस और कुछ नहीं।

हमारे पड़ोसी अपने बच्चों के साथ दो दिन से कागज के तिरंगे झंडे बनाने में जुटे हैं। कहते हैं, उनके लिए गणतंत्र और स्वतंत्रता दिवस बस बच्चों को झंडियाँ बेचकर रोटी का इंतजाम करने से अधिक नहीं है। मिठाई वाले भैया लाल कहते हैं, सौ दो सौ किलो लड्डू की बिक्री हो जाती है। बस अपना तो गणतंत्र दिवस मन जाता है। लाउडस्पीकर वाला इसलिए खुश है कि उसको काम मिल जाता है। जैसे राजनीतिक पार्टियों के अपने-अपने महापुरुष हो गए हैं, अपने-अपने रंग हो गए हैं और लोकतंत्र तथा सेकुलरिज्म की अपनी-अपनी परिभाषाएँ हो गई हैं, वैसे ही देश हो या शहर लोगों के लिए गणतंत्र का मतलब भी अलग-अलग हो गया है, सवाल है कि ऐसे में लोकतंत्र कैसे मजबूत होगा?

जब गणतंत्र को लेकर यही सवाल एक सैनिक से किया तो उसने दोनों मुट्ठियाँ कसते हुए कहा, "गणतंत्र का मतलब है कि देश की आजादी की सुरक्षा, लोकतांत्रिक व्यवस्था को और मजबूत करने का संकल्प और गण व तंत्र के लिए आत्म मूल्यांकन।" काश, गणतंत्र की यह व्याख्या सभी को समझ में आ जाती तो व्यक्ति, धर्म, सरकार, पार्टी, भाषा सबकुछ बाद में होता, देश पहले होता। काश, 'तंत्र' में कुरसी पीछे 'गण' आगे होते तो 'जन-गण-मन अधिनायक' गाते हुए हमारी राष्ट्र चेतना और पुख्ता होती, 'वंदे मातरम्' को लेकर किसी भी वर्ग के मन में कोई सवाल न होता और हम समवेत स्वर से, पूरी ईमानदारी के साथ, पूरी ऊर्जा, उल्लास, उमंग व उत्साह से 'सारे जहाँ से अच्छा हिंदोस्ताँ हमारा' का उद्घोष कर सकते। फिलहाल तो इतना :

हमने
अपने देश में
अपने लोगों के बीच
अपना झंडा
सेना की सुरक्षा में फहराया।
उनकी तरह
हम भी खुश हैं कि हमने
एक और
गणतंत्र दिवस मनाया।

□

साहित्य के झोलाछाप डॉक्टर

साहित्य का झोले के साथ प्राचीनकाल से घनिष्ठ रिश्ता रहा है। भाषा के प्रचलित व पुराने प्रतीकों से बात करें तो इसे 'साहित्य व झोले में चोली-दामन का साथ' कहा जा सकता है। अधुनातन प्रतीकों से कहें तो इसे 'साहित्य व झोले का राजनीति व भ्रष्टाचार जैसा साथ' कहा जा सकता है। झोला व साहित्य के साथ डॉक्टर शब्द जोड़ें तो किसी बीमारी के होने का आभास होता है। बीमारी साहित्य की है या झोले की? यह तो स्पष्ट हो ही जाएगा, परंतु यहाँ तो तथाकथित साहित्यकारों की बात करनी है, जो साहित्य व उसके आधार पर हथियाई गई डॉक्टरेट की डिग्री झोले में डालकर इधर-उधर विचरते हैं और दूसरों पर रौब जमाने की कोशिश करते रहते हैं। ऐसे छद्मजीवी, परजीवी व स्वयंभू साहित्यकारों को ही साहित्य की नवीन विधा में साहित्य का झोलाछाप डॉक्टर कहा जाता है।

संक्षिप्त परिचय : साहित्य के झोलाछाप डॉक्टरों की पहचान जानवरों के जुगाली करने की तरह काफी सरल और प्रत्यक्षदर्शी है। ऐसे लोग जिन्हें साहित्यकार होने की रतौंधी हो अथवा वे जिनके पूर्वजों में कोई छोटा, बड़ा, मझोला, असली-नकली, कथित या तथाकथित, साहित्यकार रहा हो, वह यदि मान-सम्मान के लिए कहीं से कथित 'विद्या वाचस्पति' जैसे फालतू, किंतु पालतू डिग्री खरीद लाए अथवा बिना खरीदे ही उनके होने का भ्रम पाल ले और उसी के दम-खम पर अपने नाम के आगे डॉक्टर (शॉर्ट में डॉ.) लिखना शुरू कर दे, उसे साहित्य का झोलाछाप डॉक्टर कहा जा सकता है। यदि आपके पास ऐसे गिरगिटीय करेक्टर हैं तो आप उन्हें इस रूप में पहचान सकते हैं। इस कुल-वंश के लोगों की एक पहचान यह भी है कि यदि उन्हें डॉक्टर साहब न कहो तो बुरा मान जाते हैं। यदि उनसे धोखे से भी उनका पी-एच.डी. का विषय अथवा शीर्षक पूछ बैठे तो वे बगलें झाँकने लगते हैं। वैसे किसी को पता नहीं कि शरीर में बाँछें कहाँ होती हैं, परंतु ऐसे लोगों को माननीय डॉक्टर साहब कहकर संबोधित कर दें तो उनकी बाँछें खिल उठती हैं।

किसी में इनमें से एक भी लक्षण दिखे तो आप पक्का मान लीजिए कि वह साहित्य का झोलाछाप डॉक्टर ही होगा।

जातियाँ एवं प्रजातियाँ : वैसे प्रत्यक्ष रूप से तो साहित्य के झोलाछाप डॉक्टर जाति, धर्म व ईमान की गरीबी रेखा से काफी नीचे की एक ही सतह पर खड़े होते हैं। उनकी भौतिक आस्थाएँ उठान पर तथा नैतिक निष्ठाएँ ढलान पर होती हैं, फिर भी यदि उनकी विशिष्ट योग्यताओं के आधार पर उनका क्लासीफिकेशन किया जाए तो मुख्य रूप से तीन तरह के लोग मिलते हैं—

(क) मेंटल : साहित्य के वे झोलाछाप डॉक्टर मेंटल श्रेणी में आते हैं, जो पहले दसवीं कक्षा के दो या दो से अधिक बार व फिर 12वीं कक्षा में तीन या तीन से अधिक बार मॉनीटर रह चुके होते हैं और बाद में पढ़ाई छोड़कर धर्म, आध्यात्म, भाषा, कला, साहित्य अथवा परोक्ष में सामाजिक परंतु अपरोक्ष में असामाजिक धंधा शुरू कर देते हैं। फिर एक दिन भगवान् बुद्ध की तरह उन्हें इसका अचानक बोध होता है कि वे साहित्य की विविध विधाओं में रचनाकर्म कर सकते हैं। बस, उसी दिन उनके झोलाछाप साहित्यकार होने की प्रक्रिया शुरू हो जाती है और एक दिन ऐसा आता है, जब उन्हें लगने लगता है कि उन्हें थोड़ा पढ़ा-लिखा भी दिखना चाहिए, इसलिए वे मर्जी से फर्जी डिग्री का 'कागद' खरीद लेते हैं, जिसके चलते उनकी मृतप्राय आत्मा अचानक जाग्रतावस्था में आकर नाम के आगे डॉक्टर लिखने में गर्व का अनुभव करने लगती है।

(ख) आर्नामेंटल : ऐसे कथित लिख्खाड़, जिन्हें दूसरों की नकल करने में शर्म महसूस नहीं होती। जो खुद की लिखी चिट्ठियों, घरेलू हिसाब, माफीनामा, शादी-ब्याह के निमंत्रण-पत्रों, ऊल-जुलूल तुकबंदियों तथा अखबारों को संपादक के नाम भेजे पत्रों को साहित्य की श्रेणी में रखकर खुद के साहित्यकार होने के भ्रम को 'हमरे हरि हारिल की लकड़ी' बना लेते हैं और फिर एक दिन अचानक उनको लगता है कि नाम के आगे डॉक्टर लिखा हो तो क्या कहने? बस वे कोई जुगाड़ करके कहीं, रद्दी किताबों की दुकान अथवा किसी दुछत्ती में खुले फर्जी डिग्री केंद्र से बिना विद्या प्राप्त किए वाचस्पति खरीद लाते हैं। ऐसे लोग 'डॉक्टर' शब्द को मंगलसूत्र की तरह गले में लटकाकर घूमते हैं। इसलिए ऐसे लोग आर्नामेंटल कोटि के साहित्य के झोलाछाप डॉक्टर कहलाते हैं।

(ग) फंडामेंटल : साहित्य के झोलाछाप डॉक्टरों की तीसरी श्रेणी फंडामेंटल होती है। ये थोड़े-थोड़े गंभीर, थोड़े पढ़े-लिखे तथा थोड़े-थोड़े सँभालकर अभिव्यक्ति देने वाले होते हैं। ऐसे लोग स्नातक स्तर तक शिक्षित भी हो सकते हैं।

उनकी रचनाएँ कहीं और न भी सही, पर उनके मुफ्तखोर मित्रों, रिश्तेदारों (जिस खानदान में कोई साहित्यकार न हुआ हो) व फालतू की महफिलों में सराही जाती हैं। सराहना पाकर ऐसे व्यक्ति को एक दिन अचानक बोध होता है कि उसके पास कथित साहित्य का 'पाजामा' तो है, पर उसे सम्मानित ढंग से बाँधे रहने का 'नाड़ा' नहीं है। वे अच्छी तरह जानते हैं कि पाजामा चाहे चोरी का, फटा हो अथवा पुरातात्त्विक हो, परंतु नाड़ा रेशमी, चमकदार, मजबूत व आकर्षक होना चाहिए। बस इसी नाड़े की भूमिका के लिए ऐसे लोग किसी दूसरे प्रदेश की गली छाप संस्था से कोई 'कागद' खरीद लेते हैं और फिर नाम के आगे डॉक्टर लिखना शुरू कर देते हैं। पहले वे घर वालों से, फिर दोस्तों से खुद को डॉक्टर साहब कहलाना शुरू करते हैं, फिर धीरे-धीरे उन्हें पुख्ता विश्वास हो जाता है कि वे वाकई डॉक्टरेट हैं।

सामाजिक लाभ : साहित्य के झोलाछाप ऐसे डॉक्टरों से समाज का कोई लाभ हो, न हो, परंतु उनको व्यक्तिगत लाभ जरूर होता है। मसलन उनकी बोलती खुल जाती है। भले ही आयातित हो, स्वजनित आत्मसंतुष्टि भर का सम्मान मिलने लगता है। उदाहरण के लिए, एक साहित्यिक संगोष्ठी से पूर्व मित्र साहित्यकारों से बातें कर ही रहा था कि तुक्कड़बाज कविश्री का प्रवेश हुआ। एक मित्र ने संबोधित किया, "आइए डॉक्टर साहब!" मुझे झटका लगा कि इन साहब ने कब पी-एच. डी. पूरी कर ली ? ये तो परास्नातक भी नहीं हैं और जहाँ तक मुझे जानकारी है कि परास्नातक अर्हता के बिना पी-एच.डी. नहीं होती। संबोधित डॉक्टर साहब के चेहरे पर खुशी का सूरज उग आया। पी-एच.डी. के बाबत पूछा तो बोले, "पी-एच.डी. नहीं, विद्या वाचस्पति की उपाधि मिली है।" मैं सोच रहा था कि कटोरा संस्कृति के इन महाशय को उपाधि ? पूछा तो बोले, "बस वैसे ही जैसे अमर्त्य सेन व ए.पी. जे. अब्दुल कलाम को कई विश्वविद्यालयों ने प्रदान की हैं।" निहितार्थ निकला कि वे तो डिग्री के मामले में कलाम साहब हो गए। मुझे थोड़ी देर के लिए जैसे सुनाई देना बंद हो गया। लगा कि पूरे पाँच साल गली-गली की खाक छानकर, 550 पृष्ठ काले करने तथा गुरुतर परीक्षा से गुजरने के बाद प्राप्त की पी-एच.डी. की डिग्री उनके सामने बौनी हो गई है।

सामाजिक हानि : साहित्य के झोलाछाप डॉक्टरों के होने से साहित्य का तो खाता खाली होता ही है, सामाजिक संदेश भी ऊटपटाँग जाता है। उक्त मित्र के साहित्य का डॉक्टर होने के बाद उनके एक प्रतिद्वंद्वी ने कमाल ही कर दिया। एक दिन उन्होंने साहित्यकारों की एक संगोष्ठी बुलाई। चायपान के दौरान वे अपनी पाँचवीं कक्षा फेल नौकरानी, आठवीं फेल नौकर व दसवीं फेल ड्राइवर को भी

डॉक्टर साहब कहकर संबोधित कर रहे थे। कुछ अजीब सा लगा तो पूछ लिया, "ये सब डॉक्टर साहब?" ठहाका लगाकर बोले, "मैंने इन सबकी उसी दुकान से डिग्री खरीदी है, जिस दुकान से उस दिन मिले कवि-मित्र खरीदकर लाए हैं।" मैं अपनी हँसी न रोक सका।

उपसंहार : किसी भाषा के साहित्य के झोले बढ़ें तो उसका साहित्य पुष्ट होता है, परंतु जब उसमें झोलाछाप डॉक्टर बढ़ते हैं तो क्या होता है? इस प्रश्न का जवाब तो आप सब स्वयं खोज लेंगे, परंतु फिलहाल तो हम सभी को मिलकर साहित्य के झोलाछाप डॉक्टरों की सूची तैयार करके उनका उनकी डिग्री के लिए नहीं, बल्कि उनके दु:स्साहस के लिए नागरिक अभिनंदन करने की तैयारी करनी चाहिए।

□

साहित्य की नई विधा : लंबतरानी

इन दिनों साहित्य में कहानी, निबंध, जीवनी, उपन्यास 'आदि' विधाओं की तरह एक नई विधा उभरी है—लंबतरानी (लंतरानी)। लंबतरानी को दूसरे शब्दों में 'लफ्फाजी' भी कहा जाता है। पर मेरी दृष्टि से यदि भाषा विज्ञान की वर्तमान कठिन कसौटी पर इन शब्दों को कसा जाए तो 'लंबतरानी' व 'लफ्फाजी' दोनों के जन्म वजन, बनावट, तासीर, ध्वन्यात्मकता व अर्थबोध में वैसा ही अंतर है, जैसा कि पत्नी व धर्मपत्नी में होता है। वैसे तो ये दोनों शब्द 'एल' अक्षर से शुरू होते हैं और 'ई' मात्रा के साथ समाप्त होते हैं। दोनों में एक-एक आधा अक्षर भी मौजूद है। बावजूद इसके कि दोनों शब्द एक ही भाषा-कुल के हैं, दोनों का चाल-चलन एक ही जैसा है। फर्क यह है कि लफ्फाजी करने वाले को लफ्फाज कह सकते हैं, पर लंबतरानी करने वालों को लंबतरान नहीं कह सकते। यह तर्क भी कुछ उसी तरह का है, जैसे कि समाज सेवा करने वाले समाज सेवक को नेता कह सकते हैं, पर नेतागीरी करने वालों को समाज सेवक कहना सर्वथा उचित नहीं है।

शब्द चिंतन को यहीं विश्राम देते हुए मैं इस चिंतन के मूल प्रयोजन पर आ रहा हूँ। हाँ, तो साहित्य की एक अर्धस्थापित विधा है—'लंबतरानी'। साहित्य में लघुकथा, मंचीय कविता व लंबी कहानी को साहित्यिक विधा के रूप में सर्वमान्य मान्यता मिलते-मिलाते मिलने लगी है, विशिष्ट लंबतरानी को अभी अपनी स्थापना के लिए कुछ तरह संघर्ष करना पड़ रहा है, जैसे कि पोखरण विस्फोट के बाद इन दिनों देश की अर्थव्यवस्था को करना पड़ रहा है। या कि गत एक दशक से सरकार (सरकारों) को साहित्य के लिए करना पड़ता आ रहा है। तो प्रियवर! लंबतरानी विधा अपनी साहित्यिक मान्यता के लिए छटपटा रही है, शायद इसलिए साहित्य के क्षेत्र में जुटे-पिटे, नकारे गए, निकाले गए या कि खदेड़े गए कुछ स्वयंभू (अ) साहित्यकारों की गोद में समा रही है, यह सद्य:जात विधा—लंबतरानी।

मेरे ऐसे ही एक कथित साहित्यकार मित्र हैं, जिन्होंने इन दिनों इस विधा के

पोषण, प्रसारण व प्रतिस्थापन का बीड़ा उठा रखा है। विधा के लिए विविध प्रकार से विधान बना-बनाकर विधिवत् ऐसे विधायन कर रहे हैं, जैसे कोई-कोई विधायकजी विविध संपन्न विषयों के विपरीत, बिल्कुल मानसिक-विभिन्नता के साथ विप्लव करने को उतर आते हैं और सरकार के पाँव काँपने लगते हैं। बस बिल्कुल इसी तरह से लंबतरानी विधा को साहित्यिक सुँघनी सुँघाकर उसके सौंदर्य को सँवारने के प्रयास में हैं। कथित साहित्य (अ) कार और साहित्य के पाँव काँप रहे हैं। "गुरु! ये लंबतरानी विधा कहाँ से उठा लाए?" एक दिन मैंने पूछा। "उठा नहीं लाए। इस विधा का जनक हूँ, मैं! क्योंकि मैंने इसे पुनर्जीवित किया है। पहले इसका स्वरूप सकारात्मक था। इसलिए पहले कभी भाट या कि चारण इस विधा से रोटी कमा सकते थे और मैं इसके नकारात्मक स्वरूप को कैश करना चाहता हूँ। नाम कमाने का प्रयास कर रहा हूँ।" उन्होंने अपनी जन्मजात कुटिलता को परे खिसकाते हुए जवाब दिया।

"पर आप तो हिंदी साहित्य की काव्य विधा के मर्मज्ञ कहते थे स्वयं को? फिर एक नई विधा?" यह मेरा नया सवाल था। उन्होंने अपनी सहज कुटिलता को फिर से संगीकार किया और बोले, "काव्य! अर्थात् रसात्मक वाक्यम् काव्यम्। भइए! मेरे भीतर न तो पहले रस था, न अब है, फिर काव्य-विधा मेरे पास कहाँ से आएगी। कुछ दिन बैसाखियों के भरोसे कविता की जमीन पर खड़ा रहा और श्रृंगार किए संध्याओं का मजा लूटता रहा। अब जब पूरी तरह से वहाँ से खदेड़ दिया गया हूँ तो भी वहीं क्यों चिपका रहूँ? इसलिए मैंने नई विधा लंबतरानी को स्थापित करने के प्रयास शुरू कर दिए हैं।"

साहित्य श्रीमंतजी का यह तर्क सुन व गुनकर मैंने पूछा—"महोदय! कुछ लंबतरानी विधा के बारे में बताएँगे?" उन्होंने मुझे गौर से देखा और फिर अपनी जन्मजात कुटिलता को अपने विद्रूप अधरों से कुछ इस अदा से चिपकाया जैसे कि कोई परम् ऐय्याश शराब भरे चाँदी के गिलास को चूमता है। फिर अपनी चश्मीली आँखों को भारतीय लोकतंत्र की मुद्रा में गोल-मोल करते हुए बोले, "तुम स्साले··हो बड़े··मानोगे नहीं तो सुनो। लंबतरानी का शाब्दिक अर्थ है—'ल' से लंपटता, 'म' से मैल, 'ब' से बैल बुद्धि, 'त' से तोड़-फोड़, 'रा' से रारी व 'नी' से नीचता, अर्थात् जिस व्यक्ति के भीतर सभी गुण विद्यमान हों, वही लंबतरानी कर सकता है। सौभाग्य से ये सद्गुण (?) साक्षात् रूप से मेरे भीतर विद्यमान हैं, सो मैं लंबतरानी विधा को साहित्य में स्थापित करने का प्रयास कर रहा हूँ। इसलिए इसे लंतरानी से लंबतरानी बना दिया है।"

मैंने सोचा, श्रीमंत की यह परिभाषा जब इतनी साहित्यिक है तो फिर इस नई विधा को साहित्यिक होने पर कौन संदेह कर सकता है। जब उर्दू की गजल व पश्चिम सानेट हिंदी साहित्य में स्थापित हो सकते हैं। जब अनेकावाद को साहित्य

में धान मिल सकता है और जब साहित्यवेत्ता 'अ कविता' को कविता व 'अ कहानी' को बानी के रूप में मान्यता दे सकते हैं, तब भला लंबतरानी जैसी नवजात विधा को कोई कैसे मान्यता नहीं देगा? जैसे इन दिनों महँगाई के मुँह झुकाने की संभावना, राजनीति के चरित्र को सुधारने की संभावना आदि पर गंभीर चिंतन-मंथन चल रहा है, वैसे ही लंबतरानी विधा से संभावित संभावनाओं को तलाशा जा सकता है। इसी तलाश के मद्देनजर मैंने साहित्य श्रीमंत से अंतिम सवाल किया, "श्रीमंत! इस नई विधा से आपको कोई व्यक्तिगत लाभ?" यह प्रश्न सुनकर वे यों मुसकराए जैसे सरकार गिरने की संभावना मात्र पर विपक्षी नेता मुसकराते हैं। फिर किसी अखाड़ेबाज झंडाबरदार की-सी मुद्रा बनाकर बोले—"दरअसल लंबतरानी विधा सिर्फ एक विधा ही नहीं, एक हथियार है, जिससे हम अपने विरोधी साहित्यकारों की रचनात्मकता-सृजनात्मकता को काट सकते हैं। इस विधा को किसी के बारे में कुछ भी वोमिट (कै) करने का लाइसेंसी हक प्राप्त है। इसलिए यह हथियार किसी के भी ऊपर उठाया जा सकता है। और यह विधा सिर्फ विधा नहीं, एक आत्मसुख प्रदायिनी दवा है, जिसके सेवन मात्र से मन की कुंठाएँ साहित्यिक गलतियाँ बनकर बाहर निकल जाती हैं। हम आलोचक होने के भ्रम में भी जी सकते हैं। लंबतरानी विधा में हम उन दिवंगत साहित्यकारों से काल्पनिक भेंट-संस्मरण भी लिखकर उनकी बखिया उधेड़ सकते हैं, जिनकी परछाईं तक न देखी हो। और फिर इस विधा की एक खुराक दवा मात्र से बड़े-बड़े झूठ को पचाया जा सकता है। दरअसल लंबतरानी साहित्यिक विधाओं के बीच सिर्फ हथियार या कि दवा ही नहीं, एक कफन भी है, जिससे अपनी असफलताओं को ढककर दफन किया जा सकता है। इन दिनों मैं यही तो कर रहा हूँ।"

साहित्य श्रीमंत का स्पष्टीकरण यों तो साँप के बिल में धोखे से घुस गई छछूँदर जैसा ही था, पर मुझे इसलिए प्रभावित कर गया कि संसार में बहुत कम ऐसे लोग होते हैं, जो इतनी जल्दी अपनी ओरिजनल औकात में आ जाते हैं। सोचता हूँ कि साहित्य की यह कथित नई विधा इस कदर परवान चढ़े कि जब इसी का हथियार किसी लंबतरायन साहित्य की पगड़ी पर गिरे तो यही विधा उसे कफन के रूप में नसीब हो, ताकि इतिहास में लिखा जा सके कि अमुक साहित्य श्रीमंतजी लंबतरानी में पैदा हुए, लंबतरानी में जिए और लंबतरानी के लिए लोगों को एक स्थायी गंदगी भेंट कर गए। ॐ शांति! शांति!! शांति!!!

□

एकलव्य जिंदा है

एकलव्य दुःखी था। बहुत दुःखी था। उसे गुरु द्रोणाचार्य की पाठशाला में प्रवेश नहीं मिल पाया, क्योंकि वह दलित था। एकलव्य ने प्रभु से प्रार्थना की कि उसे अगले किसी जन्म में सवर्ण घराने में जन्म मिले, ताकि उसका प्रवेश आसानी से हो सके। प्रभु की कृपा! एकलव्य ने आजादी के 30 वर्ष बाद सवर्ण घराने में जन्म लिया। अब एकलव्य फिर दुःखी है, क्योंकि उसे इस बार सवर्ण होने के नाते प्रवेश से वंचित रहना पड़ा। अब वह किसी 'गुरु' का प्रतीक बनाकर विद्याध्ययन करने से कतरा रहा है, क्योंकि उसके पास अब दक्षिणा में देने को अँगूठा भी नहीं है। पता चला है कि अब एकलव्य न एक दलित समुदाय में जन्म लेना चाहता है, न सवर्ण समुदाय में। उसने तय कर लिया है कि पढ़ने-लिखने के बजाय अब वह नेता बनेगा और नेता बनकर शिक्षा की नीतियाँ तय करेगा।

आपको पता है कि आज समाज में कई ऐसे (एक) लव्य हैं, जिनका न कोई धर्म है, न जाति, न दीन है, न ईमान। राजनीति उनकी संस्कृति है और घपला सभ्यता। वे घोटाला ओढ़ते हैं, भ्रष्टाचार बिछाते हैं। 'झुँठहि भोजन, झूठ चबेना, झुँठहि लेना, झूँठहि देना' उनका जीवनमंत्र है। फिर भी वे महान् हैं। वे ही धन्य हैं। अभिनंदन, चंदन, वंदन सबकुछ उन्हीं का होता है। क्यों? क्योंकि वे आधुनिक सभ्यता के अत्याधुनिक नमूने हैं।

पता नहीं क्यों, इतने श्रेष्ठ, बिकाऊ, टिकाऊ, आकर्षक व सम्यक् आदर्श मौजूद होने के बावजूद कुछ लोग अपने बच्चों को क्यों पढ़ाना चाहते हैं? उनका यह मतलब का शौक उनकी सरे-मदरसा बेइज्जत कराता है, फिर भी वे एक अदद बच्चे के 'एडमिशन' के लिए अतृप्त आत्माओं की तरह भटकते हैं। ऐसे ही अपने एक मित्र इकलौती पत्नी के इकलौते पुत्र के एडमिशन की तैयारी में जी-जान व मकान-दुकान से जुटे। मित्रवर ने एक नेता, एक अधिकारी, एक पुलिस व एक कथित टैक्स अधिकारी से पत्र लिखवाए। एक लिफाफे में पाँच-पाँच सौ

के नोट भरे। बच्चे को पूरी गरमी ट्यूशन पढ़ाया। स्वयं सपत्नीक कोचिंग जाते रहे और फिर मेरे पास आकर बोले—"तैयारी पूरी है। एक सिफारिशी पत्र नहीं तो दूसरा, तीसरा, चौथा, पाँचवाँ कोई तो रंग दिखाएगा। फिर उनके साथ 'भारी लिफाफा' है और तैयारी भी।" मैं उन्हें सहानुभूति देते-देते चौंका, "भाई, आपके पास पाँचवाँ सिफारिशी पत्र किसका है ?" उसने जवाब दिया, "आपसे पाँचवाँ पत्र लिखाने ही तो आया हूँ।" इतना कहकर उन्होंने एक मजमून रख दिया। बोले, "बस अपने पैड पर इसी को उतारकर हस्ताक्षर कर दीजिए। मजमून देखकर मैं हतप्रभ रह गया।" मजमून था—

आदरणीय प्राचार्य जी,

सादर प्रणाम,

पत्रवाहक श्री जी मेरे 'आराम दा मामला है' वाले यार हैं। उन्होंने मेरे ही सद्सुझाव व व्यापक दबाव से विवाह जैसी फालतू किंतु आकर्षक घटना का वरण किया, फिर मेरे ही प्रभाव-सुझाव से संतानवान होने की भूल की। इसी दायित्व-दबाव का प्रायश्चित्त करने हेतु मैं इन 'सु' (भावी) पुत्र अर्थात् सुपुत्र के प्रवेश हेतु करबद्ध व वचनबद्ध प्रार्थना करता हूँ। साथ ही प्रवेश की कठिनाई को हाजिर-नाजिर जानकर शपथनामा प्रस्तुत करता हूँ कि भविष्य में न स्वयं ऐसी गलती करूँगा और न ही किसी मित्र को इस तरह के सुझाव दूँगा। इस बार आप हमारी प्रतिष्ठा की सुरक्षा करने की कृपा करें।

शेष फिर, आपका—

मजमून पर न चाहते हुए भी हस्ताक्षर करने पड़े। अगले दिन मित्र आए तो उनका मुँह अंगूर के गुच्छे की तरह लटका हुआ था। कारण पूछा तो बताया कि स्कूल में एक सीट थी और डेढ़ सौ दावेदार। सभी के पास पत्र थे और 'पुष्प' भी। मेरे 'पत्र-पुष्प' काम नहीं आए। किसी का फोन काम आ गया। फिर मित्रवर थोड़ा मुसकराए और बोले, "अब तो मैंने तय कर लिया है कि पढ़ाई की ऐसी व्यवस्था करूँगा कि सरकार घर से बुलाकर अपने खर्चे पर पढ़ाएगी।" मैंने पूछा—"कैसे ?" वे बोले, "बच्चों को स्कूल का मुँह तक नहीं दिखाऊँगा। आज नहीं तो कल प्रौढ़ शिक्षा काम आएगी।" एक बार मैं फिर चौंका।

यह कहानी किसी एक मित्र की नहीं, तमाम-तमाम मित्रों की है, जिन्होंने बच्चे को एडमिशन दिलाने के लिए सोमवार को शंकरजी का, मंगल को हनुमानजी का, बुधवार को बुद्धा देवी का, बृहस्पति को गुरुजी का, शुक्रवार को संतोषी माँ का, शनिवार को शनिदेव का और रविवार को सूर्यदेव का व्रत रखा, फिर भी अगले

सोमवार को बच्चे का प्रवेश-सूची में नाम नहीं था। मैंने एक बच्चे के एडमिशन के लिए एक प्रधानाचार्य से फोन पर सिफारिश की—

"हैलो" नमस्कार! एक एडमिशन की सिफारिश करनी है! मैंने कहा।

"किस कोटे का है?" उधर से पूछा गया।

"कोटा! क्या मतलब? भाई, बच्चा पढ़ने में होशियार है।" मैंने प्रवेशार्थी की प्रशंसा की।

"देखो भाई, यदि आरक्षण कोटे का है तो होशियारी का कोई अर्थ नहीं। यदि अनारक्षित कोटे का है तो समझ लो कि जगह भर गई। वैसे मेरी एक सलाह मानेंगे?" उधर से आवाज आई।

"कैसी सलाह?" मैंने पूछा।

"देखो भाई! छात्र किसी कोटे का हो, उसको पढ़ाने की क्या जरूरत है? यदि आरक्षण कोटे का है तो उसे बिना पढ़े नौकरी मिल जाएगी। और यदि अनारक्षित है तो पढ़कर भी नहीं मिलेगी। इसलिए बेकार के चक्कर में मत पड़िए।" इतना कहकर उन्होंने फोन काट दिया।

सोचता हूँ कि क्या प्रतिभा का भी कोई कोटा होता है? विद्यार्थी तो सिर्फ विद्यार्थी होते हैं, उनकी यदि कोई जाति होती है तो सिर्फ जिज्ञासा। जैसे पवित्र नदियों का जल, फलदार वृक्ष, स्वच्छंद बहती हवाएँ, घुमड़ते बादल, दिशाएँ, सूर्य, चंद्र, तारे कोई जाति नहीं देखते। वैसे ही विद्या भी जाति नहीं देखती। फिर ये कोटाबाजी क्यों? काश! द्रोणाचार्य ने एकलव्य का सहर्ष प्रवेश ले लिया होता? तो आज यह नहीं कहना पड़ता—

खटकाएँ—
जोर-जोर से साँकल खटकाएँ
शायद इस बार दरवाजे खुल जाएँ
वरना इन दरवाजों पर जड़े हैं
सिफारिश, डोनेशन व
आरक्षण के ताले
उस पर—
गुरुदेव की मनमानी
महागुरु की तलवारें-भाले।
इसलिए जोर से खटकाओ द्वार
शायद खुल जाए इस बार।

□

बिलेटेड हिंदी डे

मुझे 'ईस्ट और वेस्ट, इंडिया इज द बेस्ट' अर्थात् अपनी प्यारी कंट्री इंडिया में राष्ट्रभाषा हिंदी की औकात उस दिन ही समझ में आ गई थी, जिस दिन अपने बुद्धू बक्से अर्थात् दूरदर्शन ने आजादी की गोल्डन जयंती मनाना शुरू किया था और पहला कार्यक्रम 'वन डे माटाराम' (अंग्रेजी में लिखा वंदे मातरम्) किया था। अब जो लोग 'भारत' के बजाय 'इंडिया' में रहते हैं, उन्हें 'वंदे मातरम्' क्यों अच्छा लगेगा। उन्हें तो 'वन डे माटा राम' ही भाएगा, क्योंकि इसी से उनकी आन-बान-शान है। उनके लिए 'इंडिया इज द बेस्ट है' और मेरे-आपके लिए भारत महान् है।

दरअसल 'भारत' में जो भी राष्ट्रीय चिह्न, पशु-पक्षी आदि हैं, वे मॉडर्न इंडिया के लिए आउट ऑफ डेट हो गए हैं। यदि इंडिया का राष्ट्रीय पक्षी गिद्ध, राष्ट्रीय चिह्न घोटाला, राष्ट्रीय त्योहार दंगा और राष्ट्रीय पशु नेता कर दिया जाए तो 'इंडिया इज द बेस्ट' स्वयं सिद्ध हो जाएगा। और जहाँ तक राष्ट्रभाषा का प्रश्न है तो 'हिंदी डे' मनाने वाले पहले ही तय कर चुके हैं। जाहिर है कि यदि अपने देश की कोई राष्ट्रभाषा होती ही तो न 'हिंदी दिवस' मनाना पड़ता, न 'हिंदी डे'। पर विडंबना तो यही है कि हम आजादी के 50 वर्षों के बाद भी 'हिंदी दिवस' मना रहे हैं।

'हिंदी दिवस' को भी क्या कहें? इस बार आया भी तो छुट्टी के दिन। मैं तो कहता हूँ कि अच्छा हुआ। बच्चू को औकात पता चल गई। बहुत इतराते थे अपने 'हिंदी दिवस' जी कि सरकारी दफ्तर तो हमारा पूरे जोशो-खरोश के साथ स्वागत करते ही हैं। टूट गया न भ्रम। छुट्टी का दिन था। दफ्तरों के दरवाजे पीट-पीटकर थक गया हिंदी दिवस। 14 सितंबर को साँकल खटकाई तो अगले दिन अर्थात् 15 सितंबर को दरवाजे खुले। अपनी माँ (भाषा) की तरह उपेक्षित, थका-हारा बेचारा हिंदी दिवस। भारतीय रेल की तरह 18-20 घंटे लेट हो गया। फिर हुआ भी क्या? वही बासी-बासी प्रमाण-पत्र, वही 14 सितंबर लिखे बैनर, वही पुरानी-धुरानी कविताएँ और नेताओं के वादों जैसे संकल्प चाय-नाश्ते की मेजों पर परोसे गए।

चीफ गेस्ट नामक लोगों ने मुँह फैलाकर कहा कि हिंदी हमारी राष्ट्रभाषा है।…हिंदी के बिना राष्ट्र गूँगा है। हिंदी को अपनाना हमारा संवैधानिक दायित्व है, आदि-आदि। बाद में दफ्तर के बड़े साहब के साथ हुई चाय पर चीफ गेस्ट ने बड़ी शान से बताया कि मेरे बच्चे भी पब्लिक स्कूल में पढ़ते हैं। दोनों के बीच अंग्रेजी में छपे 'विजिटिंग कार्ड' का आदान-प्रदान हुआ फिर, ओ.के., थैंक्यू जैसे शब्द उछाले और 'हिंदी दिवस' महिमामंडित हो गया, अब तो तुझे समझ लेना चाहिए प्यारे हिंदी दिवस, जिन्होंने तुम्हारी माँ (हिंदी) के प्रति कभी कृतज्ञता का भाव नहीं रखा, वे तुम्हारे लिए एक दिन की छुट्टी कैसे पक्की कर सकते थे?

मेरे कुछ मित्र हैं, जो सरकारी विभागों में हैं। उन्हें पता नहीं कैसे भ्रम हो गया कि मैं हिंदी दिवस समारोह में बुलाए जाने के लिए भी उपयुक्त हो सकता हूँ। सो कई मित्रों ने बुलावे भेजे। एक ओर 'हिंदी' का सवाल था और दूसरी ओर मित्रों के तकाजे। सो जाना पड़ा। उनमें कुछ 'हिंदी दिवस' समारोह बड़े शानदार रहे। मसलन एक समारोह में पहुँचा तो माइक पर खड़े उद्घोषक ने घोषणा की—"भाइयो, बहनो एवं डियर फ्रेंड्स! आपको यह जानकर खुशी होगी कि अपने फंक्शन के चीप गेस्ट (फिर उसने सुधारा—चीफ गेस्ट) आई मीन मुख्य अतिथि, जो हमारे मध्य आ चुके हैं, शीघ्र ही वे डायस पर तशरीफ लाएँगे। आपको पता है कि हिंदी के लिए वर्ष भर में एक दिन हम सबको मिलता है। अब आप अपनी मदर टंग, आई मीन नेशनल लैंग्वेज के लिए भी एक दिन शिष्टाचार से नहीं बैठ सकते हैं तो हिंदी के लिए शेमफुल है। हाँ तो, मैं आपको बता रहा था कि पहले प्राइज डिस्ट्रीब्यूशन होगा, फिर हमारे चीफ गेस्ट हिंदी के महत्त्व को बताएँगे।" उद्घोषक की घोषणा सुनकर लगा कि वाकई मैं 'चीप गेस्ट' अर्थात् घटिया अतिथि हूँ, जो यहाँ हिंदी के महत्त्व को समझाने चला आया। इससे बड़ा घटियापन और क्या हो सकता है कि आज भी देश को राष्ट्रभाषा के महत्त्व को समझाना पड़ रहा है।

एक और कार्यक्रम में गया। कार्यक्रम अंग्रेजी का मजाक बनाने के लिए किया गया था, इसलिए उसे हिंदी का माना जा रहा है। दो लड़कों ने एक बैनर टाँगा, जिसमें एक गधा बना हुआ था और लिखा था—'अंग्रेजी हमारे बाप की भाषा है।' बैनर पढ़कर मुझे गधे तथा वहाँ मौजूद कई कथित हिंदी-प्रेमियों के बीच कई समानताएँ दिखने लगीं। मसलन वैसे विश्व का कोई भी गधा आज तक अपने बाप की भाषा (अंग्रेजी) का सम्मान करता नहीं दिखा, वैसे ही हममें से कई अपनी माँ की भाषा (हिंदी) का सम्मान नहीं करते। जैसे ही गधे को गौर से देखा तो लगा कि गया हमारा उपहास उड़ा रहा है। मानो कह रहा है, 'अपने ज्ञान कोष पर गर्व

करने वाले ऐ मनुष्य! तुझे इतना भी नहीं पता कि गधों की अपनी अंतरराष्ट्रीय मातृभाषा होती है। उसी भाषा को दुनिया के सभी गधे, चाहे वह माँ हो या बाप, चाहे वह घर का हो या घाट का, बोलते हैं। गधे इनसानों की तरह अपनी भाषा नहीं बदलते। अंग्रेजी को गधों की बाप की भाषा बताना संपूर्ण गधत्व का अपमान है। और जो लोग अंग्रेजी दाँ हैं, उन्हें गधों का बाप बताना पूरे गधा समाज का अपमान है, इसलिए उनके ऊपर यह राष्ट्र-विरोधी तोहमत न लगाई जाए, अन्यथा देश भर के गधे एकजुट हो आंदोलन शुरू कर देंगे।' गधे का यह मूक वक्तव्य सुनकर मुझे पहली बार लगा कि हिंदी वाले अंग्रेजी का कुछ नहीं बिगाड़ पा रहे हैं, वे बेचारे गधे का कान उमेठ रहे हैं।

तो मैंने भी अपने मित्रों के सौजन्य से हिंदी दिवस मनाया। चलो अच्छा हुआ इसी बहाने ही सही, देश को यह याद तो आया कि उसकी भी अपनी कोई राष्ट्रभाषा है।

एक बार फिर 'हिंदी दिवस' मना लिया गया। सरकारी दफ्तरों में सुलेख, निबंध, कविता, टिप्पण-टिप्पणी प्रतियोगिताओं के पुरस्कार बँटे, परचे छपे, हिंदी की टाइप मशीनें गिनी गईं और फिर हिंदी को सही मायने में 'राष्ट्रभाषा' के रूप में स्थापित करने के संकल्प के साथ 'हिंदी दिवस' मना लिया गया।

मुझको सौभाग्य-दुर्भाग्य से कई हिंदी दिवस समारोहों को देखने-सुनने का मौका मिला। कुछ समारोहों की झलकियाँ आप भी देखिए (पढ़िए)।

एक सरकारी कार्यालय में कार्यालय के बड़े साहब ने भाषण दिया—

"माननीय चीफ गेस्ट, पोयट्स, ऑफिस के कुलीग्स एवं कर्मचारीगण! आज 'हिंदी डे' पर आप सभी का 'वेलकम' करते हुए हमें अत्यंत हर्ष हो रहा है। किसी भी कंट्री के लिए एक निश्चित 'लैन्गुएज' होनी चाहिए। इंडिया में हिंदी को राष्ट्रभाषा बनाकर किसी ने उस पर एहसान नहीं किया। हिंदी अपने आप में इतनी पावरफुल है कि उसकी प्रोग्रेस के लिए हमें कोई बहुत परेशान होने की जरूरत नहीं है। हमें तो बस अपने भीतर के कॉम्प्लेक्स को खत्म करना है। हम अंग्रेजों की गुलामी से तो उबर गए, पर अंग्रेजी गुलामी अभी भी बरकरार है। जब तक हमारे काम अंग्रेजी पर डिपेंड रहेंगे, हम प्रोग्रेस नहीं कर सकते। आज हमें ओथ लेनी चाहिए कि हम हिंदी की रिस्पेक्ट के लिए सदैव प्रिपेयर्ड रहेंगे। थैंक्यू, थैंक्यू वेरी मच। जय हिंदी, जय इंडिया।"

एक अन्य कार्यालय में मुख्य अतिथि ने व्यवहार में हिंदी का प्रोग्राम करने की आदत डालने का आह्वान किया और नाम को संक्षिप्त करने के चक्कर में अंग्रेजी का प्रयोग न करने तथा निमंत्रण-पत्र हिंदी में ही छपवाने पर जोर दिया।

बाद में कार्यालय में हिंदी प्रयोग की प्रगति आख्या के स्थान पर 'प्रगति रिपोर्ट' पढ़ी गई। जिसमें बताया गया कि कार्यालय में दो से साढ़े तीन पंक्ति तक के सभी पत्र अब हिंदी में लिखे जाने लगे हैं। लोगों ने तालियाँ बजाईं बाद में हिंदी-प्रयोग के लिए कर्मचारियों के बजाय 'वर्कर्स' के नाम (जैसे सिया राम गुप्त के स्थान पर एस.आर. गुप्ता, मनोहर लाल ठाकुर की जगह एम.एल ठाकुरा) बुलाए गए। यह सब देखकर मुख्य अतिथि 'कृत-कृत्य' हो उठे।

ऐसी कई झलकियाँ और हैं, जो मेरी स्मृति में सुरक्षित हैं। इनसे साक्षात्कार करके आप जो भी सोच रहे हों, पर मैं तो यही कहूँगा कि—

साहब विदेशी कलम से
प्रमाण-पत्रों पर
अंग्रेजी में हस्ताक्षर बना रहे हैं।
जी हाँ! वह 'हिंदी दिवस' मना रहे हैं।
जब—
संसद् में कोई नेता
अंग्रेजी में
किसानों की समस्याएँ सुनाता है,
जब टेलीविजन—
'वंदे मातरम्' को
'वन डे माटाराम' बनाता है
और जब—
राष्ट्र के नाम संदेश हिंदी से पहले
अंग्रेजी में प्रसारित किए जाते हैं
जब हिंदी फिल्मों के कलाकारों से
अंग्रेजी में साक्षात्कार लिये जाते हैं
और जब देश
आजादी की स्वर्ण जयंती कम
'गोल्डन जुबली ऑफ इंडिपेंडेंस'
ज्यादा मनाता है।
हमें तब-तब
हिंदी दिवस बहुत याद आता है।

□

टुकड़े-टुकड़े बापू

"बापू, बापू, उठो, आज आपका दिन है, फिर भी देर तक पड़े सो रहे हो बापू! उठिए न, देखिए, कितने लोग आपको श्रद्धांजलि देने को बेचैन हैं।" उसने सोए पड़े बापू को जगाने की कोशिश की। बापू ने कसमसाकर करवट बदली और बोले, "बेटा! सोने दो न। उठते हुए डर लग रहा है। फिर श्रद्धांजलि के लिए मेरे जागने, न जागने का क्या मतलब?" बापू की यह सुस्ती देख वह उदास हो गया।

"क्यों बापू! आपको डर किससे लग रहा है?" उसने पूछा तो बापू का जी गले तक भर आया।

"इसलिए कि आज हमारे पास अपना कुछ बचा ही नहीं है। कहीं ऐसा न हो कि देश मुझे पहचान ही न पाए। इसलिए मुझे सोने दो।" बापू ने उसे समझाया।

"मैं समझा नहीं बापू!" उसने जिज्ञासा जताई। "इसमें समझने की क्या बात है? अब देखो, मेरी लाठी भी मेरी अपनी नहीं रही। पुलिस वालों ने छीन ली है। कल तक यह लाठी कमजोर लोगों का सहारा होती थी, आज यह लाठी उन्हीं पर बरसाई जाती है। बेटे, जिस लाठी के सहारे लोकतंत्र खड़ा था, उसे ही खींच लिया गया है तो लोकतंत्र कितने दिन खड़ा रहेगा। आज यह लाठी कभी निरीह महिलाओं, कभी आरक्षण विरोधी देश की प्रतिभाओं, कभी कैदियों तो कभी किसी प्रत्याशी के जुलूस में शामिल जनता पर चटखती है। अब बिना लाठी के चलूँगा तो इस उम्र में लड़खड़ा नहीं जाऊँगा।"

बापू की बातें सुनकर मेरा मन काँप उठा। सोचने लगा कि बापू ही तो स्वतंत्रता के पर्याय हैं। यदि वे ही लड़खड़ा गए तो देश का क्या होगा? मैंने हिम्मत करके फिर कहा, "बापू! लाठी नहीं तो क्या? आपको सहारा देने के लिए कृतज्ञ देश तैयार बैठा है। अब उठिए न।" बापू फिर कुनमुनाए। बोले, "तुझे पता नहीं कि अब तो अपनी धोती भी तार-तार हो गई है। यह धोती जिसे मैंने कांग्रेस मानकर शरीर पर ओढ़ा था। धीरे-धीरे ऐसे कटी-फटी कि उत्तरी भाग की सिर्फ स्मृतियाँ ही

शेष बची हैं। मैंने सोचा, चलो शेष भाग ही सही, पर अपने प्रिय शिष्य रावजी ने, ड्राइक्लीनिंग कराने के बहाने, रुमाल बनाने शुरू कर दिए। अब सिर्फ लँगोटी बची है। उस पर भी कुछ लोगों की नजर लगी है। इस उम्र में अब अपना अपमान नहीं कराना मुझे। इसलिए बेटा! आज तो सोने ही दो।"

बापू का दर्द मेरे भीतर उतर गया। सोचने लगा कि वाकई गांधी की धोती, जो कभी गरीबों का तन ढकने के काम आती थी, इस कदर नोची-खसोटी गई है कि तार-तार हो गई। धोती सिलने के लिए उनके कथित शिष्यों ने कभी यूरिया, कभी चीनी, कभी शेयर तो कभी टेलीफोन बेच डाले, पर एक सूई-धागा नहीं खरीद पाए। इतिहास इन शर्मप्रूफ, पेंदाविहीन, बीसवीं सदी के कर्जदार और इक्कीसवीं सदी के खरीदार, बेइज्जती के इन नमूनों को माफ नहीं करेगा। उसने सोच की लगाम कड़ी की और बापू से पूछा—"पर बापू! आप ही ने तो आजादी के बाद कहा था कि अब कांग्रेस को खत्म कर दिया जाना चाहिए। आपका प्रिय शिष्य यही तो कर रहा है। फिर आप क्यों दु:खी हो रहे हैं?" बापू थोड़े गंभीर हो गए, फिर बोले, "बेटा! सिर्फ इतना ही कर रहे होते तो कोई बात नहीं थी। यही करना था तो उ.प्र. में मेरी फटी धोती का छोटा पैकेट बनाकर काँशीराम को नहीं पकड़ा दिया जाता।" "बापू के भीतर इसे लेकर पीड़ा है या खिन्नता! वह समझ नहीं पाया, पर यह जरूर सोचने लगा कि आखिर ऐसी कौन सी मजबूरी थी कि जिन लोगों ने बापू को बापू नहीं माना, जिन लोगों ने उनकी समाधि पर चप्पल चलाई, जिन्होंने उन्हें छोटे मुँह बड़ी-बड़ी गालियाँ दीं, बापू की धोती उन्हें ही सौंप दी गई?"

वह यह भी सोच रहा था कि बापू तो दया, क्षमा, करुणा, धर्मनिरपेक्षता व समन्वयवादिता के प्रतीक हैं। फिर उन छोटी-छोटी बातों को लेकर क्यों बुरा मान गए हैं? उसने पूछा तो बापू बोले—"नहीं बेटा! मैं बुरा नहीं मान रहा हूँ। अपने लिए तो 'सबै भूमि गोपाल की और सबै लोग अपने' हैं। मैं तो अपनी मजबूरियाँ बता रहा हूँ।" वह सोचने लगा, जिस शख्स ने बरतानिया सरकार को मजबूर कर दिया था, आज वह स्वयं को मजबूर बता रहा है। राष्ट्र के लिए अशुभ संकेत से उसकी रूह काँप उठी। उसने फिर पूछा, "पर बापू! छोटी-मोटी समस्याओं के कारण आप उठने से क्यों कतरा रहे हैं?"

बापू ने उसके सिर पर प्यार से हाथ फेरा, फिर बोले, "नहीं बेटा! बात इतनी ही नहीं है। अब देखो, मेरा चश्मा भी खो गया है। जिस चश्मे से मैं सभी को एक नजर से देख पाता था, उसे मेरे कुछ सपूत माँगकर ले गए थे कि भारतीय समाज को आपकी नजर से देखेंगे। पर उन्होंने मेरा चश्मा तो अजायबघर में सजा दिया और

एक नजर से देखने के बजाय, हिंदू-मुसलिम, ऊँच-नीच, छूत-अछूत, आरक्षित-अनारक्षित, मेरा वोट, उसका वोट की नजर से देखने लगे। और अब तो मेरी खड़ाऊँ भी मेरे पास नहीं हैं। मुझे याद है कि मेरा प्रिय शिष्य जवाहर ले गया था उन्हें। कह रहा था सिंहासन पर रखकर भारत का राज चलाऊँगा।

"आज मेरी खड़ाऊँ तो शीशे के बक्से में रखी हैं और सिंहासन पर 13 जोड़ी जूते रखकर राज चल रहा है। अब जनता से नेता नहीं, ये जूते ही बात करते हैं। इतना ही नहीं बेटा! मेरे तीनों बंदर भी बागी हो गए हैं। बुरा न देखने वाला इन दिनों 'कैबरे डांस' देखकर सोता है। झूठ न सुनने वाले ने 'रंभा-रंभा, तम्मा-तम्मा' सुनने का शौक पाल लिया है और बुरा न कहने वाला 'बैंडिट क्वीन' की भाषा में बातें कर रहा है। इन बंदरों ने अपने संस्कार छोड़ दिए हैं तो कई नेताओं ने अपना लिये हैं। बेटा! देखो, कितना भी बुरा होता रहे, वे न देखते हैं, न सुनते हैं और न बोलते हैं। सुनते हैं तो सिर्फ सिक्कों की खन-खन, बोलते हैं तो सिर्फ सांप्रदायिकता और देखते हैं तो सिर्फ रिश्ते-नाते, बस। ऐसे में तुम्हीं बताओ बेटा! मेरे सोने-जागने से क्या फर्क पड़ेगा?"

बापू गंभीर थे। उसे लगा कि यदि बापू इसी तरह से खामोशी धारण किए रहे तो सबकुछ गड़बड़ा जाएगा। उसे याद आया कि बापू ने कैसे रेल यात्राओं में कष्ट, अपमान सहकर स्वदेशी का जागरण मंत्र फूँका था और आज नेताजी को रेल में धक्का लग जाए तो अधीक्षक सस्पेंड तक के क्रोध से भर जाते हैं। यह अच्छा हुआ कि साहब ने रेल ही सस्पेंड नहीं कर दी। उसने भटकते मन को फिर पकड़ा और बापू से उठने का निवेदन करने के लिए हाथ जोड़े। इसी बीच अलार्म की घंटी घनघना उठी। उसकी नींद खुली तो न बापू थे, न कोई और। उसे याद आया कि आज 'गांधीजी' पर उसे एक व्याख्यान देना है। जिसे सोचते-सोचते उसे स्वप्न में बापू मिल गए। उसने तय कर लिया था कि वह व्याख्यान में बापू से वार्त्ता का यह स्वप्न ही कहेगा। अर्थात् आज वह नहीं, बापू बोलेंगे।

कहते हैं, कभी-कभी स्वप्न भी सच्चे हो जाते हैं। जब मैं 'गांधी प्रतिमा' के पास पहुँचा तो पता चला कि पार्क के सुंदरीकरण को लेकर ही लोग भिड़ गए थे और बापू की प्रतिमा पर काला रंग स्प्रे कर दिया गया था। उसे लगा कि बापू जो भी कह रहे थे, ठीक कह रहे थे। वह विवाद में उलझे बिना लौट आया और घर की दीवार पर खड़िया से 'महात्मा गांधी' शब्द लिखकर श्रद्धांजलि अर्पित की। मेरा मन किया कि उन्हें समझाऊँ, पर सवाल तो यह है कि उन्हें समझाने से क्या होगा? जिन्हें समझना चाहिए वे तो समझ-समझ के भी नासमझ बने हुए हैं। फिलहाल बापू की याद में अपनी कविता के कुछ अंश याद आ रहे हैं।

कुछ लोग गांधी पर बहस कर रहे थे—
एक बोला, गांधी महान् थे।
राजनीतिक उठा-पटक से दूर सच्चे इनसान थे।
उन्होंने चलाया आंदोलन सत्याग्रह-स्वदेशी।
इसलिए गांधी थे पक्के कांग्रेसी।

दूसरा बोला—
गांधीजी ने दलितों को गले लगाकर
उन्हें 'हरिजन' की पदवी दिलाई।
इससे साबित होता है कि वह थे पक्के बसपाई।

तीसरे ने दोनों को डाँटा और बोला—
आदमी जिंदगी भर झूठ-सच में डोलता है
पर मरते समय बिल्कुल सच बोलता है,
गांधी ने मरते समय
'राम' नाम की आवाज लगाई।
इसलिए मेरा दावा है कि
गांधीजी थे पक्के भाजपाई।

चौथा बोला—
दलों के दलदल में पड़कर
देह को तो काट ही चुके हो, आत्मा को मत काटो।
आँगन का बँटवारा क्या कम है?
कम-से-कम 'बापू' को तो मत बाँटो।

दरअसल मैंने न तो गांधीजी को देखा है, न गांधित्व को। उसकी कभी ऐसी कोई कोशिश भी नहीं रही कि वह इन महान् आत्माओं के साक्षात् दर्शन करे, पर पता नहीं क्यों? उस रात गांधीजी मिलने आ पहुँचे। तन पर आधी धोती, रीढ़ की हड्डी से जुड़ी कुछ और हड्डियाँ, गोल-गोल चश्मा, हाथ में लाठी, पैरों में चप्पल, झुकी कमर वाला वह शख्स गांधी ही था, क्योंकि उसकी जबान पर 'रघुपति राघव राजाराम' की पंक्ति चिपकी हुई थी। उसकी एक आँख में खुशहाल भारत का नक्शा था और दूसरी आँख में दलितों की दशा देखकर बाहर आने को व्याकुल आँसू

की बूँद थी। जी हाँ, वे गांधी ही थे, क्योंकि उन्होंने आते ही कहा था, "मैं गांधी हूँ, मोहनदास करमचंद गांधी। तुम्हारा बापू, तुम्हारे अपने घर (राष्ट्र) का पिता।"

उस दधीचीय काया को देखकर मन भीतर तक काँप गया। इससे पहले कि उनके स्वागत-सत्कार की औपचारिकता की जाती, वे जमीन पर बैठ गए। 'बापू! कैसे आना हुआ' के सवाल पर उन्होंने चश्मा उतारा। उनके चश्मा उतारते ही लगा कि बर्फ जैसे कुछ टुकड़े फर्श पर गिरे हैं। सचमुच वे बर्फ के टुकड़े थे। उन्हें उठाकर एक कटोरी में रखते हुए पूछा, "खाना खाओगे बाबा?" वे मुसकराए। बोले, "भूखा तो हूँ, पर मेरी ही संतानों ने मुझे जो गालियाँ खिलाई हैं, उनसे पेट इतना भर गया है कि अब तो कुछ खाने का मन ही नहीं करता।"

वे दीवार से टेक लगाकर बैठ गए और अपने कंधे पर टँगे झोले से कुछ चीजें निकालनी शुरू कीं। ये चीजें थीं—एक छोटी किताब, जिसपर 'भारतीय संविधान' लिखा था, तीन बंदरों की मूर्तियाँ तथा एक स्लेट, जिस पर हरे राम! हरे राम! लिखा था। 'बाबा' ये सब क्या है? और इन्हें यहाँ क्यों निकाल रहे हो?' के सवाल पर वे बोले, "बेटा! जब से देश में एक नई 'महामाया' ने प्रवचन शुरू किए हैं, मेरे लिए ये चीजें अप्रासंगिक हो गई हैं। यह 'गीता', जिसने मुझे हमेशा 'कर्मण्येवाधिकारस्ते मा फलेषु कदाचन' की शिक्षा दी, अब 'कर्म कम करो, फल ज्यादा चरो' के मायाजाल में रास्ता नहीं दिखा पा रही है। और ये तीनों बंदर भी अपने संस्कार छोड़ चुके हैं। यह मुँह बंद किए-किए ही न जाने क्या-क्या जैसे शैतान की औलाद भी कहते नहीं थकता। यह कान बंद किए है, पर अपने मतलब की बातें व निंदा आसानी से सुन लेता है और यह जो आँख बंद किए है, यह स्वभाव का इतना 'मुलायम' हो गया है कि कोई कुछ भी कहता रहे, कुछ भी करता रहे, यह देखता ही नहीं। और यह जो बड़ी वाली किताब है न! उसमें सिर्फ जिल्द ही बची है। अफसोस तो यह है कि इसके पन्ने हमारे अपने बेटों ने ही चुन लिये हैं। बेटा! इसलिए ये चीजें लौटाने आया हूँ।"

"बाबा! ये तख्ती जिसपर हरे राम! हरे राम!! लिखा है, वह?" पूछने पर बोले, "बड़ी तो हमारी जिंदगी खराब किए हैं। कुछ लोगों को इन शब्दों से इतनी घृणा है कि वे इस तख्ती को छीनकर नष्ट करने के लिए फिर से मेरी हत्या करने की कोशिश कर रहे हैं।" इतना कहकर वे उठ लिये। "बाबा! अब कहाँ जाएँगे आप? यहीं रहिए न!" के आग्रह पर वे फफककर रो पड़े। फिर बोले, "नहीं बेटा! अब यह घर मेरे रहने काबिल नहीं रहा। मेरी वे संतानें, जिनको मैंने अपने जिगर का टुकड़ा मानकर पाला-पोसा, जिन्हें उँगली पकड़कर चलना सिखाया, वे

ही मुझे गालियाँ दे रहे हैं। जो मेरी बूढ़ी हड्डियों पर बने सिंहासन पर मुकुट लगाकर बैठे हैं, उन्हें मेरे नाम से नफरत हो गई है। बेटा! जब बेटे-बेटियों के लिए घर की मिल्कियत घर के बूढ़े से ज्यादा बड़ी हो जाए तो घर छोड़ देना चाहिए।"

"पर बापू! कुछ लोगों की नासमझी से कोई घर छोड़ता है क्या?" कहने पर बोले, "कुछ लोग क्यों? जो लोग चुपचाप मुझे दी जा रही गालियों को सुन रहे हैं, वे क्या किसी से कम हैं। सही कहा गया है कि यदि कोई गँवार गँवारपन करे तो कोई हर्ज नहीं, पर यदि समझदार उसके गँवारपन में तालियाँ बजाए तो समझदारी कैसी?" वैसे बेटा! मुझे किसी के कहने-सुनने से कोई फर्क नहीं पड़ता, क्योंकि बाबा तुलसीदास तो पहले ही कह गए हैं—'कालिकाल विहाल किए मनुजा, नहिं माने कोई अनुजा-तनुजा', फिर यह तो घोर कलियुग है। सो तुम कम-से-कम अपने नगर से मेरी प्रतिमाएँ तो हटवा ही देना, मैं चला।"

बस इसी के साथ नींद टूट गई। तब से मैं परेशान हूँ कि क्या बापू वाकई दु:खी हैं? रह-रहकर उनकी तुलसी बाबा वाली चौपाई ध्यान आती है, जो बापू जाते-जाते कह गए थे, 'नहिं माने कोई अनुजा-तनुजा'। एक विद्वान् ने इसका अर्थ बताया कि तुलसी दादा ने भविष्यवाणी की थी कि कलियुग में मनुष्य ऐसा बेहाल होगा कि भाई-बहन के संबंध भी लोग नहीं मानेंगे, अर्थात् शुद्ध लंपटों की जमात होगी। चौपाई का रुद्र जानकर मेरी बेचैनी थोड़ी कम हुई है। सोचता हूँ कि कलियुग में इतनी दुर्दशा के संकेत हैं तो किसी दिवंगत को कुछ ऐसे-वैसे शब्द कह देने से लोग क्यों गुस्से में हैं? यदि 'बापू' फिर से आ जाएँ तो उनका सामान लौटाकर आग्रह किया जाए कि वे घर छोड़कर न जाएँ, बल्कि भीष्म की तरह चाहे शरशैया पर लेटना पड़े, कलियुग के इस महाभारत को देखें, उन्हें यह भी दिखा है कि कैसे फूलबाग की उनकी प्रतिमा का तेज और बढ़ गया है।

अभी यह सोच ही रहा था कि मेज पर पड़ी एक मैगजीन के पन्ने फड़फड़ाए। एक पन्ना ठहर गया। उस पर गांधीजी की तसवीर छपी थी। ऊपर लिखा था—'कृतज्ञ राष्ट्र की बापू को श्रद्धांजलि!' मैं सोच में पड़ गया कि बापू को अपशब्द कहने वाले क्या इस 'राष्ट्र' के नहीं हैं? या राष्ट्र ही 'कृतघ्न' हो गया है?

इसी बीच कटोरी में देखा, बर्फ के वे टुकड़े पिघलकर खारा पानी बन चुके थे। अब यह कौन बताए कि वह खारा पानी 'बापू' की आँखों का है या स्वतंत्र देश की आँखों का?

□

साहब बाथरूम में हैं

"हैलो! साहब बोल रहे हैं?"

"होल्ड करिए, देखकर बताता हूँ।"

"जी अच्छा।"

"हैलो! जी साहब बाथरूम में हैं। आधे घंटे बाद फोन कर लीजिएगा।" उधर से आवाज आई और फोन काट दिया गया। आधे घंटे बाद फिर फोन मिलाया। इस बार कोई स्त्री स्वर था। जानकारी दी कि साहब बाथरूम में हैं। थोड़ी देर बाद…। एक घंटे बाद किसी और से फोन मिलवाया तो उसे भी बताया गया कि साहब बाथरूम में हैं।

यह कोई पहली घटना नहीं है। कई बड़े लोग हैं, जिन्हें अपने 'बेडरूम' से बाथरूम ज्यादा प्यारा है। वे बाहरी दुनिया की अपेक्षा ज्यादा समय तक बाथरूम में रहते हैं। जैसे साँप को जब हवा खानी होती है या भोजन, तो वह अपने बिल से निकलता है और फिर अपने बिल में चला जाता है। वैसे ही बाथरूमीय संस्कृति के पोषक-प्रचारक ये लोग भी बाथरूम से बाहर झाँककर देखते हैं। यदि मौसम अनुकूल न हुआ तो फिर बाथरूम में।

सोचिए, यदि ऐसा न होता तो हर आधे घंटे में फोन मिलाने पर श्रीमान बाथरूम में ही नहीं मिलते। पता चला कि दफ्तर से बताया गया कि साहब लंच पर घर गए हैं। घर पर पता किया गया तो बताया कि साहब बाथरूम में हैं। लंच और बाथरूम का यह अंतरसंबंध गंभीर है। यही तो आधुनिकता बोध है। डाइनिंग टेबल पर या कि चौके के पास पाटे पर बैठकर तो सभी 'लंच' लेते हैं। आधुनिक होना है तो इसके लिए भी बाथरूम का उपयोग करना ही होगा।

वैसे यह तो शोध का विषय है कि अपने देश में यह 'बाथरूम कल्चर' कहाँ से आया, पर इतिहास गवाह है कि देश के कई स्वनामधन्य लोगों ने बाथरूम का सदुपयोग अंतिम साँस ग्रहण करने में भी किया है। धन्य हो गए बाथरूम, जहाँ इन

महापुरुषों ने (फिसलकर) अंतिम साँस ली। मेरे खयाल से स्वर्ण जयंती के अवसर पर संविधान में संशोधन कर दिया जाना चाहिए कि यदि कोई महापुरुष पूजाघर के बजाय अपने बाथरूम के रास्ते से महाप्रयाण करता है तो उसकी समाधि उसी बाथरूम में बनाई जाएगी। इससे वह महापुरुष धन्य हो जाएगा और बाथरूम धन्य-धन्य। यदि थोड़ा उदारतापूर्वक सोचें तो यह विचार उपयुक्त भी लगता है, जिस बाथरूम और व्यक्ति के बीच कपड़ों तक की दूरी नहीं रहती, यदि व्यक्ति अंतिम रूप से उस बाथरूम के आगोश में साँस ले तो इसमें बुरा क्या है? अपने देश में इसकी उतनी ही पुष्ट परंपरा है, जितनी कि घोटालों की है। कितने बड़े लोग हर दिन स्वयं के प्राण बाथरूम पर न्योछावर कर देते हैं? इस मामले में गरीब आदमी का दुर्भाग्य है कि यदि वह चाहे भी तो उसे यह मौका नहीं मिलता, क्योंकि उसके सिर पर तो एक 'रूम' ही होता है, बाथरूम की कौन कहे?

बहरहाल, अपने यहाँ पूरी शान-शौकत, तामझाम, रोब-दाब, धूम-धड़ाके (जितने विशेषण लगाए जाएँ कम हैं) के साथ 'बाथरूम कल्चर' आ गया है। मेरे एक परिचित हैं। उनकी अपनी आलीशान कोठी में सबसे ज्यादा पसंदीदा जगह बाथरूम है। यों तो वे अभी जवान-जहीन हैं, पर लोग उन्हें कमसिन उम्र में ही ताऊ, चाचा, काका कहने के बजाय बाबा भैया कहने लगे हैं। जिन-जिन लोगों को उनके 'बाथरूम प्रेम' अथवा बाथरूमी का बाथरूम प्रेम इतना परवान चढ़ चुका है, उन्हें अपने जीवन की उपलब्धियों में सिर्फ मात्र, केवल ओनली वन अर्थात् एक (जितनी भाषाओं में कहें, कम होगा) अफसोस है कि काश! उस जमाने में इस तरह के सुविधासंपन्न बाथरूम होते तो वह नर्सिंग होम के लेबर रूम के बजाय बाथरूम में अवतार ग्रहण करते। बाबा बाथरूमीजी का बाथरूम किसी फाइव स्टार होटल से कम सुविधा संपन्न नहीं है। इतनी सुविधाएँ चारा घोटाले के मुखिया लालू यादव को अथवा तांत्रिकाचार्य चंद्रास्वामी को भी कारागार में नहीं मिली होंगी। कंप्यूटर, बुक सेल्फ, रंगीन टी.वी., एयर कंडीशनर, तरणताल, शौचगृह, पता नहीं और क्या-क्या है उनके बाथरूम में। जो लोग उनके बाथरूम की भव्यता, सौम्यता, सुंदरता और साधन संपन्नता से परिचित हैं, वे जब उनके घर जाते हैं तो आग्रह करते हैं—"प्लीज, मुझे गेस्ट रूम के बजाय बाथरूम में बैठाएँ।" उनकी दिक्कत ये है कि गेस्ट रूम तो सबके लिए है, पर बाथरूम में तो सभी को ले जाया नहीं जा सकता है। यह बाथरूम का ही प्रभाव है कि आप दिन-रात कभी भी बाबा बाथरूमीजी को फुनियाएँ, जवाब मिलेगा कि साहब बाथरूम में हैं। बाबा भैया! इतना सबकुछ बाथरूम में जुटाया है तो एक मोबाइल फोन भी…। जिन लोगों को

आपके दर्शनीय-प्रदर्शनीय, अवर्चनीय बाथरूम तक सशरीर पहुँचने का मौका नहीं मिल सकता, वे अपनी आवाज तो पहुँचा सकेंगे। सोचिए, जब वे उस प्रभु के दरबार में पहुँचेंगे तो प्रभु को क्या जवाब देंगे कि कुतुबमीनार-ताजमहल तो देखे हैं, पर बाथरूमी का बाथरूम नहीं देखा।

मुझे पता है कि यहाँ कई लोगों के बाथरूम बड़े चमत्कारिक हैं। उनके नीचे तहखाने हैं। साहब अटैची लेकर बाथरूम में घुसते हैं और बिस्तरबंद लेकर बाहर निकलते हैं। सी.बी.आई. वाले भी उनके बाथरूम में फिसल सकते हैं, पर तहखाने तक पहुँचना मुश्किल होगा। बड़े-बड़े बैंकों के लॉकर्स भी इस तहखाना-बाथरूम के आगे पानी भरते हैं।

तो साहब! अब जरा सोचिए कि यह 'बाथरूम कल्चर' हमारी प्रगति के आँकड़ों में से एक है या नहीं? यह अलग बात है कि आजादी के 50 सालों में भी सैकड़ों-हजारों इज्जतदार राजाएँ-राजियाएँ, सैकड़ों गोटेदार चुनरी वाली बहुएँ आसमान के नीचे लगे नामों पर धोती लपेटकर मुँह अँधेरे नहाती हैं। आसमान की छत और हवाओं की दीवारों वाले इन बाथरूमों में उनके पास सिर्फ शर्म की चूनर होती है। काश, इनके पास भी एक अदद बाथरूम होता। बकवास प्रिय अधिकरण (विकास प्राधिकरण) व नरक निर्गम (नगर निगम) जैसे उत्कृष्ट सेवकों, निकृष्ट सेवकों के रहते हजारों लोगों के भाग्य में किसी नहर पटरी, सूनी सड़क अथवा तलाकशुदा पार्कों से अटैच्ड मुक्त आवीश शौचालय लिखे हुए हैं। बाथरूम न सही, एक अदद यही व्यवस्था नसीब होती। प्रगति का यह प्रमाण भी कितना पुष्ट है कि जिन लोगों के पास यह व्यवस्था नहीं है, उनको इस नैसर्गिक आवश्यकता के लिए भी एक रुपया खर्च करना पड़ता है। बाथरूम कल्चर के समांतर इन अव्यवस्थाओं को परंपरागत उपलब्धि मानकर गर्व कर सकते हैं।

उनके बाथरूमों में
महँगे परफ्यूम की टंकियाँ
हमारे घरों के नल सूखे हैं।
उनके बालों पर
सेहत की चमक,
हमारे चेहरे तक रूखे हैं।
उनको सहन नहीं होती
हमारे पसीने की महक
उन्हें तो ताजे लहू की गंध भाती है

अपने-अपने स्वर्ग हैं जिनके
उन्हें हमारे आँगन की गंध से
मितली आती है।
हमारी मेहनत—
उनकी एय्याशियों की खाद है,
जी हाँ यह—
50 वर्ष पुराना समाजवाद है।

□

चौराहे पर ठंड, पेट में अलाव

जब से सर्दी शहर के सिर चढ़कर बोली है, मेरा तो साहस ही बोल गया है। सर्दी से सिसियाती उँगलियाँ कलम पकड़ने को तैयार नहीं हैं और कलम है कि कभी कथित अलावों के आसपास चक्कर लगाती है तो कभी फुटपाथ पर पड़े भिखारी की चादर टटोलती है। उधर सर्दी ने ऐसा गजब ढाया है कि मित्र ही पहचानने से इनकार करने लगे हैं। दरअसल जैसे ही सर्दी की सुइयाँ चुभीं, मैंने भी सारे कवच निकाल लिये। एक के ऊपर एक-दो-तीन बनियानें, इतने ही स्वेटर और फिर जैकेट। सिर पर सिर्फ आँखें ही दरशाने की इजाजत देने वाला टोपा। मित्रों से मिला तो न हैलो, न हाय, न टाटा, न बाय-बाय। बिल्कुल अजनबियों जैसा व्यवहार। और तो और, भाभीश्री से मिलने पहुँचा तो वह बोली, "आप किससे मिलना चाहते हैं भाई साहब ?" इससे पहले कि भतीजेश्री मामाजी कहते, टोपा उतार दिया। तब कहीं अंदर आने की इजाजत मिली।

शीशे के सामने खड़ा हुआ तो स्वयं को पहचानना मुश्किल था। इतना लदे-फँदे होने के बावजूद जाड़ा भीतर तक जम रहा था। चूँकि सोचना अपना काम है, सो सोचता हूँ कि अपने पास माँगे-जाँचे के ही सही, उतनी बनियानें-स्वेटर हैं, पर जिनकी स्थिति धोती फटी, दुपट्टा और 'पायें उपानहु को नहिं सामा' जैसे हैं, अर्थात् जो जन्मजात सुदामा है, उसके लिए सर्दी, सर्द-ई हो गई है। ऐसे में यदि सर्दी यह कह 'शहर बीच में बैठि के सपकी लेता खैर, अमीरन सो दोस्ती, गरीबन से बैर' तो ऐसा लगता है कि टेंपरेचर एक पॉइंट और नीचे खिसक गया है।

किसी विधवा के चूल्हे और जिंदगी की तरह ठंडे शहर के सुदामा, जिनके नसीब कंबल की जगह सरकारी अलाव लिखे हैं, वे यदि फाइलें टटोलना या अखबार पढ़ना जानते होते तो ये कथित अलाव खोज लेते, पर उन्हें तो बताया गया कि ये अलाव चौराहों पर जल रहे हैं। मैंने एक अलाव जलावनहार एक कर्मचारी से पूछा, "भैये! हमारे चौराहे का अलाव कहाँ है ?" वह मुसकराकर बोला, "मेरे पेट

में।" मैं चौंका। एक सरकारी कर्मचारी, वह भी नगर निगम के कमाऊ ओहदे पर, उसके पेट में अलाव कब से जलने लगा! पेट में आग तो उस मजदूर के लगती है, जिसे काम के बिना मंडी से लौटना पड़ता है। बाद में जब शोध किया तो पता चला कि वाकई कर्मचारी महोदय के पेट में अलाव जल रहा था। पता चला कि अलाव की लकड़ी दारू की बोतल में तब्दील हो उसका सर्दी-कवच बन चुकी थी। वह लड़खड़ाते कदमों से आगे बढ़ा और बढ़ाया, "थोड़ी सी जो पी ली है, चोरी तो नहीं की है।" शायद वह सही कह रहा था, सरकारी अनुदान, सरकारी कर्मचारी नहीं पिएगा तो क्या सड़क छाप सुदामा उसकी आग जलाकर तापेगा। कितने ही अलाव, जिन्हें आज शहर के चौराहों पर होना चाहिए, कबाब-शराब बनकर उन्हीं बेहतर हाजमे वाले उदरों में उपदस्थ हो गए होंगे। ठंड के कोई आँखें तो होती नहीं, जो वह इन उच्च उदरधारियों को देख पहचान सके। शायद इसलिए किसी कवि-मित्र को कहना पड़ा—"काजू भरा है प्लेट में, व्हिस्की गिलास में, उतरा है रामराज विधायक निवास में।"

मेरे एक मित्र हैं, बिल्कुल कोशीय प्राणी। भ्रष्ट नेताओं के चरित्र की तरह हलके और भारतीय अर्थव्यवस्था की तरह दुबले-पतले। मोटरसाइकिल के साइलेंसर के पीछे खड़े होने से भी डरते हैं कि कब ड्राइवर पिकअप ले और पीछे निकला धुआँ उन्हें दो-चार मीटर पीछे खिसका दे। जाड़ा शुरू होते ही अचानक स्वस्थ और मोटे-ताजे दिखने लगते हैं। कल मिले तो बिल्कुल बिस्तरबंद थे। "अचानक स्वास्थ्य में उनका इजाफा ? अर्थात् पैकेट बन गया खाली लिफाफा ?" पूछा तो बोले, "जाड़े में मेवे खाता हूँ और सरकारी माल पर ऐश कर रहा हूँ।" मैं चौंका। जिसे दोनों समय भरपेट रोटी नसीब नहीं, वह मेवा खा रहा है। मेरी शंका का समाधान करने के लिए उन्होंने जेब से एक मूँगफली निकाली। छीली···। दो दानों में से एक मेरी हथेली पर रखते हुए बोले, "लो, आप भी मेवा खाओ। मेरे साथ रहोगे तो ऐसे ही ऐश करोगे ?" मुसकराहट आना स्वाभाविक था। मैंने पूछा, "यही है तुम्हारी मेवा ?" वह हँसे, बोले, "नागरिकजी! गरीबों की यही मेवा है। जाड़ा शुरू होते ही 50 ग्राम खरीद लेता हूँ। पूरे जाड़े भर ऐश करता हूँ। आप जैसे मित्रों को भी खिलाता हूँ।" अब तो मुझे हँसी आ गई। मैंने कहा, "कुछ और भी खाया करो।" मेरी बात सुनकर वह उदास हो गया। गंभीर स्वर में बोला, "खाने के लिए यहाँ बचा ही क्या है ? मिल थीं, मजदूर नेता खा गए। मंडी को दलाल खा गए। पार्कों-फुटपाथों को भूमाफियाओं ने पचा लिया, स्कूल-कॉलेजों को शिक्षा ठेकेदार डकार गए। नगर निगमों ने सड़कें चबा लीं। चोरों ने मैनहोल के ढक्कन

निगल लिये। एक चरित्र था, उसे आज की राजनीति खा गई। अब मेरे जैसों के लिए मूँगफली बची है, सो कभी-कभी खा लेता हूँ।" उसके तर्क गहरे तक चुभ गए। मैंने सलाह दी, "किसी राजनेता के सामने ऐसी बातें नहीं करना, नहीं तो हड्डियाँ तुड़वा देगा।" वह व्यंग्य से मुसकराया, "कम-से-कम जाड़े में तो हड्डियाँ सुरक्षित हैं, क्योंकि पुलिस वाले को तीन महीने लग जाएँगे, मेरे जैसे बिस्तरबंद की हड्डियाँ तलाशने में।"

दादी ने बताया कि हमारे जमाने में शहर में इतना जाड़ा पड़ा था कि नलों का पानी जम गया था। मैंने दादी के इस शौर्यपूर्ण वक्तव्य को धराशायी किया—

"पर अब तो नलों का पानी हमेशा जमा रहता है। इसलिए तो पानी आता ही नहीं।" दादी ने फिर तीर मारा, "हमारे जमाने में एक बार इतना कोहरा पड़ा था कि दिन में भी बड़े बल्बों की रोशनी नहीं दिखती थी।" मैंने भी आधुनिक शौर्य बखाना, "पर दादी, अब तो गरमियों में भी बल्ब की रोशनी नहीं दिखती, क्योंकि बिजली आती ही नहीं।" दादी जैसे लाजवाब हो गई थीं, सो रजाई ओढ़ ली। मैंने देखा, जाड़ा रोशनदान से उनके कमरे में उतर रहा था, सो उसमें एक गत्ता लगा दिया। ऐसा करते हुए मेरे सामने फूस की कई झोपड़ियाँ उभर आईं।

बहरहाल, लाख दरवाजे, रोशनदान-खिड़कियाँ बंद कर ली जाएँ, जाड़ा है कि कमरों के भीतर आ ही जाता है। मेरी एक प्रशंसक मित्र हैं। चार साल का बेटा है उनका। कल किसी काम से उनके घर गया तो बेटे को केसर चटा रही थीं और समझा रही थीं, "खा ले बेटा, तुझे सुबह स्कूल जाना है।" केसर और स्कूल का क्या संबंध ? पूछा तो हँसकर बोलीं, "आपको पता नहीं शायद, केसर गरम होती है। बच्चे को ठंड में पाँच बजे स्कूल के लिए निकलना पड़ता है। सवा पाँच बजे बस आती है। सात बजे स्कूल पहुँचता है। पौने दो घंटे बस में, उस पर रिकॉर्ड जाड़ा।" मैंने मुन्ने को देखा। मुझे खरगोश के बच्चे जैसा लगा वह, जिसे जैसे सर्कस में प्रदर्शन के लिए तैयार किया जा रहा हो। पहली बार महसूस हुआ कि ठंड से ज्यादा कड़ाकेदार और कठिन होती है आज की पढ़ाई।

कभी काँप-काँपकर जिया
तो कभी हाँफ-हाँफकर जिया।
शहर ने हरदम
अपने तेवर से काम किया।
इन दिनों—
फुटपाथजीवी गुमनाम-से हैं।

और गरम जेबों वाले आराम से हैं।
दफ्तरों में—
जरूरी हो गया है दबाव कागज पर।
शहर में—
जल रहे हैं अलाव कागज पर।

□

सिर्फ वोट हो गए हैं हम

जब छोटा था, तब मेरी 'जनरल नॉलेज' की किताब में सिर्फ एक ही बैंक हुआ करता था। वह कि जिसमें रुपए जमा और निकाले जाते हैं। बाद में पता चला कि कुछ बैंक और भी हैं इस देश में—ब्लड बैंक, स्पर्म बैंक व आई बैंक आदि। अभी कुछ समय पहले हमारी 'जनरल नॉलेज' में थोड़ा और इजाफा हुआ। पता चला है कि इस देश में 'वोट बैंक भी हैं। ये बैंक अन्य बैंकों से बड़े, लाभकारी, किंतु बदशक्ल हैं। इन चुनावों में 'बुद्धू बक्से' (टी.वी.) के छोटे परदे ने बड़ी समझदारी से 'वोट बैंकों' की जमा-पूँजी का विश्लेषण किया। उस पर जब एक दल की बैठक हुई और उसमें कुछ प्रतिशत के वोट बैंक से कुछ प्रतिशत उनके वोट बैंक से कटकर अपने 'वोट बैंक' में इतना क्रेडिट कर लेंगे, उसमें से 300 से अधिक सीटें निकल आएँगी···अंकगणित लगाया तब 'वोट बैंक' के बारे में जानकारियाँ और बढ़ीं।

बहरहाल, अब तक मेरी समझ में जो आया है, उसके अनुसार 'वोट बैंक' ऐसे बैंक हैं, जिनका स्वामित्व किसी-न-किसी नेता की जेब में रहता है। नेताओं के पास अपना-अपना वोट बैंक है, यद्यपि इस बैंक में कोई भी व्यक्ति स्वयं खाता नहीं खोलता। परंतु ये स्वयंभू मैनेजर आपको अपनी ओर से अपने बैंक का खातेदार बना लेते हैं। खातेदार बनाने की योग्यता सिर्फ आपकी जाति ही है। यदि आपका नाम 'त्रिपाठी राम इकबाल यादव डिसूजा' है तो आपको या तो कोई भी अपना खातेदार नहीं बनाएगा या फिर सभी बना लेंगे। वोट बैंक से आप कोई भुगतान नहीं ले सकते हैं। बस आपको भुगतान देना-ही-देना है। जब वोट पड़ते हैं, तब वे लाख कहें कि मुझे मत दो, मुझे मत दो, पर आपको देना है, सो आप देंगे, क्योंकि आप वोट बैंक के खातेदार जो हैं। बहरहाल इन 'वोट बैंकों' के मैनेजर जब भुगतान करते हैं तो आप न भी चाहें तो भी करते हैं। उर्दू शिक्षकों की नियुक्तियों, कॉलेजों के प्रवेश में आरक्षण और अब दलित ईसाइयों को आरक्षण आदि इन 'वोट बैंकों' के ही भुगतान हैं।

वैसे इन 'वोट बैंकों' की न कोई पासबुक है, न कोई परिचय-पत्र। इनकी शाखाएँ हर शहर, हर गली में फैली हैं। जैसे हवा दिखाई न पड़ने के बावजूद होती है, जैसे आत्मा न होकर भी होती है, वैसे ही इन बैंकों के काउंटर न होकर भी होते हैं। राजनीतिक पार्टियों के कार्यालय ही इनके काउंटर हैं और सभासद से लेकर मंत्री तक इनके प्रतिनिधि। आप इनसे हाथ मिलाएँ या न मिलाएँ। ये भी आपके पास आएँ या न आएँ, पर आप इनके बैंक में अपने परिवार के वयस्क सदस्यों सहित जमा कर लिये जाएँगे। एक दिन ऐसे वोट बैंक मैनेजरों से इन दिनों रोज ही भेंट होती है, जो ऐसे-ऐसे दावे करते हैं, मानो 'समूचे वोट बैंक' का ही फिक्स डिपॉजिट अपने नाम करा रखा है। अभी जब चुनावोत्सव चल रहा था। एक साहब बोले, "मेरे पास एक रिच वोट बैंक है। नगर में 1 लाख 87 हजार कायस्थ हैं। सब अपने बैंक में जमा हैं।" मुझे लगा, भाईजी का बैंक तो बड़ा धाँसू है। उसी समय एक और साहब आ गए। बोले, "जी! हमारे ब्राह्मण जमा वोट बैंक में 18 लाख से ज्यादा ब्राह्मण जमा हैं। मान गए भाईजी को। बाद में पता चला, शहर में इसी तरह के कुर्मी, कुशवाहा, क्षत्रिय, अग्रवाल, वैश्य, चित्रगुप्त, दलित, पिछड़ा, अगड़ा, विकलांग, सर्वांग, कोरी, धानविक, अल्पसंख्यक आदि न जाने कितनी सज्ञाओं व विशेषणों से शुरू होने वाले नामों के वोट बैंक हैं। सिर्फ नहीं हैं तो 'नागरिक बैंक' अथवा 'मानव बैंक' नहीं हैं।

इधर कुछ स्वयंभू वोट बैंक मैनेजर मुखर हो उठे हैं। जिनकी निगाह 'वैश्य वोट बैंक' पर है। वे इस बैंक पर अपने-अपने कब्जे की दावेदारी कर रहे हैं। दोनों बैंक लूटने के चक्कर में हैं। इस बैंक के जबरिया नामित सदस्यों को बचकर रहना चाहिए, कहीं ऐसा न हो कि ये मैनेजर्स कभी बैंक लूटकर उन्हें अपने घरों में बंधक बना लें। चलो अच्छा है कि इन बैंकों में हमारे वैश्य भाई जमा हैं। और वे समूचे आदमी हैं। यदि वे आदमी न होकर सिर्फ नोट होते तो!

इस मैनेजर का उत्साह तो शताब्दी ट्रेन से भी ज्यादा फास्ट दिखा, सो 'अखिल भारतीय विशुद्ध राष्ट्रीय कमल पुष्पीय वोट बैंक' के एक मैनेजर से पूछा, "आपके बैंक के क्या हाल हैं?" बोले, "बहुत अच्छे हैं। खातेदारों की संख्या निरंतर बढ़ रही है। सौ वर्ष पुराने बैंक में जब से घोटालों-पर-घोटाले हुए हैं, तब से हमारे तमाम पुराने 'हाथ' हमारे यहाँ खाते खोलने को तैयार हैं। फिर आप 'जा पर कृपा राम की होई, ता पर कृपा करे सब कोई,' की चौपाई से तो परिचित ही होंगे। जब वह स्वयं हमारे बैंक के संरक्षक हैं तो डर काहे का?"

'वोट बैंक' के बारे में जानकारियाँ तो और भी हैं, पर शायद अपने मोहल्ले

के हाल ही में अवकाश-प्राप्त नेताजी से ज्यादा नहीं। उनसे बात हुई तो बोले, "इस बार चुनाव जीतना तय है। हमने पता कर लिया है कि अपने चुनाव क्षेत्र में दुकानदार एसोसिएशन के बैंक तो दो हजार, मोहल्ला नवयुक संघ के बैंक में 9 हजार, ओपेन मैनहोल विरोधी एसोसिएशन के बैंक में 6 हजार, बिजली पीड़ित मंच बैंक के पास 35 हजार, होलिका दहन समिति बैंक के पास 15 हजार, दुर्गापूजा समिति बैंक के पास 4 हजार तथा अल्पसंख्यक उत्थान एसोसिएशन के बैंक के पास 9 हजार वोट हैं। और मैं इन सभी बैंकों का सदस्य हूँ। जाहिर है कि अपुन का वोट बैंक काफी मजबूत है।"

नेता मित्र के इस नवीनतम संस्करण का यह अंकगणित बहुत भाया।

बहरहाल, जब मैंने इन वोट बैंकों के बारे में एक 'नागरिक' से बात की तो वह बोला—

किसी के लिए ग्राहक
किसी के लिए दुकानदार
किसी के लिए गवाह तो
किसी के लिए झुनझुना
गोया कि नोट हो गए हैं हम।
अब तो छोड़ दो
आदमी होने का भरम
अजी।
आदमी नहीं सिर्फ
वोट हो गए हैं हम।'

□

सरकारी अस्पताल : एक निबंध

इस बार एक परीक्षा में हिंदी के परचे में जिन कुछ विषयों पर निबंध लिखने को आया, उनमें एक विषय 'सरकारी अस्पताल' भी था। छात्रों-अभिभावकों ने इस पर गहरी आपत्ति की कि जिस विषय पर कभी पढ़ाया-लिखाया या दिखाया नहीं गया, उस पर निबंध क्यों दिया गया ? उनकी आपत्ति उचित भी है। मैंने इसे अपनी जिम्मेदारी समझा है कि इन लावारिस पढ़ाकुओं का सहयोग किया जाए, जो यहाँ सरकारी अस्पताल पर एक निबंध दिया जा रहा है। यदि आगे कभी किसी परीक्षा में इस परम-पवित्र व समाजोपयोगी विषय पर निबंध आ जाए तो बेचारे परीक्षार्थी नकल पर्ची सहज संयोजित कर सकें।

1. प्रस्तावना

मनुष्य एक सामाजिक प्राणी है। वैसे स्वस्थ रहना उसका सामाजिक-सिद्ध अधिकार है, समाज में जैसे तमाम असामाजिक विषाणु उसे कभी-न-कभी बीमार कर देते हैं। ऐसे में एक विशिष्ट तीर्थयात्रा की आवश्यकता पड़ती है। अर्थात् उसे अस्पताल जाना पड़ता है। इस प्रकार अस्पतालों का मनुष्य के स्वस्थ जीवन में विशिष्ट महत्त्व है। अस्पताल की परिकल्पना रोचक न्यायक होती है कि व्यक्ति और बीमारी के अन्योन्याश्रित संबंध स्वाभाविक रूप से हो उठते हैं।

मुख्यत: अस्पतालों के दो भेद होते हैं—(1) सरकारी अस्पताल (2) प्राइवेट अस्पताल। मनुष्य की सभ्यता के विकास के साथ-साथ सरकारी अस्पताल संस्कार-क्षय के शिकार होकर-हैलट, उर्सला, जच्चा-बच्चा, के.पी.एम., आई.डी. एच. आदि तमाम नामों से कुख्यात हो गए और प्राइवेट अस्पताल नर्सिंग होम जैसे अत्याधुनिक नाम से प्रसिद्ध हुए। चूँकि यहाँ सरकारी अस्पताल विषय पर विचार अंकित करने हैं, अतएव आगे की चर्चा इसी के परिप्रेक्ष्य में प्रस्तुत है।

2. सरकारी अस्पताल की दशा और दिशा

सरकारी अस्पताल की दशा अपने नाम के आगे जुड़े विशेषज्ञ जैसी ही होती है।

अर्थात् सरकार का कोई दीन, ईमान, भविष्य, कार्ययोजना, स्थिरता, दृष्टि, सिद्धांत, उत्तरदायित्व, पारदर्शिता आदि से कोई रिश्ता-नाता नहीं होता, वैसे ही सरकारी अस्पताल का भी इनसे कोई जायज या नाजायज रिश्ता नहीं होता है। गंदगी इनकी पहचान है और दुर्गंध पूँजी। औषधिहीनता इसका चरित्र है, तो अव्यवस्था ईमान। बजट बँटवारा योजना में अग्रणी सरकारी अस्पताल, मरीजों को अपनी जिंदगी के अंतिम दिन बिताने के नायाब साधन हैं। नर्सिंग होम परंपरा के कुशल वाहक, एक्सपायर्ड दवाइयों के पाचक ये अस्पताल, स्वास्थ्य सुरक्षा में एड्स जैसी महत्त्वपूर्ण भूमिका निभा रहे हैं। उनका भविष्य प्रदेश के परिषदीय कट्टा-छाप विद्यालयों, पुख्ता कैंसर के अंतिम स्टेज पर भी हँस रहे मरीज जैसा उज्ज्वल है, संभवत: तभी बहुत से बुजुर्गों ने अपनी संतानों को लिखित निर्देश दे दिए हैं कि अस्वस्थ होने पर उन्हें सरकारी अस्पताल में ले जाने के बजाय सीधे श्मशान घाट ले जाया जाए।

सरकारी अस्पताल की प्रतिष्ठा इसी से प्रकट होती है कि एक कैदी ने अपनी अंतिम इच्छा प्रकट की थी कि उसकी लाश को किसी सरकारी अस्पताल के सामने से न ले जाया जाए, क्योंकि मृत्यु के बाद वह अपने शरीर पर किसी भी तरह के विषाणुओं का हमला नहीं झेल सकता। आप इससे सहमत होंगे कि अब एक अच्छा सरकारी अस्पताल वही माना जाता है, जिसमें तैनात चिकित्सक मरीजों को आउटडोर जैसी घटिया, परंपरावादी रूढ़ि से बचाकर अपने साफ-सुथरे बँगलो पर ले आते हैं और उन्हें अत्याधुनिक चिकित्सा पद्धतियों से परिचित कराकर बीवी के जेवर-जमीन या मकान बेचने का योगाभ्यासी बनाते हैं। एक बैठक में इज्जतदार सरकारी अस्पताल की एक्सरे मशीनें खामोश रहती हैं। पैथोलॉजी बिना टेस्ट के परिणाम बताती है और औषधि भंडार पीछे की खिड़की से खाली होते हैं।

यदि किसी अस्पताल के बेड टूटे-फूटे हों और उन पर किसी भी समय आकर मोहल्ले के कुत्तों के सोने की छूट हो, जहाँ डॉक्टर कभी-कभी आता हो। जहाँ नर्सें थर्मामीटर में ऊन फँसाकर स्वेटर बुनती हों। सफाई कर्मचारी मरीजों का सामान भी साफ कर जाते हों, जहाँ के बाथरूम पूरे वार्ड को बम-पुलिस वाली सड़ाँध से भरते रहते हों। जहाँ का भोजन मरीजों के स्वास्थ्य सुरक्षा की चिंता में डूबे वार्ड बॉय खा जाते हों। ऑपरेशन के बीच में बत्ती चली जाती हो और फिर लाख प्रयास के बावजूद जेनरेटर न चलता हो। यदि किसी अस्पताल में ये सारी सुविधाएँ हों तो समझना चाहिए कि वह सरकारी अस्पताल है।

3. नर्सिंग होम व सरकारी अस्पताल में भेद

नर्सिंग होम अमीरों के लिए होते हैं और सरकारी अस्पताल गरीबों के लिए। नर्सिंग होम पर सरकारी कृपाभाव रहता है और अस्पतालों पर दयाभाव। सरकारी अस्पतालों के डॉक्टर्स न हों तो नर्सिंग होम संकट में पड़ सकते हैं। नर्सिंग होम में जाने वाले मरीजों को पता रहता है कि उनको खर्च करना पड़ेगा। जबकि सरकारी अस्पताल के मरीजों को संतोष करना पड़ता है कि उन्होंने मुफ्त इलाज नहीं कराया है। नर्सिंग होम के मरीज प्रयास के बावजूद डॉक्टरों के घर तक नहीं पहुँच पाते, जबकि अस्पतालों के मरीज सादर आमंत्रित किए जाते हैं। अर्थात् नर्सिंग होम की हर मंजिल को खड़ा करने, उन्हें चलाने में ये अस्पताल त्यागपूर्ण भूमिका अदा करते हैं।

4. सरकारी अस्पतालों से लाभ

सरकारी अस्पताल मरीजों, डॉक्टरों, अधिकारियों व सरकार सभी के प्रति लाभदायक सिद्ध हो रहे हैं। किसी मरीज के पास घर में चैन से मरने का स्थान न होने, बीमारी से ऊब गए बीमार के परिवारजनों को मुसीबत से छुटकारा दिलाने में अस्पताल महत्त्वपूर्ण भूमिका अदा करते हैं। डॉक्टरों की प्राइवेट प्रैक्टिस की नींव की ईंट का काम कर रहे हैं ये अस्पताल। सरकार को सदन में सीना ठोंककर कहने का मौका मिलता है कि वह आम जनता को मुफ्त में इलाज उपलब्ध करा रही है और अधिकारी इन्हीं के बल पर जीवन सुख प्राप्त कर पाते हैं।

उपसंहार

अंत में यह कहा जा सकता है कि सरकारी अस्पताल और आम जनता एक-दूसरे के लिए महती आवश्यकता हैं, क्योंकि दोनों की दशा एक जैसी है। पहले मरीज उनकी दुर्दशा पर रोता है, बाद में अस्पताल मरीज की असमय मौत पर रोता है। अंत में इतना कहना काफी होगा कि—

डॉक्टर, घर में
नर्स, व्यक्तिगत चिंताओं के सफर में
दवाएँ, अस्पताल से बाहर
मेडिकल स्टोर में
सड़ाँध और शोर में
जहाँ आम आदमी द्वारा
जिंदगी का बवाल सहा जाता है।
उसे सरकारी अस्पताल कहा जाता है॥

□

विकलांगों का विकलांगों पर लाठी चार्ज

अमेरिका का एक नागरिक यमराज के पास गया। उसने यमराज से पूछा, "क्या मेरे जीते-जी मेरे देश की पुलिस की क्रूरता खत्म हो सकती है?" यमराज ने जवाब दिया, "तेरे जीते-जी असंभव।" जब यमराज से यही सवाल रूस के एक नागरिक ने किया तो यमराज ने वही जवाब दिया, "तेरे जीते-जी असंभव।" इसके बाद यही सवाल भारत के नागरिक ने किया तो यमराज रोने लगे। नागरिक ने पूछा, "प्रभु, रो क्यों रहे हैं? बताइए न कि क्या मेरे जीते-जी भारतीय पुलिस की क्रूरता समाप्त हो पाएगी?" यमराज बोले, "तेरे जीते-जी तो क्या मेरे जीते-जी असंभव।" नागरिक उदास हो गया तो यमराज को दया आ गई। उन्होंने नागरिक को पृथ्वी लोक की ओर देखने को कहा और बोले, "प्रत्यक्षम किम् प्रमाणम्!" 'नागरिक' ने देखा, यह तो अपना नगर है और नगर में पुलिस विकलांगों पर अपना शौर्य प्रदर्शन कर रही है। उसने डरकर आँखें बंद कर लीं।

यह न कोई लघुकथा है और न कोई चुटकुला। यह एक आईना है, जिसमें हम, आप और हमारी-आपकी पुलिस अपनी तसवीर देख सकती है। हमें विकलांगों से पूरी तरह से सहानुभूति है और पुलिस से भी। फिर भी लोकतंत्र में 'विकलांगों पर विकलांगों द्वारा लाठीचार्ज' जैसी घटनाओं की छूट नहीं होनी चाहिए। जब मैंने यही बात अपने एक पुलिस मामू से कही तो वे उखड़ गए। बोले, "आप पुलिस को भी विकलांग बता रहे हैं। आपको पता नहीं है कि पुलिस में पूरी 'फिटनेस' की जाँच के बाद भरती किया जाता है।" मैं मुसकराया तो उनकी भौंहें तन गईं। मैंने कहा, "पर दिमागी विकलांगता की क्या गारंटी है?" अब उनका मुँह देखने लायक था। मैंने फिर सवाल दोहराया, "जिन्हें ईश्वर ने ही आधी-अधूरी मोहब्बत दी, उन्हें पुलिस लठिया दे तो बताइए आप असली विकलांग किसे कहेंगे?' उसको कोई जवाब नहीं सूझा था शायद, फिर भी उन्होंने अपनी बहादुरी के झंडे गाड़ने का प्रयास किया, "भाईजी, वी.आई.पी. के आने पर हमारी लाठियाँ अपने आप फड़कने

लगती हैं। हमारी समदृष्टि में सर्वांग और विकलांग में कोई फर्क नहीं रहता। हमारे अपने अधिकार सुरक्षित हैं। हमने भागलपुर में कैदियों की आँखें फोड़ीं, अयोध्या में राम भक्तों की टाँगें तोड़ीं, टीकमगढ़ में परीक्षार्थियों की लाशें बिछाईं, फिर विकलांग कौन सी बड़ी चीज हैं?" मैंने उनका कंधा थपथपाया और अभिनंदनीय मुद्रा बनाकर कहा, "आप ठीक कहते हैं। हमें मालूम है कि देश भर के आधे विकलांग तो आपने ही बनाए हैं।"

मेरी बात शायद गहरे उतर गई थी, सो उन्होंने पूरी बत्तीसी खोल दी। मैंने भी बात टालने की मुद्रा में नया सवाल कर दिया, "अच्छा यह बताइए कि लाठी भाँजने को 'लाठीचार्ज' कहते हैं?" उन्होंने मेरी 'जनरल नॉलेज' को हिकारत से देखा, फिर अपनी लाठी को सहलाते हुए बोले, "जब बहुत दिनों तक लाठी सुस्त पड़ी रहती है तो वह आलसी अजगर की तरह हो जाती है। जबकि उसे 'कोबरा' की तरह फुँफकारते रहना चाहिए। इसलिए सुस्त लाठी में 'पावर चार्ज' करना पड़ता है। इसलिए इस कला को 'लाठीचार्ज' कहते हैं। कुछ दिन से मेरी लाठी सुस्त पड़ी है। उसे चार्ज करने की जरूरत महसूस कर रहा हूँ।" कहकर वे मुसकराए तो मुझे लगा कि आगे और बात बढ़ाई तो मैं भी विकलांग हो जाऊँगा। इसलिए उनकी लाठी को प्रणाम किया और वार्त्ता का पटाक्षेप कर दिया।

अब विकलांगों को भी क्या कहें, जो 'कोई सुनता ही न हो यहाँ यारो, क्या शिकायत हम करें वहाँ यारो' की सच्चाई से परिचित होने के बाद भी उनसे कुछ माँगने पहुँच गए। समझना चाहिए कि अभी जुम्मा-जुम्मा चार दिन हुए हैं 'बैठका' मिले। अभी तो उनके सामने बहुत समस्या है। अब सोचिए, कोई इतनी कठिन व ज्वलंत समस्याओं को सुलझाने में जुटा हो और आप कुछ माँगने पहुँच जाएँ? ऐसे में लाठियाँ ही तो मिलेंगी।

बहरहाल, विकलांग भाइयों को मेरी सलाह है कि वे इस श्लोक का अर्थ समझें कि 'रे चातक सावधान मनसा मम्मोद: बसंति गगने, सर्वेअपि नैतादृश:।' अर्थात् आकाश में दिखने वाले सभी बादल पानीदार नहीं होते। इसलिए सभी के सामने अपनी प्यास मत परोसो, नहीं तो लाठियों का पानी न केवल तुम्हारे ख्वाबों पर पानी फेर देगा, बल्कि तुम्हारी इज्जत का ऐसे ही पानी उतारेगा कि आप अपने आप को आईने में देखकर पानी-पानी हो जाएँगे।

किसी को पानी पर चढ़ाना अलग बात है, पर उसके एवज में हर किसी के सामने पानी भरना अच्छी बात नहीं है। खासकर जिनकी आँखों का पानी मर चुका है, वे किसी और की आँखों के पानी की कीमत नहीं समझते।

वे जिनके कान—
सिर्फ सिक्कों की खनक सुनते हैं
जिनके हाथ—
सिर्फ अपनों की चमक चुनते हैं
जिनकी जुबानों पर मिसरी
परंतु आँखों में काँटे हैं
खुद के लिए छप्पन भोग
हमारे लिए चाँटे हैं
उनकी पहचान के लिए जागो।
माँगने के लिए भगवान् काफी है
भिखारियों से मत माँगो।

□

'नैतिकता' व 'अनुशासन' का परीक्षा परिणाम

एक प्रतियोगी परीक्षा में एक पद के लिए 25 हजार अभ्यर्थियों ने (आरक्षित समूह की संख्या अलग है) परीक्षा दी। परीक्षा में भाषा, गणित, सामान्य ज्ञान व नैतिक शिक्षा विषयों के प्रश्न-पत्र हुए। इनमें नैतिक शिक्षा का प्रश्न-पत्र कुछ अलग हटकर था। 25 हजार में से जिस अभ्यर्थी ने सर्वाधिक अंक लेकर चयनित होने की सफलता प्राप्त की, उसने नैतिक शिक्षा के अलग हटे प्रश्नों के अलग हटे जवाब भी दिए। यहाँ वह प्रश्न-पत्र और उसके जवाब पेश हैं। उन्हें पढ़िए और याद करिए, कहीं वह अभ्यर्थी आप ही तो नहीं हैं—

विषय-(अ) नैतिक शिक्षा

पूर्णांक-420

समय- 24 घंटे

नोट : सभी प्रश्न अनिवार्य हैं। उत्तर में किसी व्यक्ति विशेष पर आक्षेप करने की छूट न रहेगी।

1. नैतिक शिक्षा में अनुशासन का महत्त्व है ? उदाहरण देकर समझाइए।
2. न्याय का क्या अर्थ है ? राजनीति में रहकर न्याय कैसे करेंगे ?
3. 'संगठन शक्ति' पर प्रकाश डालिए।
4. नैतिक मूल्यों की स्थापना में सांस्कृतिक कार्यक्रमों की भूमिका निर्धारित कीजिए।

उत्तर : (1)

प्रश्नपत्र में दिए गए विषय (अ) नैतिक शिक्षा के आधार पर यह कहा जा सकता है कि मान में जो अपने हित में हैं, वह नैतिक है और उस हित को प्राप्त

करने के लिए जो कर्म-कुकर्म किए जाते हैं, वही नैतिकता है। उदाहरण के लिए गत सप्ताह नगर में एक राजनीतिक पार्टी के संगठनात्मक चुनावों में जो कुछ हुआ, वह सब नैतिक था और जिन्होंने यह सब किया, उनकी यही नैतिकता थी। मसलन यदि हम 'भा' भक्त ('भा' से भारत भी और 'भा' से और भी कुछ) तो श्रीराम के दर्शन की किसी भी तरह प्राप्ति, लूट-खसोट किसी भी तरह रोटी का इंतजाम और सिर्फ अपने हित के फैसले स्वीकार करने की न्यायप्रियता 'नैतिकता' कही जाएगी।

जहाँ तक अनुशासन का प्रश्न है तो इसकी कोई निर्धारित परिभाषा नहीं है। अब यदि राजनीतिक पार्टियों के माध्यम से कहा जाए तो जो भाजपा मानती है, वह भी अनुशासन है और जो जनता दल में हुआ, वह भी अनुशासन ही है। जो लोग अनुशासन सीखना चाहते हैं, उन्हें नगर भाजपा के संगठनात्मक चुनावों से यह सीख लेना चाहिए कि चाहे जूते-चप्पल, बम-गोलियाँ, हॉकी-पत्थर कुछ भी चलाना पड़े। सामने वाले की सात पुश्तों तक की बहन-बेटियों से शाब्दिक रिश्ते ही क्यों न जोड़ने पड़ें, किसी भी स्थिति में अनुशासन भंग न होने देंगे। अर्थात् नगर भाजपा के अनुसार, "जबरदस्त अनुशासनहीनता करके जो (अनु) शासन बनाए रखा जाए उसे अनुशासन कहते हैं।"

उत्तर : (2)

'न्याय' एक कर्णप्रिय शब्द है, जो कानून की किताब में दीमक की तरह पैदा होता है, नगर भाजपा के कार्यकर्ता जैसे 'अधिवक्ता' उसका पालन-दोहन करते हैं और फिर आम आदमी के पास आने से पूर्व ही उसी किताब के बीच दबकर मर जाता है। ध्यानपूर्वक देखें तो न्याय की दो परिभाषाएँ प्रचलित हैं—(1) प्रजातंत्र में जो निर्णय, जो कार्य और जो काररवाई सत्ताधारियों के समर्थन और हित में किया जाता है, न्याय कहलाता है। (2) प्रजातंत्र में जो कुछ विपक्षी दल करते हैं, उसे छोड़कर शेष जो भी करने से रह जाता है, उसे न्याय कहते हैं। इन परिभाषाओं को सिद्ध करने के लिए यह उदाहरण उपयुक्त रहेगा कि अतिक्रमण हटाओ अभियान में जो कुछ मंत्रीजी के इशारे पर जीवित छोड़ दिया गया, वह न्याय है।

जहाँ तक राजनीति में रहकर न्याय करने का प्रश्न है तो इसके लिए भी नगर भाजपा के कुछ सदस्यों के सद्कार्यों से सीखा जा सकता है। जैसे कि पिछले दिनों एस.पी.⋯एस.एस.पी. को हटाने के लिए जो भाजपाई अभियान चला था, वह न्यायसंगत था। इन अधिकारियों को हटाने के बजाय ऊपर से पदोन्नति कर आदेश आ जाना भी न्याय ही कहा जाएगा।

उत्तर : (3)

‘संघे शक्ति कलियुगे’, ‘संगठन शक्ति’ दोनों एक-दूसरे के पर्याय हैं। संगठन की शक्ति का अंदाजा इसी से लगाया जा सकता है कि उसमें (संगठन में) स्थान पाने के लिए रामभक्तों को भी बम चलाने पड़ते हैं। मर्यादा की सीमाएँ तोड़कर जो उपलब्धि हासिल की जाए, जिसके लिए पुलिस की लाठियाँ खाने को तत्पर रहें, और तो और, जिसके लिए अपनी प्रतिष्ठा भी नीलाम करने में संकोच न हो, उस ‘संगठन’ की शक्ति पर संदेह करना व्यर्थ है।

उत्तर : (4)

‘नैतिकता विकास के लिए सांस्कृतिक कार्यक्रमों का विशेष महत्त्व है, पर यह विचार करना आवश्यक है कि सांस्कृतिक कार्यक्रम किस तरह के हों। इसके लिए नगर भाजपा द्वारा आयोजित सांस्कृतिक कार्यक्रम ज्यादा फायदेमंद, टिकाऊ और प्रभावी रहेंगे। यदि आप भूल रहे हो तो हम आपको याद दिला दें कि फिलहाल (नगर) भाजपा ने तीन बड़े सांस्कृतिक कार्यक्रम आयोजित किए हैं। पहला कार्यक्रम एक ‘भोले’ विधायक के संयोजकत्व में कचहरी के भीतर, जिला परिषद् के सामने, कांग्रेसियों के सहयोग से हुआ था। इससे छात्रों का इस कदर नैतिक उत्थान हुआ कि कॉलेज गोल करने वाला हर छात्र ‘भोले विधायक’ की भाषा में बात करने लगा है कि—“मैं पूरे शहर को आग लगा दूँगा।” दूसरा सांस्कृतिक कार्यक्रम पूरे नगर के रंगमंच पर ‘भारत बंद’ के दौरान खोला गया, जिसमें लोगों को डरा-धमकाकर, मार-पीटकर कुछ भी बंद (शराब की दुकानें, बेईमानी, चोरबाजारी और घूसखोरी आदि छोड़कर) कराने की नैतिक प्रेरणा मिली है। नगर भाजपा के तीसरे सांस्कृतिक कार्यक्रम से नगर के बेहद शरीफ बदमाशों को इसकी प्रेरणा मिली है कि वे जो कुछ करते हैं, वह सभी कुछ नैतिक है।

अब आप यह भी जानना चाहेंगे कि अभ्यर्थी को कुल कितने अंक मिले। तो नोट करिए, उसने कुल 420 अंक प्राप्त किए हैं। यह भी जान लें कि उत्तरों का मूल्यांकन नगर-संगठन के एक बड़े पदाधिकारी ने किया था।

□

पोखरण ही नहीं, वैचारिक धमाका भी!

पड़ोसी की नीयत में खोट! हमने भी कर दिए विस्फोट। हवा हो गया 'गौरी' का घमंड, गरमी में भी लगी दिसंबर की ठंड। बार-बार हमें धमका रहे थे। एक झटका दिया तो कोल्ड हो गए, गेंद घुमाई थी कि क्लीन बोल्ड हो गए। मिस्टर तथाकथित शरीफ। ईमानदारी से अपने गिरेबाँ में झाँको और अपनी औकात आँको। पोर-पोर हैं उधार के हवाले, भीख के कटोरे में, उधार के निवाले। फिर भी इतनी अकड़? हर रोज सीमा पर पकड़-धकड़। अब बोलो बच्चू, क्या हाल है? तुम्हारे चरित्र दाल में काला या काले में दाल है? मोहम्मद गोरी को पृथ्वीराज चौहान के बराबर बैठाने चले थे, सूरज को आँख दिखाने चले थे। हमने आँख उठाई तो दिन में तारे नजर आने लगे, विस्फोट सुनते ही हकलाने लगे। अब भी सुधर जाओ, वरना बहुत पछताओगे। महाधारी से उलझोगे तो खुद को ही ढूँढ़ते रह जाओगे।

मैंने जैसे ही ये पंक्तियाँ सुनाईं, मित्रवर बोले, आप देशों के महासंघ बनाने की अवधारणा के विरोध में जा रहे हैं? विस्फोट के बहाने पड़ोसियों को हड़का रहे हैं। तुम्हें पता नहीं शायद पड़ोसियों से संबंध अच्छे हों तो अपना ही नाम है। सीमा पार की 'पॉपुलेशन' हमारे मधुर संबंधों का ही परिणाम है।, मैंने कहा, "मित्र, पहले यह बता! राष्ट्रीयता के नाम पर संबंधों की धाता! तुम्हारे भीतर मुझे राष्ट्रप्रेम का प्रतिशत कुछ कम दिख रहा है, शत्रुओं के प्रति सख्त के बजाय, तेरा रुख 'मुलायम' दिख रहा है। लगता है कि तू आणविक विस्फोटों से डरता है। इसलिए महासंघ की बात करता है। मित्र! स्वयं को मत दे देगा, राजनीति की कालिख राष्ट्र रक्षा के मस्तक पर मत लगा और थोड़ी सी अपने भीतर भी देशभक्ति जगा।"

मित्रवर के विचार जब यों छले गए। गुस्से से वापस चले गए। तुरंत बाद एक अन्य मित्र आए, मुझे देखकर मुसकराए। फिर बोले, "आप क्या समझते हैं, विस्फोट किसी के ऊपर रंग जमा रहे हैं? सच तो यह है कि पड़ोसियों के प्रति विद्वेष बढ़ा रहे हैं। प्रत्येक आणविक हथियार, विश्व शांति के लिए खतरा हैं। इससे

विश्व ही नहीं, घर का हर सदस्य भी डरा है। विस्फोटों का उद्देश्य साफ है। यह सब समझौते के खिलाफ है।" मैंने कहा, "मित्र, तू तो राष्ट्रधारा से अलग चल रहा है। तुझे आणविक तैयारी का पुरस्कार खल रहा है। तू तो अपने ही खिलाफ लिखता है। आदमी कम, वामपंथी ज्यादा दिखता है।" यह सुनते ही मित्र हत्थे से उखड़ गए, दौड़कर छत पर चढ़ गए और झट दूसरी ओर से उतर गए, पता चला, अपने घर चले गए।

इसी बीच एक बुजुर्ग सज्जन पधारे। परेशान थे गरमी के मारे। बोले, "गरमी थर्मामीटर के आखिरी बिंदु तक चढ़ रही है, लगता है" पोखरण के विस्फोटों के कारण बढ़ रही है। यदि वैज्ञानिक हमारी सलाह पर कान धरते तो हमारी समझ से विस्फोट दिसंबर में करते। इससे जाड़ा भी कम पड़ता। गरम कपड़ों का भाव भी नहीं बढ़ता। शहर में जाड़ों में बत्ती भी कम जाती है, पानी की धार और तेज आती है। हम थोड़ा जाड़ा भले ही सह जाते, पर बिजली के अभाव में टी.वी. विस्फोट देखने से तो नहीं रह जाते। अपने इतने बड़े सफलता-दर्शन से वंचित हो मन तो नहीं मसोसते, पानी मिलता तो पानी पी-पीकर पड़ोसी शत्रुओं को कोसते। आप इस तरह से न मुसकराएँ और मेरी ओर से वैज्ञानिकों को समझाएँ कि वे देश की झोली नए-नए आविष्कारों से भरें, पर कभी कोई विस्फोट करना हो तो जाड़ों में ही करें।

मैंने शहर के एक पुलिस वाले से पूछा, "पोखरण विस्फोट के बारे में आपका क्या खयाल है?" वह चौंककर बोला, "विस्फोट! कैसा विस्फोट? यह किसी आतंकवादी का नया बवाल है।" यह सुनकर मैं मुसकराया। उसे पोखरण के विशिष्ट विस्फोटों के बारे में बताया तो उसने टोपी उतारकर सिर खुजाया। फिर बड़ा सा मुँह खोला और बोला, "इस समय विस्फोटों पर किसका ध्यान है? हमारा महकमा तो एक से परेशान है। देखने में तो सीधा-सादा दिखता है। पर कमबख्त कितना सच लिखता है। कहता है, कानून की छन्नी से अपराधों का तेजाब छनता है। जब सौ कमीने मरते हैं, तब एक पुलिस वाला बनता है। दुष्ट...पुलिस वालों का कच्चा चिट्ठा तैयार कर रहा है। अच्छे-भले प्रदेश को बिहार कर रहा है। पहले हम इस 'एक' के विस्फोट को देखेंगे। तब राष्ट्रवादी विस्फोटों को देखेंगे।

राजनीतिक समीक्षा करने आए एक नेताजी से पूछा, "आपकी क्या टिप्पणी है?" वे बोले, "हमारा ध्यान कुरसी पर है और आपको विस्फोटों की पड़ी है। हम विपक्ष के हैं। इसलिए फिलहाल अपना मुँह नहीं खोलेंगे। जब हमारे नेता बोलेंगे, तब हम बोलेंगे। यों समझिए एक बड़ा विस्फोट करने जा रहे हैं।" नेताजी का बयान सुन मन में अँधियारा छा गया और मैं एक विद्यालय में आ गया। मैंने एक विद्यार्थी

से पूछा, "वत्स, पोखरण के विस्फोटों के बारे में जानते हो? इस ऐतिहासिक घटना को क्या मानते हो?" यह सुनकर उसने सीना ताना, कॉलर खड़े किए, होंठ गोल किया व नेत्र बड़े किए। बोला, "सर! हमें पता है। यह ऐतिहासिक व गौरवपूर्ण सफलता है। हमने इसे अच्छी तरह से परखा है, जाँचा है। शत्रु देशों के गाल पर झन्नाटेदार तमाचा है। बड़े-बड़े देश हैरान हैं, हमारी ताकत से परेशान हैं।

हम विश्व भर में छा गए हैं। आणविक क्षमता में विकसित देशों की बराबरी पर आ गए हैं। पिद्दियों के पंख निकल आए थे। एक झटके में जल गए, सारे कसबल निकल गए। सर! अनुमति हो तो एक सच्ची बात कहूँ, नहीं तो चुप रहूँ?" मैंने उसकी पीठ थपथपाई और कहा, "हाँ-हाँ! कहो भाई!" वह बोला, "सर! इस देश को सुधारने की अब एक ही सूरत है, पोखरण ही नहीं, एक वैचारिक-धमाके की जरूरत है।"

□

क्रिकेट वायरस

हमारे एक मिलने वाले हैं—सचिन प्रभाकरजी सिद्धू। वैसे उनका असली नाम एस.पी. सिद्धू है, पर क्रिकेट के गजब के शौकीन होने के नाते उन्होंने अपना नाम 3 क्रिकेट खिलाड़ियों के नाम आपस में जोड़कर रख लिया है। यदि उन्हें आप सचिन कहें तो 25 परसेंट, सचिन प्रभाकर कहें तो 75 परसेंट और सचिन प्रभाकर सिद्धू कहें तो हंड्रेड परसेंट प्रसन्न हो जाते हैं। फिर उनके मुँह से हवाला कांड की तरह एक-एक करके दर्जनों खिलाड़ियों के नाम निकलते हैं और अपने ज्ञान का यों डंका पीटते हैं, मानो विश्व क्रिकेट में रिकॉर्ड कीपर वे ही हों।

बहरहाल, जब से विश्व कप क्रिकेट शुरू हुआ है, वे नख से शिख तक क्रिकेटमय हो गए हैं। सवेरे-सवेरे आए और बोले, "गुड वर्ल्डकप क्रिकेट।" मैं चौंका, पर अगले ही क्षण समझ गया कि वे गुड मॉर्निंग की जगह वर्ल्डकप क्रिकेट बोल रहे हैं। मैंने कहा, "आइए सचिन भाई!" वे तुनक गए, "तुमने तो श्रीनाथ की तरह पहली ही बॉल में मेरी दो विकेट उड़ा दीं।" मैंने सुधार किया, "अच्छा आइए, बैठिए मिस्टर सचिन प्रभाकर सिद्धूजी।" वे मुसकाए, "वेरी गुड, इसी प्रकार यदि लाइन और लेंथ बनाकर बॉलिंग करोगे तो व्यवहार बना रहेगा, वरना क्लीन बोल्ड हो जाओगे।" मैं समझ गया कि भाईजी पर पूरी तरह से क्रिकेटाइटिस सवार है।

आप सोच रहे होंगे कि ये क्रिकेटाइटिस क्या बला है? दरअसल यह उसी खानदान की बीमारी है, जिसकी लॉटरी क्टेवाइटिस, दारुक्टेटाइटिस अथवा इन्क्रोयमेंटलाइटिस आदि बीमारियाँ होती हैं। इनमें से क्रिकेटाइटिस पार्टटाइमर व शेष बीमारियाँ फुल टाइमर हैं।

"मित्रजी! सुना है कि अपने नगर में भी पाकिस्तानी बीमारी आई.एस.आई. आ गई है?" वे बोले, "तो क्या बिगाड़ लेगी अपने अजहर भैया का? सामने आ गई तो अज्जू भैया ऐसा बंबास्टिक शॉट मारेंगे कि आई.एस.आई. की नो बॉल बाउंड्री के बाहर रावलपिंडी में जा गिरेगी। फिर मोहतरमा बेनजीर भी उठाएँगी तो

एल.बी.डब्ल्यू. हो जाएँगी।" मैंने कहा, "यार, तुम इस समस्या को बहुत हलके में ले रहे हो।" वह बोले, "नो कमेंट्री, अभी पहला ओवर चल रहा है। पाकिस्तान का जो रन रेट है, उससे घबराने की जरूरत नहीं है। चाहे आई.एस.आई. हो या पाकिस्तान पीपुल्स पार्टी, यहाँ किसी की बॉलिंग काम नहीं आएगी। अपने खिलाड़ी छक्के-पर-छक्के मारेंगे तो उनको फॉलोऑन भी नहीं मिलेगा और नगर में यदि आई.एस.आई. आ भी गई तो पिच पर कितनी देर रुकेगी? बस उतनी देर जितनी देर मैच शुरू नहीं होता। इधर मैच शुरू, उधर वे कैच आउट।"

मैं समझ गया कि भाईजी पूरी तरह से क्रिकेटियाए हुए हैं। हर चीज का जवाब क्रिकेट में देंगे। मैंने पूछा, "इन दिनों नगर में अतिक्रमण साफ किया जा रहा है? आपको कैसा लग रहा है?" वे बोले, "बस ऐसा लग रहा है, जैसे कि पूरे रोमांच पर पहुँचने के बाद मैच टाई हो जाए अथवा तेंदुलकर 99 रन बनाकर आउट हो जाए। भाई मेरे! ये जो अतिक्रमण हटा रहे हैं न, इनकी फील्डिंग बड़ी थर्ड क्लास की है। छोटी-छोटी गेंदें तो कैच कर लेते हैं और बड़े-बड़ों के कैच छोड़ देते हैं। खेल के मैदान में भी भाई-भतीजावाद। यानी कि छोटे-छोटे दुकानदार हैं तो हैट्रिक मारने की भी छूट, यदि कोई ब्रायन लारा जैसा पड़ गया तो रन आउट भी करने में शरमाते हैं। ऐसे तो कभी मैच नहीं जीत पाएँगे।"

ऐसा नहीं है कि क्रिकेट का यह बुखार अपने इन मित्र पर ही सवार है। घरों के भीतर भी पिचें बन गई हैं। मैंने एक महिला प्रोफेसर को फोन मिलाया, इधर से जैसे ही कहा, "हैलो! उधर से आवाज आई, "हाँ, तेंदुलकर ने सेंचुरी पीटी है। छोटे से तेंदुए में गजब की ब्लडी भरी है।" मैंने कहा, "मैडम! आप यह क्या कह रही हैं··· मैं···मैं···।' पूरी बात सुने ही वे बोलीं, "अच्छा, मैंने समझा चाचाजी का फोन है, सो बता गई, अच्छा आप टी.वी. मैकेनिक बोल रहे हैं न! भैयाजी! आप भी बड़े खुँसट टाइप के हैं। रंगीन टी.वी. खराब पड़ा है। मैच का ब्लैक एंड व्हाइट में मजा नहीं आ रहा है.. और आप हैं कि पड़ोसियों के टी. वी सुधार रहे हैं और मुझे फोन पर..।" मैंने कहा, "मैडम, मैं अखबार से बोल रहा हूँ।" यह सुनकर वे थोड़ा ठिठकीं। फिर हँसीं और बोलीं, "अच्छा तो आप हैं। आज के मैच पर मेरी टिप्पणी छापना चाहते हैं। मेरी ओर से छाप दो कि शुरुआत अच्छी हुई। इसके लिए सचिन को बधाई। और यह भी छाप दो कि···।" मैंने पूरी बात सुने बिना ही फोन काट दिया।

ये तो क्रिकेट में चीप वातावरण के कुछ नमूने हैं। इन दिनों तो 'बर्नान में, बागन में बगरयो बसंत की तरह गलिन में, दफ्तरन में, किचनन में कूइयो किरकेट' है की स्थिति है। सुबह दूध देने वाला आया तो नमस्ते करने के बजाय पूछ बैठा,

"बाबूजी! आज किसके-किसके बीच रन बटोरी होगी?" मैंने कहा, "रन बटोरी?" वह बोला, "हाँ वहीं, किरकेट मैच।" दोपहर को बरतन माँजने वाली आई तो पूछने लगी, "साहेब, ऊ तेंदुलकर इहो भी आवेंगे का। हमकुँ मिलवाय देंगे आप?" मैं चौंका। ये तेंदुलकर से मिल के क्या करेगी? मैं टाल गया तो उसने दूसरा सवाल किया, "बाबूजी! ये न्यूजलैंड कहाँ रहता है?" मैं फिर चौंका। अब भला उसे कौन समझाए कि न्यूजीलैंड कोई आदमी नहीं, देश है। मेरे टालू जवाब सुनकर शायद उसे बुरा लगा। बोली, "बी जी को कहि दी जो जब तक किरकेट आएगा, हम न ही आएँगे। नई-नई टी.वी. लई है। उसले चौवे-छक्के देखेंगे।" अब मैं हतप्रभ था।

आप मानें, न मानें, अब शहर पर क्रिकेट वायरस हावी है। इधर गलियों में रंग उड़ेगा, उधर मैदान में रन उड़ेंगे। होली के रंग, तरंग और क्रिकेट की उमंग इस बार एक साथ आ रही है शहर में—

शहर की जिंदगी
एक क्रिकेट मैच हो गई।
सुबह निकली,
रन बटोरे, स्कोर जोड़ा
शाम आई-कैच हो गई।

□

इंटरव्यू रावण से

कांतिमयी, क्रांतिमयी, जीवन की ज्योतिमयी, स्वर्णमयी लंका के सम्राट् महापंडित, दसकंधर रावण की···जै।···रावण की, जै। अचानक जयकारे गूँजे और फिर बादलों की गड़गड़ाहट-सी हँसी गूँजी और एक पॉप संगीत से भी ज्यादा भयानक स्वर उभरा। कोई कह रहा था, 'हम लंकेश हैं। हा··हा··हा··हम लंकेश हैं।' आँखें खुलीं तो देखा, वाकई दसशीश, बीस भुजाधारी रावण सामने खड़ा था। जैसे परेड मैदान का रावण (पुतला) भागकर मेरे पास आ गया हो।

"प्रात: स्मरणीय, प्रतिभा के प्रदीप्त सूर्य, पांडित्य के अपार पारावार, कविता कर्ममनी से कमल कांत, गौरव के गुरुत्व दिव्य, योग के युगावतार ब्राह्मंड जयी रावण को प्रणाम।" मुझे नहीं मालूम कि भयवश अथवा इसलिए कि मैं एक दिन पूर्व रामलीला देखकर आया था, मैंने उसकी मक्खनपुर्सी की। वह ठहाका लगाकर हँसा और सामने के सोफे को अपना पुष्पक विमान जानकर बैठते हुए बोला, "वाह! तू भी मखनियाँ भाषा बोलने लगा रे! तेरे भीतर किसी चमचे की आत्मा उतर आई है क्या?"

मैं रावण के बदले-बदले तेवरों को देखकर हैरान था। उसने मेरी हैरानी भाँप ली थी जैसे। बोला, "डोंट वरी। मैं तुम्हारा कुछ नहीं बिगाड़ूँगा, क्योंकि तेरे पास अब बिगड़ने के लिए बचा ही क्या है?" मैंने उसे आश्चर्य से देखा तो वह मुँह नंबर 3 से मुसकराया, फिर उसी से बोला, "चिंता मत करो प्यारे! आज अचानक मेरे मन में आया कि इस बार दशहरे पर जाते-जाते एक झन्नाटेदार इंटरव्यू प्रकाशित करवाता जाऊँ। इन दिनों जब मायावती, काँशीराम, मुलायम सिंह, चंद्रास्वामी, जैसे छोटे-छोटे प्राणी इंटरव्यू दे रहे हैं तो मैं कोई इनसे कम तिकड़मबाज तो हूँ नहीं, जो इंटरव्यू न दे सकूँ। सो फटाफट हो जाएँ क्वेश्चन-आंसर और मैं (कलाई नं 6 पर बँधी घड़ी देखते हुए) भागूँ। अभी आठ बजे हैं। 10 बजे रामजी मारेंगे मुझे। समय से नहीं पहुँचा तो बेचारे का मेहनताना काट लिया जाएगा।"

अब मेरा भय निकल गया था। मेरे सामने रावण नहीं 'एक्सक्लूसिव' खड़ा था। मैंने लपककर उसके पाँव छू लिये। वह बुदबुदाया, "अबे बुद्धू, मेरे पाँव मत छू। काँशी ने देख लिया तो तुझे शंबूक का चाचा मानकर पार्टी में शामिल कर लेगा, धरी रह जाएगी नागरिकगीरी?" मैंने बिना समय गँवाए इंटरव्यू शुरू कर दिया।

प्रश्न : अच्छा रावणजी! पहले तो आप यह बताइए कि आपको हर वर्ष जलाया जाता है तो आप हर वर्ष जिंदा कैसे हो जाते हैं?

उत्तर : (मुँह नं. 1 से हँसा और नं. 10 से रोने लगा) गुड क्वेश्चन। यह एक रहस्यमय बात है, जो कोई नहीं जानता है। तुमने पूछा है तो बता रहा हूँ।

सच तो यह है कि जैसे जब भी कोई नई सरकार आती है तो गरीबी खत्म करने का वादा जरूर करती है, पर कोई गरीबी खत्म करता है क्या? नहीं करता है। क्योंकि यदि गरीबी खत्म हो जाएगी तो वे वोट किसके नाम पर माँगेंगे। बस इसी तरह मुझे भी मारने का नाटक किया आता है। वे जानते हैं कि रावण मार दिया तो फिर अगले साल रामलीला कैसे होगी? रामलीला होगी तो कितने राम, लक्ष्मण, दशरथ, जनक के घर उजड़ जाएँगे? यही तो अफसोस है, मैं कभी मरता ही नहीं?

प्रश्न : अच्छा, आपको वाकई मारना हो तो कैसे मारा जाए?

उत्तर : (दसों मुँह से हँसते हुए) बहुत खूब! मुझसे ही मेरी मौत का सामान पूछ रहे हो। पर मैं कोई नेता तो हूँ नहीं, जो साफ-साफ न बोलकर लफ्फाजी करूँ। सुनो प्यारे! अब मुझे मारना इतना आसान नहीं है कि विभीषण रहस्य बता दे और मैं 'हम छोड़ चले हैं महफिल को, याद आए कभी तो मत रोना' गाते-गाते विदा ले लूँ। अब मेरे प्राणतत्त्व सिर्फ मेरी नाभि हैं बच्चू। सगे भाई की धोखाधड़ी ने सिखा दिया है सबकुछ। इसलिए थोड़ा-थोड़ा अंश बाँट दिया है कई लोगों को। अब मारो, कैसे मारोगे?

प्रश्न : किस-किसको सौंपे हैं प्राणतत्त्व?

उत्तर : अधिकांश खद्दरधारी नेताओं, वर्दीधारी पुलिसजनों, आतंकवादियों, सूदखोर सेठों, कमीशनखोर ठेकेदारों, ट्यूशनखोर शिक्षकों, घूसखोर ऑफिसरों, कुछ तथाकथित स्वामियों, कट्टरपंथी धर्मगुरुओं, कलम बेच पत्रकारों व सत्तामुखी लेखकों जैसे तमाम लोगों के भीतर रहता हूँ मैं। पहली बात तो आप मुझे पहचान नहीं पाएँगे और यदि पहचान गए तो मार नहीं पाएँगे, क्योंकि अब मुझे मारने के लिए इस देश में कोई भी ऐसा नहीं रहा, जिसके साथ पूरा देश हो।

प्रश्न : क्यों···ऽ श्री रामजी हैं तो हमारे देश में?

उत्तर : (फिर से हँसता है) तुम किस राम की बात कर रहे हो? उस टुइयाँ

राम की, जो सरकंडे का तीर लेकर मंच पर खड़ा होता है। या उसकी, जिसके सम्मान में मायावती, काँशीराम अपनी संपूर्ण सेना के साथ अपशब्द वाचन कर रहे हैं? या उस राम की, जिसको नारा बनाकर कुछ लोग इंद्रप्रस्थ की गद्दी पाने की तिकड़म में हैं। अथवा उस राम की, जिसके आधुनिक अर्जुन ने पूरे 'सहमत' के साथ सीता का भाई बताया था। अथवा उस राम की, जिनकी अभी तक जन्मभूमि ही तय नहीं हो पाई है। भैये! भूल जाओ कि ये राम मेरा कुछ बिगाड़ पाएँगे। सच तो यह है कि इन रामों का पूरे रामादल ने मेरी सेना में विलय कर लिया है।

प्रश्न : अच्छा रावण जी, यह बताइए कि जो लोग राम को अन्यायी बता रहे हैं, आप उनसे बहुत खुश होंगे?

उत्तर : नहीं, बिल्कुल नहीं! एहसान फरामोश और धोखेबाज हैं वे। मुझे उन पर कतई विश्वास नहीं, क्योंकि जो लोग अपने पूर्वजों (श्रीराम) के नहीं हो सकते, वे मेरे कैसे हो सकते हैं?

प्रश्न : रावण जी! यदि आपको इस देश का प्रधानमंत्री बना दिया जाए तो?

उत्तर : (अल्टरनेट मुँहों से हँसता है) दिस इज ए वेरी फनी क्वेश्चन। प्रधानमंत्री और मैं। न मम्मी, न। जरा सोचो, इन दिनों प्रधानमंत्री बने रहने का खास गुण है मौन व्रत। और मेरे तो दस मुँह हैं। एक नहीं बोलेगा तो दूसरा बोल देगा। नागरिक जी! एक बात गाँठ बाँध लो कि मैं चाहे जितना पापी, अन्यायी हूँ, पर मेरे भी सिद्धांत हैं। मैं वोट की खातिर न तो आतंकवादियों को बिरयानी खिला सकता हूँ, न तिरंगा जलाने पर खामोश रह सकता हूँ। मेरी गति भी इतनी धीमी नहीं है कि चार सालों में बस 'चार कदम चलूँ' वह भी जमीन पर नहीं, बल्कि सूरज की ओर। न बाबा, न! मैं प्रधानमंत्री नहीं बन सकता।

प्रश्न : मेरे खयाल से पहले एक-एक गिलास पानी, फिर एक-एक चाय हो जाए, फिर आगे बात की जाए।

उत्तर : (रावण का शरीर काँप-सा उठा) नो, बिल्कुल नहीं। मैं न पानी पिऊँगा, न चाय। तुम्हारे शहर का पानी इतना गंदा है कि मैं उसे पीकर मरना नहीं चाहता। और बच्चे, तुम अपना पानी बचा के रखो। वैसे यदि मैंने तेरा पानी पी लिया तो तेरा शहर एक-एक बूँद पानी को तरस जाएगा।

प्रश्न : अच्छा तो रावण जी, यह बताइए कि आपके विशेष कार्यक्रम जैसे— 'जेहि जेहि देश द्विज धेनु पावैं, नगर, गाँव पुर आग लगावैं।' आदि अभी भी चल रहे हैं या नहीं?

उत्तर : बहुत अच्छी तरह से। जहाँ तक देश के द्विजों अर्थात् प्रतिभासंपन्नों

का सवाल है, तो उन्हें निपटाने के लिए हमने आरक्षण व्यवस्था कर दी है और धेनु अर्थात् सीधे-सादे लोगों के लिए भी माकूल इंतजामात किए हैं। तंदूर कांड, मुजफ्फरनगर में सामूहिक बलात्कार आदि इसके उदाहरण हैं। और जहाँ तक नगर-गाँव में आग लगाने की बात है तो भाई, हम अब 'आलू मंडी' जैसी आग तो कम, सांप्रदायिकता की आग ज्यादा लगवाते हैं। (इसी बीच उसने दाईं टाँग सामने पड़े स्टूल पर फैलाई तो अँगूठे से खून रिसता देखकर मैं चौंक गया) वैसे यहाँ और भी कई···।

प्रश्न : (बीच में टोककर) आपके अँगूठे में यह चोट?

उत्तर : अरे हाँ! अभी एक रैली में मेरे एक खाकी वर्दीधारी मित्र ने पुष्पक विमान उठवा लिया था, जो अभी वापस नहीं आया है। सो पैदल आना पड़ा। शहरों की सड़कें तो बिल्कुल कुआँ छाप हैं। यह तो कहो सिर्फ अँगूठा घायल हुआ। बच गया, नहीं तो मैनहोल में होता। अब देखिए, मेरे चेले कितने फास्ट हो गए हैं। सौ में से 90 खा जाते हैं। भाई, मैं तो कहता हूँ कि बेईमानी करो, पर ईमानदारी के साथ (उसने कलाई घड़ी पर निगाह डाली और उठ खड़ा हुआ) अच्छा अब चलते हैं··· समय हो रहा है।

प्रश्न : जाते-जाते एक सवाल और! आप देश के नवजवानों के लिए कुछ कहेंगे?

उत्तर : वत्स! यही सवाल मेरे सिरहाने बैठकर लक्ष्मण ने किया था। मुझे याद नहीं कि क्या जवाब दिया था मैंने। पर इस समय तो युवा पीढ़ी को कुछ भी करने की जरूरत नहीं है क्योंकि—

उसके एक हाथ में
लॉटरी है और
दूसरे में पान मसाला।
दिल में रम्मा-रम्मा है और
जुबान पर ताला।
उन्हें कहो कि
बेरोजगारों की लाइन में खड़े हों
'दे दाता के नाम'···गायें,
और—
शाम को मैन्ड्रेक्स खाकर
किसी अस्तबल में सो जाएँ

वरना माँगते-माँगते
उनकी जबान का चमड़ा छिल जाएगा
यह लंका नहीं,
हिंदुस्तान है प्यारे
अब यहाँ उन्हें कोई आदर्श
नहीं मिल पाएगा?

इसी के साथ उसने एक बार फिर हुंकार भरी और बोला, "अच्छा! गुड बाय। अगले वर्ष मिलेंगे। मत भूलना कि हम लंकेश हैं।" इसी के साथ मेरी नींद खुल गई। छत पर चढ़कर देखा तो सामने के पार्क में रावण का पुतला धूँ-धूँ जल रहा था। उससे फूट रहे एक-एक पटाखे से आवाज आ रही थी—"हम लंकेश हैं। हम लंकेश हैं।"

□

मच्छरों का महानगर व महानगर के मजनूँ

गत दिवस एक अघोषित निबंध प्रतियोगिता हुई, जिसके विषय थे मच्छर, महानगर, मजनूँ यद्यपि इनमें से किसी एक विषय पर निबंध लिखना था, पर कानपुर नगर में एक प्रतियोगी ने तीनों विषयों को लेकर एक निबंध लिखा। बाद में यह इकलौता निबंध एक ऐतिहासिक दस्तावेज की तरह सुरक्षित कर लिया गया। आप भी पढ़िए वह निबंध।

प्रस्तावना : कानपुर, गंगा के पावन तट से थोड़े दूर बसा एक उजड़े-भूले-बिसरे उद्योगों का, गंदगी में गोल्ड मेडल लाने वाला एक टिकाऊ किंतु सिर खपाऊ नगर है। इतिहास गवाह है कि जहाँ यहाँ नाराराव पार्क व फूलबाग जैसे ऐतिहासिक महत्त्व के स्थान हैं, वहीं यहाँ 'मच्छर' व 'मजनूँ' नामक महत्त्वपूर्ण जीव स्वतंत्रता के बाद की अनमोल देन हैं। इस महानगर, मच्छर और मजनुओं के बीच मधुर व कलरफुल संबंध हैं।

प्राप्ति स्थान : महानगर तो पृथ्वी की तरह गोल है। जहाँ से भी चलिए, आप वहीं आ खड़े होंगे, जहाँ किसी-न-किसी रूप में मच्छर व मजनूँ मौजूद होंगे। वैसे प्रकृति से मच्छर व मजनूँ दोनों ही सुनसान में व अँधेरे स्थानों पर पाए जाते हैं। महानगर की हर दूसरी गली इसी तरह की है। कुछ मच्छर व कुछ मजनूँ, जो ज्यादा ढीठ किस्म के होते हैं, वे भीड़ में घुसने में भी खौफ नहीं खाते। महानगर के भीड़वाले स्थान जैसे स्टेशन, अस्पताल, सिनेमाघर, बड़े-बड़े बाजार इन महान् आत्माओं से अछूते नहीं हैं।

स्वभावगत समानता : महानगर का स्वभाव अपेक्षाकृत मच्छरों व मजनुओं के स्वभाव से कुछ भिन्न भले ही हो, पर मच्छर व मजनुओं के स्वभाव में भारी समानता है। मसलन मच्छर भी स्वस्थ व सुदर्शन मुखाकृतियों के पीछे गुनगुनाते हुए (भनभनाते हुए) कहीं-से-कहीं चले जाते हैं और मजनूँ भी दिन भर इधर-उधर भनभनाने और मारे-मारे घूमने के जॉब में फुलटाइमर हैं, ठीक इसी तर्ज पर

मजनूँ भी, जैसे मच्छर पहले अपने 'शिकार' के आसपास एक धुन छेड़कर उसके रिएक्शन का जायजा लेते हैं, फिर उस पर हमला करते हैं, उसी प्रकार मजनूँ भी पहले अपने शिकार के आसपास मँडराते हैं, गुनगुनाते हैं और फिर उसका रिएक्शन देखकर अपनी सांस्कृतिक रुचियों का आत्म तर्पण करते हैं। बेशर्मी और ढीठता में दोनों ही बराबर हैं। इन्हें हथियाया जाए या जुतियाया जाए, चाहे उड़ाया जाए या रासायनिक प्रतिक्रिया व्यक्त की जाए, ये एक सच्चे भक्त की तरह पुनः-पुनः अपने लक्ष्य की ओर अग्रसर होते हैं। इनकी यह निष्ठा दर्शन की भाषा में 'आध्यात्मिक चेतना', राजनीति की भाषा में 'अपने घर लौटना' और कविता की भाषा में 'जैसे उड़ि जहाज का पंछी पुनि जहाज पर आवे' अथवा 'जाऊँ कहाँ तजि चरन तुम्हारे' कही जाती है।

लाभ : इन दिनों राजनीति में ताजे-ताजे आए नेताओं ने कुरसी के लिए मच्छरों व मजनुओं के इस सद्गुण को बड़े समर्पण भाव से अपनाया है। बहुत संभव है कि इतिहासकार जब आज का इतिहास लिखें तो मच्छरों व मजनुओं की जातियों को आर्यों की तरह बाहरी देश से आया हुआ बताएँ और तब आज के नेता अर्थात् कल के राष्ट्रीय भविष्य इसे इस तर्क के साथ पाठ्यक्रम में रद्दोबदल करके मच्छरों व मजनुओं की शौर्यगाथा इस तर्क के साथ शामिल कर दी जाए कि यह भारत की देन है। इससे निश्चय मानिए कि हमारी राष्ट्रीय भावना को बड़ा बल मिलेगा।

उक्त तथ्य के बाद यह स्वयं सिद्ध है कि ये दोनों अत्यंत लाभकारी हैं। इनमें इतिहास बदलने की क्षमता है तो वर्तमान में चहल-पहल पैदा करने का सामर्थ्य। सोचिए, यदि मच्छर न होंगे तो कितनी ही मच्छरमार दवाइयों व इलेक्ट्रॉनिक उपकरण बनाने वाले कुटीर उद्योग बंद हो जाएँगे। इससे राष्ट्रपिता गांधी की आत्मा दुःखी होगी, कई डॉक्टर आत्महत्या कर सकते हैं। बेरोजगारी की भी समस्या बढ़ेगी और यदि मजनूँ न हों तो सुदर्शनाएँ किसके लिए खिजाब खरीदेंगी, फेयर एंड लवली और सुंदर व चिकनी त्वचा बनाने वाले विज्ञापनों का क्या होगा? युवकों के हाथ में काम न हो तो वे बेचारे क्या करेंगे? इससे यह सिद्ध होता है कि राष्ट्रीय अर्थव्यवस्था में इनका महत्त्वपूर्ण रोल है। (ज्यादा जानने के लिए इस पर एक सेमिनार करना उचित रहेगा।)

रोमांचक घटना : वैसे महानगर में अकूत संख्या में मच्छरों व मजनुओं का होना स्वयं में एक रोमांचक व लोमहर्षक घटना है, फिर भी यहाँ पिछले दिन महानगर की एक गली (वैसे ऐसा अकसर गली-गली में होता रहता है) के मजनुवी

प्रोग्राम की झलक देना उपयुक्त रहेगा। इधर एम.जी. गर्ल्स कॉलेज सिविल लाइंस के पास के चौराहे से स्टाक एक्सचेंज की ओर की लगभग सुनसान रहने वाली सड़क पर मजनुओं की कृपा काफी बढ़ गई है। ये मजनूँ रिक्शों पर आती-जाती छात्राओं के समक्ष न केवल साष्टांग प्रणाम करने से चूकते, बल्कि उनकी किताबें भी छीन लेते हैं। कई बार किसी दुस्साहसी मजनुओं ने 'लक्ष्मण रेखा' को भी पार करने का पराक्रम किया। इस पराक्रम का उन्हें पुरस्कार मिलना भी लाजिमी था। सो उस दिन छात्राओं को ले जाने वाले रिक्शा चालकों ने 6 मजनुओं को पकड़कर उनसे आत्मीयतापूर्ण संबंध बना लिये। उन्होंने पहले उनकी गाली वंदना की, फिर चाँदपूजा और इसके बाद पुलिस के पास स्थापित कर आए। जैसे कभी-कभी किसी गली में भूल से मच्छरमार दवा छिड़क दी जाती है और मच्छर वीरगति को प्राप्त हुए बिना (क्योंकि प्राय: दवा नकली होती हैं) किसी दूसरी गली को प्रस्थान कर जाते हैं, वैसे ही मजनूँ फिलहाने उस गली को छोड़कर कचहरी की ओर जाने वाली रोड पर आ गए हैं।

उपसंहार : मच्छर व मजनूँ प्रधान इस महानगर की श्रेष्ठ परंपराओं के लिए जितना लिखा जाए, कम है। महापालिका और पुलिस के सराहनीय सहयोग से यह वंशवेल दिनों-दिन बढ़ रही है, जिसे देखकर यह कहा जा सकता है कि महानगर के स्वास्थ्य व यहाँ के युवक-युवतियों का भविष्य अत्यंत उज्ज्वल है। बहुत संभव है कि इस क्षेत्र में महानगर कोई नया कीर्तिमान स्थापित करे।

□

खुद को कूड़ा होने से बचाओ

शिष्यों ने देखा, गुरुदेव सिर पर गठरी लादे आ रहे हैं। वे खुश हो गए कि शिक्षक दिवस पर उन्हें कहीं से बड़े-बड़े उपहार मिले हैं। शिष्यों का मन बाग-बाग हो उठा कि उन्हें भी कुछ हाथ लगेगा। गुरुदेव ने गठरी नीचे रखी और हाँफते हुए बैठ गए। शिष्यों ने गुरुदेव को पानी पिलाया और चेहरे से पसीना पोंछकर बोले, "गुरुदेव, शिक्षक दिवस की बधाई। ये उपहार किन शिष्यों ने दिए हैं?" सवाल सुंदर! गुरुदेव मुसकराए और थोड़ा संयत होकर बोले, "प्रिय शिष्यगणो! गठरी में जो कुछ है, वह शिक्षक दिवस का ही नहीं, होली, दीवाली, ईद के साथ हर रोज का उपहार है, जो शहर में बड़ी मात्रा में हर गली-कूचे में उपलब्ध है।"

शिष्यों से नहीं रहा गया, उन्होंने गठरी खोली तो चौंक पड़े। गठरी में बदबूदार कूड़ा था। शिष्यों ने पूछा, "गुरुदेव, यह कहाँ से बटोर लाए?" गुरुदेव ठहाका मारकर हँसे और बोले, "कहाँ से बटोर लाए का सवाल मत करो, बटोरा तो शहर के किसी भी हिस्से से जा सकता है। पूछो, क्यों बटोर लाए?" गुरुदेव ने फिर से गठरी बाँधी और बोले, "इसका रासायनिक परीक्षण कराएँगे? देखना है कि इस कूड़े में क्या छिपा है? मतलब नगर निगम के कुप्रशासन, कर्मचारियों की मुफ्तखोरी, बीमारियों के कीटाणु, बदबू का स्तर आदि कितने-कितने प्रतिशत है।" शिष्य थोड़े गंभीर हुए, पर एक शिष्य चहका, 'इसके लिए परीक्षण कराने की क्या जरूरत है गुरुदेव! स्पष्ट है कि इसमें 50 प्रतिशत कुशासन व 50 प्रतिशत मुफ्तखोरी मिलेगी। इनके चलते ही शत-प्रतिशत कीटाणु व बीमारियों के साधन पैदा होते हैं।" शिष्य की हाजिर जवाबी से गुरुदेव चमत्कृत हुए। उन्होंने उसकी पीठ थपथपाई और सवाल किया कि बता सकते हो कि जो कूड़ा लोग अपने घरों के सामने फेंकते हैं, उसका रासायनिक परीक्षण कराएँ तो क्या निकलेगा? शिष्य ने फिर जवाब दिया, "गुरुदेव, उनमें शत-प्रतिशत अदूरदर्शिता, सिविक सेंस की भारी कमी और अनकल्चर्ड होने के कीटाणु मिलेंगे।" जवाब सुनकर सभी शिष्यगणों

ने ताली बजाई। गुरुदेव बोले, "शाबास वत्स! तुमने तो मेरी शिक्षा-दीक्षा की लाज रख ली, नहीं तो मुझे लग रहा था कि मेरी शिक्षा भी कूड़े में चली गई है।" शिष्य ने कृत-कृत्य हो उनके चरण स्पर्श कर लिये।

थोड़ी देर खामोशी रही, फिर एक ने सवाल उठाया, "गुरुदेव, शहर की सफाई की समस्या जटिल होती जा रही है?" गुरुदेव ने गठरी आगे खिसकाई और बोले, "40 लाख की आबादी वाले शहर में हजारों गलियाँ व कथित सड़कें हैं। हर घर के सामने एक कूड़ाघर है। इन सबकी सफाई के लिए फौज छोटी है। जो है, उससे काम लेना टेढ़ी खीर है। सो शहर सड़ रहा है। इसलिए धड़ाधड़ नर्सिंग होम खुल रहे हैं। दवाखानों में मरीजों की भीड़ रहती हैं। पीलिया, डायरिया स्थायी मेहमान तो टीबी शहर की पहचान बन गई है। कंजक्टिवाइटिस व इंसेफेलाइटिस को भी भरपूर समर्थन मिल रहा है। छोटे बच्चों को छोटी चेचक उपहार में मिल रही है। शहर पूरी तरह से तुष्ट, संतुष्ट और तंदुरुस्त है।"

गुरुदेव के वचनों को सुनकर शिष्य उदास हो गए। उन्होंने सुधार व बचाव के उपाय पूछे तो गुरुदेव के मस्तक पर चिंता की रेखाएँ खिंच गईं।

थोड़ी देर बाद बोले, "भगवान् भरोसे चल रहे शहर को भगवान् ही बचा सकता है। कूड़े की सड़ाँध से बच्चों को जलभराव के मच्छर खा जाते हैं। मच्छरों से प्राण बचें तो नलों से आ रहा सीवरयुक्त पानी पेट में कीड़े पैदा कर देता है। दोनों की सुरक्षा हो जाए तो बिजली रात-रात भर जगाकर पागल कर देती है। इन सबसे बच जाओ तो शोर, धुआँ, धूल शरीर को खोखला कर देंगे। इनसे भी बच गए तो कोई-न-कोई मैनहोल लील लेगा। इसलिए बचने का सबसे अच्छा उपाय है कि बचने की कोशिश ही न करो। इससे शरीर में प्रतिरोधक शक्ति पैदा होगी। छोटे-मोटे कीटाणु अंदर होंगे तो बाहर वालों से खतरा टल जाएगा। पूछो कैसे? वो ऐसे कि बाहर वाले कीटाणुओं को अंदर वाले निपटा देंगे और तुम टिचन्न।" गुरुदेव की सीख सुनकर शिष्य धन्य हो उठे और गुरुजी गा उठते हैं—

स्वयं सेवा में आगे आओ
गांधी बाबा की सीख
गले से लगाओ
सफाई के लिए
सरकार पर भरोसा करने के
बजाय
खुद हाथ में झाड़ू उठाओ

शहर को कूड़ा होने से बचाओ
ऐसा हुआ तो—
एक-एक मिलकर ग्यारह हो जाएँगे
आने वाली पीढ़ी को हम
गर्व से अपना मुँह दिखा पाएँगे।

□

खिचड़ी खाकर जी रहे, बाबू धन्ना सेठ

शिष्यगणों ने गुरुदेव को प्रणाम कर खिचड़ी भरा थाल सौंपते हुए आग्रह किया, "गुरुदेव, आज मकर संक्रांति अर्थात् खिचड़ी है, कृपापूर्वक यह दान ग्रहण कर हमें आशीर्वाद प्रदान करें।" गुरुदेव ने एक हाथ से थाल ग्रहण करते हुए दूसरा हाथ अभयदान की मुद्रा में उठाया। बोले, "चिरंजीवी भव, यशस्वी भव, तुम्हें पानी, बिजली, सरकारी अस्पतालों में अच्छा इलाज अबाध गति से प्राप्त होता रहे। प्रभु तुम्हें शहर में बेखौफ घूम रहे आवारा जानवरों व मकर संक्रांति पर मक्कारों की क्रांति से बचाए।" एक शिष्य ने 'मक्कारों की क्रांति' के बारे में पूछा तो गुरुदेव मुसकरा उठे। उन्होंने शिष्यगणों को बैठने का संकेत किया तो वे बैठ गए। अब गुरुदेव बोले, "सवेरे से भरपूर जवान, बुढ़ापे की देहरी पर खड़े अधेड़, गिल्ली-डंडा खेलने वाली उम्र के बच्चे, खिचड़ी व दान माँगने वाले इतनी संख्या में आ चुके कि मुझे मकर संक्रांति इन मक्कारों की 'भीख क्रांति' लगने लगी है। दान माँगने से दिया तो क्या दिया! अब देखिए, एक राजनीतिक दल के कुछ लोग कैसे सामूहिक खिचड़ी भोग कर रहे हैं। इसमें दान-का-दान व मान-का-मान, आचार-का-आचार और प्रचार-का प्रचार हो रहा है। किसी की राम खिचड़ी है तो किसी की रहमान खिचड़ी, कोई पीली खिचड़ी तो कोई सफेद खिचड़ी खिला रहा है, मेलजोल की खिचड़ी तो कोई तोलमोल की खिचड़ी अनुष्ठान कर रहा है। कम-से-कम वे सीधे धान तो नहीं माँग रहे हैं, नमक खिलाकर दान (लोकप्रियता का) माँग रहे हैं। वे दाता भी हैं और दीन भी।

एक शिष्य ने सवाल दागा, "गुरुदेव, इस खिचड़ी का आविष्कार कहाँ से हुआ?' गुरुदेव गंभीर हो उठे। थोड़ी देर शांत मुद्रा में स्थिर रहे, फिर बोले, "दरअसल प्राचीनकाल में कुछ धर्मात्मागण दाल व चावल के दाने जमीन पर बिखराकर खा चिड़ी, खा चिड़ी कहकर चिड़ियों का आह्वान करते थे। कालांतर में चिड़ियों का पेट तो अपने श्रम से भरने लगा, पर मानव भूखा सोने लगा। तब इन्हीं

धर्मात्माओं ने उसे चावल व दाल मिलाकर दान में देना अथवा पकाकर खिलाना शुरू किया। इस अति सुगम, सर्व सुलभ, शीघ्र पकाऊ भारतीय डिश का नाम तभी से खिचड़ी पड़ गया। धीरे-धीरे यह भोज्य पदार्थ इतना प्रसिद्ध हो गया कि विद्वतजनों ने इसका विशेषणों की तरह उपयोग करना शुरू कर दिया। किसी के बाल थोड़े से सफेद हुए कि कहा, बाल खिचड़ी हो गए हैं। मामला गड्ड-मड्ड हुआ कि बोले, सारा मामला खिचड़ी कर दिया। इसी युग में 'भरभंडा' जैसे शब्द भी आए, लेकिन खिचड़ी जैसी लोकप्रियता नहीं प्राप्त कर पाए। बाद में चिकित्सकों ने इसकी उपयोगिता पहचानी और पेट के बीमारों को दवा के साथ खिचड़ी खाने की सलाह देने लगे। वे जानते थे, बेचारा गरीब इनसान सेब जैसा कोई महँगा फल नहीं खा पाएगा। बाद में जब निष्ठावान व स्वजाति पर गर्व करने वाले भिखारियों को लगा कि किसी की भी रसोई में पकी कोई भी वस्तु खाना कथित दीन धर्म व स्वास्थ्य के प्रतिकूल हो सकता है तो उन्होंने खिचड़ी दान को स्वीकार करना शुरू किया। यह श्रेष्ठ परंपरा अब तक चल रही है। इसी परंपरा के तहत तुम लोगों ने मुझे खिचड़ी दान की है। कुछ चटोरी जुबान वालों व साधन संपन्न लोगों ने इस सार्वकालिक डिश में घी मिलाने, अचार-पापड़ का सहयोग लेने, सब्जियाँ मिलाने तथा लहसुन डालने का थोड़ा परिवर्तन किया। इसी बीच अभिजात्य वर्ग को जब खिचड़ी खाकर लगने लगा कि वे भी सड़क छाप लोगों व भिखारियों की कतार में खड़े हो रहे हैं तो उन्होंने इसका नाम 'तहरी' कर दिया।"

शिष्यगणों में से एक ने नया सवाल उठाया कि आधुनिक संदर्भों में खिचड़ी की उपयोगिता क्या है गुरुदेव? गुरुदेव ने उसके खिचड़ी बालों को सहलाते हुए उत्तर दिया, "वत्स, वर्तमान में खिचड़ी बहुउपयोगी है। केंद्र से लेकर प्रदेशों तक में खिचड़ी सरकारें बन रही हैं। लोगों की आस्थाएँ खिचड़ी हो गई हैं। टी.वी. संस्कृति से भाषा खिचड़ी हो गई। पश्चिमी लहर चली तो संस्कृति खिचड़ी हो गई। कुल मिलाकर खिचड़ी संस्कृति के युग में खिचड़ी स्वभाव वाले शहर में हम सब खिचड़ी-खिचड़ी होकर खिचड़ी खाकर जी रहे हैं।" सच्चाई यह है कि—

सभी सयाने हैं यहाँ, कौन भला दे सीख
शहर भिखारी हो गया, माँग रहा है भीख
मान-दान हर चीज के, बड़े हो गए रेट
खिचड़ी खाकर जी रहे, बाबू धन्ना सेठ।

□

निशि वासर रह भोग में, तीन मिनट का योग

कहते हैं कि किसी भी पशु को घसीटकर तालाब तक तो ले जा सकते हैं, परंतु उसे पानी नहीं पिला सकते। वह पानी तभी पीता है, जब स्वयं चाहता है। इन दिनों नगर पुलिस को लेकर आला अफसर कुछ इसी तरह का प्रयोग कर रहे हैं। खाकी वर्दियों का कलफ और कड़कदार रहे, उन पर कोई दाग न लगने पाए, वे हमेशा चुस्त, दुरुस्त, मुस्तैद व स्मार्ट रहें। उनकी छवि फिल्मों में दिखाए गए अमिताभ बच्चन के भीतर बैठे इंस्पेक्टर विजय जैसी तो हो, पर मुकरी व असरानी जैसी नहीं। इसलिए उन्हें योग सिखाया जा रहा है।

"योग की ओर ले जाने की यह कोशिश शौकिया है या सोद्‌देश्य?" मैंने एक आला अफसर से पूछा तो उनकी आवाज उनकी मूँछों से ज्यादा कड़कदार हो गई। उन्होंने अपनी टोपी उतारी, उसमें लगा पुलिसिया लोगो सीधा किया, फिर कंधों पर लगे बिल्ले छूते हुए बोले, "वाकई शहर की पुलिस की सेहत इतनी वजनदार हो रही थी कि तमाम के पास गर्भवती महिलाओं जैसे पेट, हर काम के रेट व भागने के लिए पीछे के गेट के अलावा कुछ भी नहीं बचा है। चेन स्नेचर के चेन खींचकर भागने पर वे उसके पीछे भागने के बजाय उस महिला को ही उपदेश देते हैं। पता नहीं चलता कि वर्दी पेट से शुरू होकर कहाँ खत्म होती है? उनकी टोपी तो जैसे अपराधियों की गोद में और बिल्ले कानून तोड़ मुस्टंडों की मुट्ठियों में रहते हैं। ऐसे में उन्हें योग सिखाकर उनका स्वास्थ्य ठीक करने के साथ-साथ जमीर भी सुधारने की कोशिश की जा रही है।" लेकिन "खाकी वर्दियों के लिए योग का मतलब तो कुछ और ही होता है?" अगले सवाल पर वे कुछ वैसे ही मुसकराए जैसे एफ.आई.आर. दर्ज करा लेने की सफलता पर कोई लुटा-पिटा मुसकराता है। बोले, "हम आपका संकेत समझ रहे हैं, हमारे लिए योग का मतलब तो बस वसूली करके रुपया जोड़ना ही होता है, पर इस योग के लिए भी स्वस्थ शरीर चाहिए। यों समझिए, इसलिए योग सिखाया जा रहा है, किंतु वे लोग हैं कि गोकुल की गोपिकाओं की तरह 'ऊधौ, योग जोग हम नाहीं' की रट लगाए रहते हैं।"

इसी बीच उनके मोबाइल की घंटी बजी। रिसीव करने से पहले उन्होंने मोबाइल को सैल्यूट मारा और बोले, "सर!" उधर से डाँटने वाली मुद्रा में आवाजें आ रही थीं। इसके बाद इधर से केवल जी सर, यस सर, ओके सर, थैंक्यू सर ही कहा गया। मोबाइल बंद हुआ तो उन्होंने मेरी ओर ऐसी रहस्यमय नजर से देखा, जैसे मैं कोई ऐसा वकील हूँ, जिसने किसी अपराधी को गिरफ्तारी से पहले ही न्यायालय में सरेंडर करा दिया हो? मैंने उन्हें अप्रत्याशित रूप से सैल्यूट मारा तो अफसरजी मुसकरा उठे। बोले, "अफसर को खुश रखने का सबसे बड़ा फॉर्मूला है कि वह गाली भी दे तो भी यस सर कहते रहो। इससे बड़ा न कोई योग है और न ही कोई रोग। इस योगाभ्यास से नौकरी के साथ सबकुछ सुरक्षित रहता है।" अफसरजी का शिष्ट-विशिष्ट योगाभ्यास सुनकर योग की पूरी कहानी समझ में आ गई। सवाल था जब इस योगाभ्यास में पूरे पुलिस महकमे को महारत हासिल है तो उस योग की क्या जरूरत? इस पर योग सीख रही एक वर्दी ने स्पष्ट किया, "हम पुलिस वालों के लिए तो अनुलोम का मतलब अनु अर्थात् जो पीछे हो, उससे लोम अर्थात् लो और विलोम का मतलब जो विरोध में है, उससे लो नहीं बल्कि उसे दो, है। कपाल भाति का मतलब है कि चाहे कोई किसी का कपाल फोड़कर भागे तो भी अपनी मस्ती में रत रहो, अर्थात् उसे पकड़ने का कष्ट मत उठाओ। प्राणायाम का अर्थ आठों याम प्राण बचाते रहने से है बस।"

खाकी वर्दी के कथन के बाद मैं सोच रहा था कि फुटपाथ पर सोने वाले को महल के गुदगुद गद्दों पर सुला दो तो नींद नहीं आती है। नमक से सूखी रोटी खाने वाले को सोहन हलवा मुश्किल से पचता है। शायद इसीलिए योग शिविरों में वे लोग ज्यादा आते हैं, जिनके पास ज्यादा खाने को है। जिनके पास भूख भर खाने को नहीं है, उन्हें योग की जरूरत शायद ही पड़ती हो। काश, खाकी वर्दियों की अपेक्षित सुविधाएँ, समय, वेतन, वेतन देकर अनुशासन, ईमानदारी, कर्तव्यनिष्ठा का योग भी सिखाया जाए। यह योग किसी कक्षा में नहीं, बल्कि आला अफसर अपने उजले चरित्र के चमकदार क्रियाकलापों से सिखाएँ तो भोग से योग तक की यात्रा उसी तरह सफल हो सकती है, जैसी 'गौतम बुद्ध' बनने के लिए राजकुमार 'सिद्धार्थ' ने की थी। फिलहाल तो बस इतना कि—

निशि वासर रह भोग में, तीन मिनट का योग।
ऐसा छद्म अभ्यास हो, मिटे कहाँ से रोग?
खाकी से खादी मिली, अजब-गजब संयोग।
प्राणयाम कैसे करें, भले शहर के लोग?

□

बाहर सब कालिख रहे, भीतर भरे उजास

'चाहे अपने भीतर की हो या समाज, शहर अथवा देश के भीतर की, जब कभी वहाँ ठहाके लगा रहे रावण का वध करके रामराज की स्थापना की जाती है, हजारों दीप अपने आप जगमगाने लगते हैं और दीपावली हो जाती है।' गुरुदेव ने शिष्यों को रहस्यमय ढंग से दीपावली का अर्थ समझाया तो उनके दिमाग चकरा गए। साहस करके एक ने गुरुदेव के चरण चाँपने शुरू किए और इसी के साथ सवाल भी सरका दिया, "गुरुदेव, यह लंका क्या है?" गुरुदेव ने चरणों को गद्दी से और नीचे लटका दिया और फिर बिना सवाल को लटकाए उत्तर दिया, "वत्स! जहाँ भी पापाचार, भ्रष्टाचार, अनाचार, दुराचार का बोलबाला होता है, राक्षसीवृत्ति सम्मानित होती है, लोगों के चिकने-चुपड़े चेहरों के पीछे दागदार, बड़े दाँतों वाले, भयानक व डरावने चेहरे छिपे होते हैं, जहाँ कुंभकर्ण व मेघनाद बेखौफ और मुट्ठी भर विभीषण डरे-डरे रहते हैं, वह चाहे घर, परिवार, समाज, शहर अथवा देश कोई भी हो, वहाँ लंका अपने आप पैदा हो जाती है। आज तो घर-घर रावण हैं और घर-घर लंका। ऐसे में दीवाली मनाना असंभव नहीं तो मुश्किल तो है ही।"

शिष्यगणों के चेहरे पर आतिशबाजी छूटने लगी। बोले, "महँगाई का रावण तो अभी भी नहीं मरा है?" गुरुदेव को शिष्यों की समझदारी पर आश्चर्य हुआ। उन्होंने मन में विचार के दीये जलाए और फिर किसी फुलझड़ी की तरह मुसकराते हुए बोले, "महँगाई का रावण तो पूरे देश में ठहाके मार रहा है। वह अपने दसों मुख क्रमशः रोटी, चावल, सब्जी, दाल, गैस, कोयला, मिट्टी का तेल, कपड़ा, मकान, दवाएँ निगल रहा है। मिठाई का स्वाद कसैला हो गया है। मैदे का रंग मैला हो गया है। पापड़ तक सख्त हो रहे हैं, पटाखे धमाका करने के बजाय रो रहे हैं। किसान की दिन भर की मजदूरी पूरे परिवार का पेट नहीं भर पा रही है, उसकी क्षतिपूर्ति रधिया की मजदूरी भी नहीं कर पा रही है। घर के छोटे-छोटे बच्चे बस्ता छोड़कर कूड़े से कमा रहे हैं, तब कहीं लोग दोनों समय रोटी खा पा रहे हैं। दशहरे में घास-फूस का

रावण जलाकर हम मुसकरा रहे हैं, जबकि महँगाई के रावण चूल्हे पर खड़े होकर ठहाके लगा रहे हैं। ऐसे में कितने भी दीये जला लो, अँधेरे से उबर नहीं पाओगे? बाहर भले ही सूरज उगा लो, परंतु अपने भीतर रोशनी कहाँ से लाओगे?"

गुरुदेव पूरे मूड में थे। उनके मुँह से जैसे कविताओं की रंग-बिरंगी आतिशबाजी के फूल बरस रहे थे। चरण चाँप रहे शिष्य ने दूसरे शिष्य को संकेत किया तो वह दूसरा चरण पकड़कर बैठ गया। गुरुदेव को लगा कि दीपावली में इतनी सेवा अच्छी नहीं है तो उन्होंने अपने चरण समेट लिये और शिष्यगणों के सिर पर हाथ फेरने लगे। अवसर पाकर एक शिष्य बोला, "गुरुदेव, कल से उल्लू को खोज रहे हैं, परंतु मिलना तो दूर, अभी तक दिखा तक नहीं।" उल्लू का नाम सुन गुरुदेव की आँखों में घी के दीये जल उठे। तुरंत बोले, "तू आईना नहीं देखता है क्या?" शिष्यों ने ठहाका लगाया तो गुरुदेव के अधरों पर पूरी दीवाली दहक उठी। बोले, "इस शहर में उल्लुओं की क्या कमी है, एक खोजो हजार मिलते हैं! बड़ी कुरसियों पर बैठे लोगों के बारे में आम जनता से पूछो तो वह एक ही जवाब देगी कि वह आदमी नहीं निरा उल्लू है। सच तो यह है कि हम सभी को कई सालों से उल्लू बनाया जा रहा है। कितने ही उल्लू जुआ खेलते मिल जाएँगे। ये सभी उल्लू दिन में भी मिल जाते हैं, लेकिन तुम उल्लू खोज क्यों रहे हो?" शिष्य ने बिना समय गँवाए जवाब दिया, "सुना है, लक्ष्मीजी का वाहन उल्लू होता है। एक बार उल्लू पकड़ में आ जाए तो उनकी सवारी लक्ष्मीजी अपने आप मुझ तक आ जाएँगी।"

शिष्य की गंभीर सोच पर सभी ने ठहाका लगाया। गुरुदेव ने कहा, "तुझे उल्लू नहीं मिलेगा, क्योंकि तू तो खुद ही काठ का उल्लू है। वैसे हम चाहें तो उल्लुओं को राजनेताओं के पास खोज सकते हैं। उन्हें उल्लुओं की हमसे बेहतर पहचान है, क्योंकि वे अपना उल्लू सीधा करने में सिद्धहस्त होते हैं। बहरहाल, तुम सब उल्लू खोजने के बजाय सीधे लक्ष्मीजी को खोजो! असली लक्ष्मीजी मेहनत, समझदारी, समर्पण, ईमानदारी की आँखों से खोजने से ही मिलती हैं।" गहन गंभीर टिप्स लेकर शिष्यगणों ने गुरुदेव से विदा ली। गुरुदेव ने उन्हें आशीर्वाद दिया कि इस दीपावली में—

दुःख, तनाव, चिंता, घुटन, भय हो या संत्रास
बाहर सब कालिख रहे, भीतर भरे उजास
दीप जलें विश्वास के, करें वक्त का मान
आँखों में सूरज उगे, मुट्ठी कैद जहान।

□

हिंदी की सालाना शवयात्रा

मेरे एक साहित्य प्रेमी मित्र घर आए तो काफी गुस्से में थे। "साठ साल कुछ कर न पाए, आगे भी अभिलाषा क्या है, दुनिया हमसे पूछ रही है, भारत तेरी भाषा क्या है?" पंक्तियाँ सुनाकर बोले, "इस कंट्री को शर्म आनी चाहिए, इंडिपेंड हुए सिक्सटी ईयर से ज्यादा हो गए हैं और नेशनल लैंग्वेज को लेकर अभी भी सवाल जैसा-का-तैसा खड़ा है। अभी भी हमें 'हिंदी डे' मींस हिंदी दिवस, हिंदी पखवाड़ा, हिंदी सप्ताह मनाना पड़ रहा है?"

मैं समझ गया, मित्रवर किसी सरकारी कार्यालय के हिंदी दिवस समारोह में शामिल होकर आ रहे हैं। कविता की पंक्तियाँ भी वहीं से उड़ाई हैं। अभी मैं कोई जवाब देता कि वे आगे बोले, "हमारे पास राष्ट्रध्वज है, राष्ट्रीय पक्षी है, राष्ट्रीय पशु व फूल है, पर नेशनल मतलब राष्ट्रभाषा नहीं है। गोया कि हम बेजुबान हैं। ले-देकर हिंदी राजभाषा बनी भी तो उसकी सालाना शवयात्रा निकालने के त्योहार मनाए जा रहे हैं। भाषा की इंसल्ट-पर-इंसल्ट 'वेरी शेमफुल।' किसी को गुस्सा तक नहीं आता। मैं तो कहता हूँ, राष्ट्रद्रोह पर खून न खौले, खून नहीं वह पानी है। जिसको हिंदी से प्यार नहीं, वह कैसा हिंदुस्तानी है?"

उनके कथित काव्य कथन, क्रोध और हिंसात्मक हिंदी प्रेम पर ताली बजाने का मन किया, पर हँसी आ गई। मुझे हँसता देख उन्होंने आँखें फाड़कर खा जाने वाली मुद्रा में मुझे देखा। मैंने बैठने का संकेत किया तो वे सोफे पर जैसे गिर पड़े। मैंने बात का सिरा पकड़ा, "भाई, आपको हिंदी दिवस मनाने पर इतनी आपत्ति क्यों है? दुनिया जानती है कि भाई-बहन में बहुत प्यार होता है, फिर भी हम हर साल रक्षाबंधन मनाते हैं। किसे पता नहीं कि रावण हजारों साल पहले मारा जा चुका है, फिर भी हम हर साल रावण मारते हैं। दरअसल साल में एक बार इस तरह के त्योहार और समारोह मनाकर हम अपने रिश्तों और संकल्पों को तरोताजा करते हैं। इसमें गलत क्या है?" मेरा तर्क सुनकर उनके चेहरे पर चिपकी गुस्से की आँच

किरच-किरच हो फर्श पर गिर पड़ी। होंठों पर थोड़ी आयातित-थोड़ी प्रायोजित मुसकान उभरी। आँखों में कोहरा झाड़कर जमीन पर किसी तरह पहुँच रही सूरज की किरणों जैसी चमक लपकी और फिर वे लंबी साँस खींचकर कुछ कहने को हुए तो उससे पहले ही मैंने अपनी बात चिपका दी, "आप हिंदी की हिमायत में इतनी हिम्मत से हल्ला बोल रहे हैं, अच्छी बात है, परंतु कभी सोचा है कि आप खुद अंग्रेजी के तमाम शब्दों का घालमेल करके भाषा की जो 'कॉकटेल' बनाते हैं, वह कहाँ तक सही है?" मेरे इस कथन से उनके चेहरे की चमक कुछ यों फीकी पड़ी कि जैसे ज्यादा प्रचलन में रहने से किसी सिक्के की चमक उतर जाती है।

थोड़ी देर सन्नाटा। फिर मित्रवर ने ही मौन तोड़ा, "माननीय मित्रवर! आपने मेरे भाषा प्रयोग की गुरुतर त्रुटियों की ओर ध्यानाकर्षण कराकर मुझ अकिंचन पर जो अवर्चनीय उपकार किया है, उसके लिए मैं अपने हृदयांगन में आपके प्रति सदा सर्वदा के लिए कृतज्ञता का भाव संरक्षित रखूँगा। संपूर्ण सामर्थ्य से प्रयास करूँगा कि मैं सर्वथा शुद्धतम हिंदी का उपयोग करूँ।" मुझे फिर हँसी आ गई, मैंने कहा, "अब इतनी भी शुद्ध हिंदी मत बोलो कि दूसरे को समझ में ही न आए। दरअसल मित्र, आज हिंदी को 'एंग्लो हिंदी' नहीं, 'हिंदुस्तानी' बनाने की जरूरत है।" मित्रजी उत्साहित हो उठे। बीच में ही बोले, "यही तो मैं कहना चाह रहा हूँ। दो दिनों में चार हिंदी दिवस समारोहों में जाने का मौका मिला, सभी में हिंदी का शत-प्रतिशत प्रयोग करें, हिंदी अपनाने में शर्म न करें, हिंदी को लेकर संकोच तोड़ें। भाई, कितने सालों से ये उपदेश दिए जा रहे हैं? उपदेश ही देते रहोगे या कुछ करोगे भी?"

मित्र की···गंभीर थी। मैंने समझाया, "प्यारे! जिस देश या शहर में ऑर्डर करने पर पिज्जा दस मिनट में और एंबुलेंस दो घंटे में आती हो। जिस देश या शहर में पानी की बोतल 15 रुपए और ठंडा पेय दस रुपए में मिलता हो। जिस शहर में आग लगने पर प्रेस रिपोर्टर दस मिनट में और फायर ब्रिगेड एक घंटे में पहुँचती हो, वहाँ राजभाषा हिंदी के लिए जितना हो रहा है, वह कम नहीं है। हमें गुस्से या आलोचना से नहीं, सकारात्मक सोच से काम लेना होगा।' अब मित्रवर काफी संयत हो चुके थे। बोले, "आपने सही कहा। हम तो चाहते हैं—

आए, जल्दी वह दिन आए
हिंदी राजभाषा से राष्ट्रभाषा बन जाए।
राष्ट्रभाषा का···
कुछ इस तरह तने
हमारी हिंदी
संयुक्त राष्ट्र संघ की भाषा बने।" □

दशानन का हलफनामा

मैं पूर्व लंकापति रावण पौत्र पुलस्त्य ऋषिवर, पुत्र ऋषिवर विश्रवा एवं कयाधू, पत्नी मंदोदरी, निवासी स्वर्णलंका एक हाथ में गीता, दूसरे में कुरआन, तीसरे में गुरुग्रंथ, चौथे में बाइबल, पाँचवें में रामचरितमानस, छठे में बुद्धचरित, सातवें में तीर्थंकर उवाच, आठवें, नवें से बीसवें हाथ में 18 पुराणों व 6 शास्त्रों को लेकर तथा सिरों पर सभी चार वेदों को रखकर शपथपूर्वक कहता हूँ कि मैं आज संसद् और विधानसभाओं की ही तरह किंचित् असत्य संभाषण नहीं करूँगा। जो भी कहूँगा, सच कहूँगा। तो यह है कि श्रीराम ने मुझे काया से भले ही मार दिया हो, परंतु माया से अभी तक जिंदा हूँ। जिंदा हूँ बस इसलिए शर्मिंदा हूँ। जिंदा न होता तो आप हर साल मुझे नहीं जलाते।

शर्मिंदा इसलिए हूँ कि मैं फाइनली मरना चाहता हूँ और आप सब हैं कि मुझे मरने ही नहीं दे रहे। उस समय तो मैं बहुत ही शर्मिंदा होता हूँ, जब दशहरे के मेले में कोई भ्रष्ट राजनेता मुख्य अतिथि बनकर मुझे आग के हवाले करता है। तब मुझे लगता है कि जैसे एक रावण दूसरे रावण को जला रहा है। स्पष्ट है कि जलाने वाला ज्यादा ताकतवर होगा।

मैं पूरे होशो-हवास के साथ अपनी बीस भुजाओं व दसों शीशों की कसम खाकर कहता हूँ कि मैंने सीताजी के अपहरण का नापाक अपराध किया था। उसके लिए मैं हर साल जलाए जाने की सजा भुगत रहा हूँ। जिन लोगों ने शर्मिंदा होम में कविता के साथ बलात्कार किया और वह बेमौत मर गई, उनको क्या सजा मिली? जिसने मासूम अनुष्का के साथ दिल दहला देने वाला कुकर्म कर हम जैसे रावणों को भी शर्मसार कर दिया? उसे सजा के बजाय खाकी खादी के आशीष क्यों दिए जा रहे हैं? मैं यह भी पूछना चाहता हूँ कि हमारे यहाँ से हमारे राज चिकित्सक सुषेण वैद्य का अपहरण कर लक्ष्मण के प्राण बचाए गए, फिर भी मुझ पर रहम नहीं किया गया, पर जो लोग नकली दवाइयाँ बनाकर, खाने-पीने की वस्तुओं में

मिलावट करके हर साल लाखों लक्ष्मणों के प्राण हर लेते हैं, उनको सरे बाजार क्यों नहीं जलाया जाता?

इतिहास गवाह है कि मैंने युद्ध में पीठ नहीं दिखाई। शपथपूर्वक कहता हूँ कि आदमी से आदमी को नहीं लड़ाया, बस सेना से सेना को लड़ाया। जो लोग पीठ पीछे सांप्रदायिकता का जहर फैलाकर जनता से जनता को लड़वा रहे हैं, एक-दूसरे की पीठ में छुरा घोंप रहे हैं, उनके लिए क्या सजा है? मैंने भाई विभीषण को राष्ट्रद्रोह करने पर लंका से बाहर निकाल दिया तो दोषी हो गया। श्रीराम के देश में तमाम लोग आतंकवादियों को शरण देते हैं, संसद् पर हमला करने वाले अफजल गुरु को फाँसी से बचाने के लिए सरेआम सिफारिश करते हैं। राष्ट्रध्वज तिरंगा जलाते हैं। राजभाषा में शपथ लेने पर पिटाई करते हैं। सेना की खुफिया जानकारियाँ दुश्मन के हाथों बेचते हैं। क्या उनके लिए भी कोई दंड है?

मैं पूछता हूँ कि क्या ये सब मुझसे ज्यादा बड़े, खतरनाक, खूँखार, बेशर्म, देशद्रोही, समाज विरोधी, अराजकता के जीवंत प्रतीक रावण नहीं हैं? हैं तो हे श्रद्धालुओ, हे भक्तजनो, हे श्रीराम के अनुयायियो, हे राष्ट्रभक्तो! इन रावणों के रहते मुझ मरे हुए रावण को मारने से क्या फायदा? ये सभी मेरे ही रक्तबीज हैं। मेरे असंख्य हाथ हैं, असंख्य मुँह हैं, असंख्य रूप और असंख्य दाँत हैं। जब तक आर्यावर्ते, भारतखंडे, जंबूद्वीपे भारतवर्षे ये कलियुगी रावण जिंदा रहेंगे, आप लाख कोशिश कर लो, मेरी मृत्यु नहीं हो सकती। ध्यान से सुनो—

दशहरे से पहले आज
खोल रहा हूँ अपनी
चिरमृत्यु का राज।
मेरे पुतलों में आग मत उतारो
मारो तो जिंदा रावणों को मारो
फिर नहीं खोजना होगा
नाभि-अमृत का रहस्य
बताने वाला विभीषण
बाण क्या, नहीं उठाना होगा तृण श्रीराम की कसम
सच कहते हैं हम
तब मैं—
खुद आत्महत्या कर जाऊँगा
बिना मारे ही मर जाऊँगा।

□

भ्रष्टाचार का आत्मकथन

मैं एक हूँ, परंतु मेरे अनेक रूप हैं। मेरे हजारों हाथ हैं, हजारों पाँव हैं। मेरे हाथों की हथेलियों से हजारों उँगलियाँ जुड़ी हैं। एक-एक उँगली में कई-कई नाखून हैं। इन्हीं नाखूनों से मैं देश के विकास की चमड़ी उधेड़ता हूँ। मेरी लाखों आँखें हैं। मैं ईश्वर की तरह हर कहीं व्याप्त हूँ। सर्वशक्तिमान हूँ मैं। मेरा रंग काला है, परंतु परिणाम चमकदार व चकाचौंध करने वाला। मैं जिस खजाने में घुस जाता हूँ, उसे धीरे-धीरे खाली कर देता हूँ। मेरे हजारों हाथ खजाने को वहाँ पहुँचाते हैं, जहाँ उसे नहीं पहुँचना चाहिए और हजारों पाँव खजाने को वहाँ पहुँचने से रोकते हैं, जहाँ उसे पहुँचना चाहिए। मैं सर्वव्यापी, सर्व सम्मान्य, सर्वमान्य, सर्वप्रभावी हूँ। जो मुझे नहीं ध्याता, जो मुझे नहीं मानता, जिस पर मेरा प्रभाव नहीं पड़ता, वे सभी इस कलिकाल में दुःखी रहते हैं। उन्हें भूखा रहकर इधर-उधर भटकना पड़ता है। जी हाँ, मैं कोई और नहीं, मैं अकूत शक्तिसंपन्न भ्रष्टाचार हूँ।

जी हाँ, मेरी शक्ति अकूत है, क्योंकि मेरे रक्तबीज हर कहीं फैले हैं। वैसे तो भूरा, सुविधा शुल्क, फूल-पत्ती, पूजा-पाठ, मिठाई, वजन जैसे तमाम मेरे सामान्य नाम हैं, जिनकी आड़ में छोटी-मोटी रकम पचाने वाले पलते हैं, परंतु मैं जहाँ-जहाँ अनाम रूप से रहता हूँ, वहाँ अरबों के वारे-न्यारे कराता हूँ। छोटे दफ्तर से लेकर संसद् तक हमारी पहुँच है। जिस संसद् की सुरक्षा तोड़कर माचिस की एक डिब्बी तक नहीं पहुँच सकती, जिस संसद् में आतंकवादी नहीं घुस पाए, उसी संसद् में मैंने माननीयों के साथ सवाल पूछने की आड़ में पहुँचकर ठहाका लगाया। नोटों की गड्डियों की शक्ल में तो मैंने पूरी संसद् की शक्ल बिगाड़कर रख दी। मेरी ताकत का अंदाजा इसी से लगाया जा सकता है कि देश की संसद्, राज्यसभा तथा विधान सभाओं व विधान परिषदों में बहस कई बार कई-कई दिन तक हमारे ही इर्द-गिर्द घूमती रहती है।

मैं इतना व्यापक और शक्तिशाली हूँ कि बोफोर्स तोप भी मेरा मुकाबला नहीं कर सकती है। कोई चाहे कि मुझे ताबूत में दफन कर दे तो मैं उसको ही दफन कर देता

हूँ। मुझे प्यार करने वाले की छवि स्वच्छ रखनी हो तो मेरा नाम 'कमीशन' हो जाता है। थोड़ा नाराज हूँ तो मेरा नाम 'दलाली' हो जाता है। मैं क्रूर इतना कि कोई मरे, मेरी संवेदना से क्या लेना-देना। कई बार मैं वेंटीलेटर के रूप में अपनी तंदुरुस्ती बढ़ा रहा होता हूँ तो कई बार नकली दवाइयाँ ही बना डालता हूँ। देश के तमाम नेतागण मेरे ऐसे आत्मीय मित्र हैं कि उनकी आत्मा मेरे में बसती है। अधिकारी उनसे थोड़ी कम सेवा करते हैं, परंतु नेताओं के लिए मेरे पास तक पहुँचने का रास्ता वे ही निकालते हैं। मेरी ताकत देखिए कि मैं महाभ्रष्ट की खोज कराने की स्थिति पैदा कर देता हूँ और खोज के बाद भी मेरा कुछ नहीं बिगड़ता। मेरा त्वरित प्रभाव इतना है कि दो कौड़ी का आदमी मेरे पास आए तो रातोरात हजारों का कौड़ा (करोड़) का हो जाता है। मेरी पाचन शक्ति इतनी बड़ी है कि मैं ताबूत, चीनी, तेल, चारा, राशन, सीमेंट, पुल, अनाज, स्टेडियम, स्पैक्ट्रम, लोहा, बिजली के खंभे आदि कुछ भी पचा जाती हूँ।

एक बात कहूँ, आजादी से लेकर अभी तक जिस गति से मैनें विकास किया, अमेरिका व जापान ने भी नहीं किया। मेरे किसी भी लालक-पालक का कोई कुछ नहीं बिगाड़ पाया। अभी तक तो मैंने पूरी ईमानदारी से मेहनत करके देश को वैश्विक ग्राफ में काफी ऊँचाई पर रखा है। मुझ पर ज्यादा हमले हुए तो कहीं और चला जाऊँगा। जनसंख्या में तो देश पिछड़ना शुरू हो ही गया है, मेरे क्षेत्र अर्थात् भ्रष्टाचार में भी पिछड़ जाएगा।

मैं अपने पूरे अस्तित्व, अपने स्वनामधन्य पालकों, संचालकों, संवाहकों और दीमकों की शपथ खाकर कहता हूँ कि जब से युग दधीचि अन्ना हजारेजी अनशन पर बैठे हैं, मेरी रूह काँप रही है। पूरा देश उसी तरह के आक्रोश में है, जैसा आजादी से पहले अंग्रेजों के खिलाफ था। पहली बार मुझ पर इतना खुलकर हमला हो रहा है। हमला भी इतना मारक, संहारक व व्यापक कि पूरे देश ने मुट्ठियाँ कस ली हैं। लोग सड़कों पर उतर आए हैं। पूरा देश कह रहा है, 'अन्नाजी, क्या बात है, पूरा देश तुम्हारे साथ है।' लगता है कि आजादी की एक और लड़ाई शुरू हो गई है। आजादी की लड़ाई में तो पहले भी देश जीता था, अब भी जीतेगा। लगता है कि अब मेरा ऑपरेशन तय है। लोग खुलेआम कह रहे हैं—

यह सही है कि/अफजल और कसाब/अक्षम्य आतंकवादी हैं।
पर देश का पैसा लूटकर/विदेश ले जा रहे घोटालेबाज/
उनसे बड़े अपराधी हैं।
न्याय सीधा, सच्चा, सरल, सहज/शीघ्र और नेक होना चाहिए।
अपराधी चाहे ये हों अथवा वे/दोनों की सजा—
एक होनी चाहिए। □

नवरात्रि में नबी बसें, राम बसें रमजान

एक ओर पंचायत चुनाव का शोर तो दूसरी ओर बाढ़ के पानी का जोर। उस पर मंदिर-मसजिद मुकदमे का फैसला आने का शोर। पिछले सप्ताह पूरा शहर ऐसे खौफ में रहा, जैसे फैसले से कोई खतरनाक जिन्न निकलने वाला है, जो तमाम लोगों को लील जाएगा। फैसला आने से पहले ही स्कूलों में छुट्टी, रेलों व बसों में मुसाफिरों की आमद में भारी कमी और सांस्कृतिक कार्यक्रमों व रूट मार्च, प्रशासन की हिदायतें, सभी ने मिलकर शहर की हवाओं में एक ऐसी दहशत भर दी कि जैसे ताला नहीं जलजला आने वाला था। हालाँकि फैसला टल गया और शहर की रफ्तार भी बहाल हो गई, लेकिन हमारे सामने यह सवाल अभी भी खड़ा है कि आखिर हम क्यों और किससे खौफजदा थे?

किशोरावस्था में जब पहली बार 'हम हैं हिंदुस्तानी' का नारा सुना था, तभी मन में सवाल उठा था कि जब हम हिंदुस्तानी हैं तो फिर चीख-चीखकर नारे लगाने की क्या जरूरत है? बाद में समझ में आया कि 'हम', 'हैं' और 'हिंदुस्तानी' तीनों शब्दों में अर्थ छिपे हैं। मसलन हममें 'ह' हिंदू है और 'म' मुसलमान। जब दोनों मिलते हैं, हम बनता है। नहीं तो एक तू होता है और दूसरा मैं, जिससे तू-तू-मैं-मैं होती है। यह तू-तू, मैं-मैं से ऊपर उठकर जब हम हो जाते हैं तो एक ताकत बनती है। ताकत बनती हैं, तो राष्ट्र बनता है। जाहिर है कि राष्ट्र को मजबूत बनाना है तो 'तू' व 'मैं' से काम नहीं चलेगा। हमसे ही काम चलेगा। पर पता नहीं हवा में कौन जहर घोलता है कि हम का 'ह' और 'म' दोनों एक-दूसरे की ओर पीठ करके बैठने को मजबूर हो जाते हैं। इसी का जहर घोलने का नापाक काम करने वालों को पता नहीं कि शहर साक्षी कृति की वह जमीन है, जहाँ रजिया के पाँव में काँटा लगने पर राधा की आँखों में आँसू आते हैं और जब ईद के मेले में हामिद चिमटा खरीदता है तो उससे हुकुम सिंह की दादी रोटी सेंकती हैं।

'हम हैं हिंदुस्तानी' के 'हैं' को भी शहर ने शिद्दत के साथ लिया है। हैं का

मतलब है 'हैं', अर्थात् जहाँ भी हैं तो ऐसे नहीं हैं कि होने का एहसास न कराएँ। हैं तो वजूद, मुस्तैदी और ऊर्जा के साथ हैं। पिछले दिनों रमजान के महीने में यहाँ दो मसजिदों से पूरे मुल्क की तरक्की की दुआ माँगने को हाथ उठे तो उन दुआओं में हर हिंदुस्तानी मौजूद था। शहर के मो. इस्माइल ने उस दिन रोजा खोला तो खजूर का पहला टुकड़ा व पानी का पहला घूँट पड़ोसी रघुनंदन के हाथों से ग्रहण किया। ईद पर रघुनंदन के पूरे परिवार ने इस्माइल के घर से आई सेवइयाँ खाईं। शहर में यह अकेले इस्माइल व रघुनंदन नहीं हैं। ऐसे में अयोध्या के अदालती फैसले को लेकर हमारे घरों को भला कौन नुकसान पहुँचा सकता था? हम बेवजह खौफजदा थे। हिंदुस्तानी होने का गौरव किसी धर्म विशेष के साथ गारंटी से नहीं बँधा है। हर वह शख्स सच्चा हिंदुस्तानी है, जो मुल्क की तरक्की की सोचता है। परेड की रामलीला का मंच जब रमजान मियाँ सजाते हैं और ताजिये का रास्ता गौतम साफ करते हैं या फिर रसूल की आतिशबाजी पर कृष्णचंद्र व राधिका की तालियाँ बजती हैं या फिर फैक्टरी की रामलीला में हकीम लुकमान सुषेण वैद्य का और सुलेमान सीता का चरित्र निभाते हैं। वाहिद अली पूजा की आरती उठाकर आम जनता के बीच ले जाता है और आरती की प्रज्वलित लौ पर दोनों हथेलियों की छतरी तानकर उस्मान खाँ हथेलियों को मस्तक व गोल टोपी से लगाते हैं तो खौफ पैदा करने वाले जाने कितने फैसले हवन कुंड में डाले गए कर्पूर की तरह काफूर हो जाते हैं। बचती है तो सिर्फ प्रेम-मोहब्बत से लबालब एक आवाज—

नवरात्रि में नबी बसें, राम बसें रमजान
जग में एक उदाहरण, अपना हिंदुस्तान
रोजा रखते रामजी, खान रखें उपवास
इसलिए तो विश्व में, अपना भारत खास।

□

कोई भगीरथ बने

"फिल्म अभिनेता सलमान खान शादी के लिए लड़की देखने पहुँचे। उन्हें देखकर लड़की की माँ बेहोश हो गई। होश आने पर कारण बताया कि 20 साल पहले सलमान उसे देखने आए थे। बाद में सलमान ने लड़की को देखा तो सलमान बेहोश हो गए। होश में आकर सलमान ने बताया कि दो दिन पहले उसी लड़की ने फिल्म के सेट पर अंकल जी, अंकल जी कहते हुए उससे ऑटोग्राफ लिया था।' एक शिष्य द्वारा सुनाए इस किस्से को सुनकर सभी ने जोर के ठहाके लगाए, पर गुरुदेव और गंभीर हो गए। इस पर शिष्यों के चेहरों की चमक पानी वाले नकली बादलों की तरह उतर गई। एक शिष्य ने साहस करके पूछा, "गुरुदेव, आप इतने गंभीर?" गुरुदेव ने उसे घूरकर देखा और बोले, "यहाँ शहर व देश की दुर्दशा देखकर लोग बेहोश हो रहे हैं और तुम लोग हो जो सलमान की बेहोशी में ठहाके खोज रहे हो। जब तुम्हें शहर के सन्नाटे पर उपहास की हँसी हँसनी चाहिए, तुम लोग मधुमास की हँसी हँस रहे हो। जब तुम लोगों को मुट्ठियाँ कसनी चाहिए, तुम लोग फब्तियाँ कस रहे हो?"

"ऐसा भी क्या हो गया गुरुदेव?" दूसरे शिष्य ने अपने साहस को एवरेस्ट आरोहण कराया। गुरुदेव ने दाहिने हाथ का मुक्का बाएँ हाथ पर मारा और झल्लाए से स्वर में बोले, "आज राजनीति की खाल इतनी गैंडामयी हो गई है कि जब तक मरने की धमकी न दो, गुदगुदी नहीं होती। 'नक्कारखाने में तूती की आवाज' की कहावत अब तो 'भ्रष्टाचार महामहोत्सव में संस्कार पूरे की तान कौन सुनता' बन गई है। अन्ना हजारे ने 'आत्म किलिंग' की धमकी दी तो सरकार के कानों में सुरसुरी हुई। अब बाबा रामदेव प्राणांतक अनशन की चेतावनी दे रहे हैं तो पूरी सरकार तमतमाई हुई है। अजीब बात है, जब तक मरने की बात न कहो, कोई सही बात सुनने को तैयार नहीं है। हर शहर में न हजारे हैं, न बाबा। उनकी आवाज कैसे सुनी जाए?"

गुरुदेव का चेहरा लाल हो गया, मुट्ठियाँ कस गईं। चेहरे पर विषाद के साथ आक्रोश का लहू उभरा। उन्होंने लंबी-लंबी साँसें भरकर प्राणायाम जैसी प्रक्रिया पूरी की और बोले, "मृत्यु प्रमाण-पत्र चाहिए, जन्म प्रमाण-पत्र, विधवा पेंशन चाहिए या सेनानी पेंशन, राशन चाहिए या शुद्ध पानी, पहले भेंट-पूजा करो तभी होगी सुनवाई। चिता में आग लगाने के लिए पैसे, सरकारी इलाज पाने के लिए पैसे, स्कूलों में दाखिला दिलाने के लिए पैसे, पैसे, पैसे और पैसे? जहाँ चेन स्नेचिंग की रिपोर्ट लिखाने के लिए उसकी कीमत से ज्यादा खर्च करना पड़े। जी.पी.एफ. पाने के लिए दशांश देना पड़े, उस शहर का तो भगवान् ही मालिक है।"

गुरुदेव थोड़ी देर रुके। उन्होंने पानी पीने के लिए बोतल उठाई। उसे ध्यान से देखा और बड़बड़ाए, "यहाँ शुद्ध पानी पीना है तो 12 रुपए लीटर मिलेगा। हे गांधी बाबा, तुम्हारे चहेतों ने क्या देश बनाया है? बच्चों को दूध के नाम पर यूरिया व वाशिंग पाउडर का घोल, दवाइयों के नाम पर नकली गोलियाँ, मिठाई व पनीर के नाम पर बीमारियों का सिंथेटिक लाइसेंस। यह कैसा शहर है? यह कौन सा शहर है? जहाँ चेहरा, चरित्र, चाल, चलन सभी में मिलावट है। जहाँ हर रास्ता खुदा पड़ा है। जहाँ समझ में नहीं आता कि सड़कों में गड्ढे हैं या गड्ढों में सड़क। जहाँ पानी बरसे तो घर पहुँचना मुश्किल हो। जहाँ पार्कों के नाम पर रेगिस्तान हैं। जहाँ प्रसूताएँ बच्चे को जाम में फँसे रिक्शे पर ही जन्म देने को मजबूर हैं। मरीज अस्पताल में पहुँचने से पहले ही जाम के नाम काम तमाम हो जाता? जहाँ लोगों को सड़क पर तंबू लगाने, दिल का मरीज मरे तो मर जाए, पर लाउडस्पीकर लगाकर भक्ति का पूरे मोहल्ले को प्रमाण निर्भय होकर देने की छूट है। जहाँ वाहनों की नंबर प्लेट पर नंबर कम, पद ज्यादा लिखे मिलते हैं। जहाँ जिधर देखिए जंगल, खाकी पुतलों का जंगल और यथास्थितिवाद में जी रही जिंदा लाशों का जंगल। आखिर इस जंगल में चेतना की आग कहाँ से और कब आएगी?

गुरुदेव के स्वरों में खीज, घृणा, आक्रोश, क्रोध, क्षोभ, पश्चाताप, दुःख और न जाने क्या-क्या था। वे थोड़ा रुके तो एक शिष्य के मुँह से अचानक स्वर फूटा, "चेतना वाली आग?" गुरुदेव ने सिरा पकड़ा और बोल पड़े, "हाँ, चेतना वाली आग!" यहाँ वोट माँगने वाले बहुरूपिए भिच्छुक हैं। एक ही झटके में सारा जहाँ पा लेने के बहुपंगी इच्छुक हैं। साँप-सीढ़ी का खेल खिलाने वाले राजनीति के अनुभवी खिलाड़ी हैं। कुरसी दौड़ में कुरसी हथियाने के सिद्धहस्त जुगाड़ी हैं। लहरों को गिनकर भी पैसों की लहरें उठाने वाले कुशल तकनीशिष्ट हैं। आँकड़ों की बाजीगरी की ऊँची कुरसियों को मंत्रमुग्ध कर लेने वाली मायावी मशीनिष्ट हैं। किसी भी

अवसर पर लाभ उठाने वाले झकाझक हैं, शहदीली भाषा वाले चतुर शब्द चर्वणक आधुनिक चाणक्य हैं। पर नहीं हैं तो बाबा रामदेव व अन्ना हजारे। काश, इस शहर से भी कोई अन्ना उठे, बाबा की कलाई पकड़े। उसकी ताकत हजारे की तरह हजारों में बदली जाए। लोग उन जैसे 'राम' व 'देव' के रास्ते चलकर जानबूझकर सोई व्यवस्था को जगाए। कोई ऐसा रास्ता निकले जिस पर चलकर शहर कह सके—

हम उस देश
(शहर) के वासी हैं
जिस देश में गंगा
गंगा-चरित्र, कानून विकास
और क्षमता की
गंगा-न्यास, दया, क्षमा, करुणा
और समता की
बहती है··बहती ही रहती है··
काश··कभी यहाँ भी
इस गंगा का तेवर विशिष्ट मुद्रा में तने
कोई अन्ना··भगीरथ बने।

□

खून शहर का जम गया, खाँस रहे हैं गाँव

हमेशा धोती-कुरता पहनकर आने वाले गुरुदेव जब पैंट, जैकेट, उसके ऊपर ओवरकोट, कानों पर कंटोप व मफलर से ढका चेहरा लेकर अध्यापन शाला पहुँचे, शिष्यों ने उन्हें अंदर नहीं आने दिया। हतप्रभ गुरुदेव ने उन्हें समझाने की कोशिश की, परंतु सर्दी से लगभग बैठ चुके गले में बाँसुरी जैसी आवाज को भी शिष्य पहचान नहीं पाए। अब असहाय गुरुदेव ने चेहरे पर से सभी कपड़े हटाए तो शिष्य चौंक उठे। उन्हें सादर अंदर ले गए। गुरुदेव ने मुँह से धुआँ उगलते हुए कहा, "रिकॉर्ड सर्दी है। हड्डियाँ गली जा रही हैं, गला बैठ रहा है!" एक शिष्य ने गुरुदेव की हथेलियाँ मलनी शुरू कीं तो गुरुदेव ने उसे प्रशंसा भरी नजरों से देखा। बोले, "काश, शहर के तमाम अमीरों के भीतर ऐसी भावना भर जाए। समय चक्र ने जन्म से ही जिनकी हथेलियों पर हमें मौसम की मार झेलने की गहरी रेखाएँ खींच दी हैं, उनके हाथों व शरीर को गरम करने के लिए अखबारों में फोटो छपने के लालच के बिन गरम कपड़े बाँटने का जज्बा पैदा हो। काश, आपदा प्रबंधन का अनुदान आपदाग्रस्त लोगों तक ईमानदारी तक पहुँच सके। काश, संसाधनहीन लोगों की जेबों में भी इतनी गरमी आ जाए कि उन्हें किसी और की ओर निहारने की जरूरत ही न पड़े।"

गुरुदेव की संवेदना की लहर में सभी शिष्य डूबने-उतराने लगे थे। थोड़ी सी गरमी बढ़ी तो गुरुदेव ने ओवर कोट उतार दिया। एक शिष्य ने उसे सँभाला तो गुरुदेव ने मफलर, टोपी, दस्ताने भी उसे पकड़ा दिए। इसी बीच द्वार पर सरदी से काँप रहे एक वृद्ध ने आवाज लगाई, "सर्दी से काँप रहा हूँ बाबा, एक गरम कपड़े का सवाल है बाबा।" गहरी संवेदना में डूबे हुए शिष्य ने आवाज सुनी तो गुरुदेव का ओवर कोट और मफलर उसे दान कर दिया। गुरुदेव ने देखा तो उनकी भौंहें तन गईं। इधर वृद्ध पीछे मुड़ा, उधर गुरुदेव ने शिष्य का कॉलर पकड़ लिया। बोले, "तूने यह क्या किया?" शिष्य तुरंत बोला, "आपकी शिक्षा का अनुसरण किया है गुरुदेव!" गुरुदेव खुद ही भूल गए और फिर अप्रत्याशित शब्दों में शिष्य को मन भर डाँट पिलाई।

गुरुदेव शांत हुए तो शिष्य ने क्षमा माँगी और पूछा, "गुरुदेव, 'पर उपदेश कुशल बहुतेरे' का अर्थ क्या होता है ? अब तो गुरुदेव सन्नाटे में थे। वे थोड़ी देर शांत रहे और फिर अपने शेष कपड़े उठाकर बाहर निकल गए। बाहर जाते-जाते उन्होंने शिष्यगणों से कहा, "तुम लोगों की जब तक जाड़ा कम नहीं हो जाता, तब तक की छुट्टी।"

कमरे के बाहर बैठा चतुर्थ श्रेणी कर्मी इस 'गुरुलीला' को ध्यान से देख रहा था। लीला खत्म हुई तो उसे फटे कोट में भीतर भी गरमी महसूस हुई। वह सोच रहा था, हम जिस समाज से इतना सबकुछ लेते हैं, उसी समाज को कुछ देना पड़े तो हमारी भाषा, तौर-तरीका क्यों बदल जाता है। शायद इसलिए विसंगतियाँ बढ़ रही हैं। कुछ लोगों को गरम हवेली में भी सर्दी लगती है तो कुछ लोगों को ठंडी झोपड़ी में भी जाड़ा नहीं लगता। कुछ लोग पेट भरा होने पर भी नींद की गोली खाकर, गरम रजाई में भी नहीं सो पाते और कुछ लोग फटा बोरा ओढ़कर पेड़ के नीचे जमीन पर फूस बिछाकर खर्राटे भर लेते हैं। काश, लोग लेने के साथ देना भी सीख जाएँ तो तसवीर बदल सकती है।

इसी बीच कोहरा और घना हो गया। गुरुदेव घने कोहरे में कहीं खो गए थे। अब तो सामने वाली कोठी भी नहीं दिख रही थी। भीषण सर्दी से शहर काँपने लगा था। शिष्यगण भी जा चुके थे। कर्मचारी गाते-गुनगुनाते दरवाजे पर ताला लगा रहा था। वह भी कड़ाके की ठंड से दो-दो हाथ करने निकल पड़ा। उसने पेट की आग को आँखों में खींचकर पूरी ताकत से बने कोहरे में नजरें गड़ाईं। कोहरा बहुत घना था, फिर भी वह साफ-साफ देख रहा था और सुन भी रहा था—

धुंध, धुआँ, पाला, हवा
नमी, गलन, बरसात
शीत शहर से कर रही
इस भाषा में बात
थर-थर काँपे गात-मन
जाड़ा रहा दहाड़
नैनो साइज दिन हुए
रातें हुईं पहाड़
कुहरे में मुँह को छिपा
दुबके सूरज पाँव
खून शहर का जम गया
खाँस रहे हैं गाँव।

□

तुम मुझे पुतला दो, मैं तुम्हें माचिस दूँगा

पुतला निर्माण केंद्र : यहाँ किसी भी दल के किसी भी छोटे, बड़े, मझोले, जिंदा या मुर्दा नेता का पुतला सस्ते-से-सस्ते दामों में तैयार किया जाता है। इधर ऑर्डर, उधर सप्लाई। माचिस दिखाते ही धूँ-धूँ जलने की गारंटी। न जले तो पुतला वापस। दो बड़े पुतलों के साथ एक छोटा पुतला मुफ्त। पूरी पार्टी के पुतलों का ऑर्डर देने पर स्थानीय स्तर के नेताओं के पुतले आधे दामों पर। भ्रष्टतम नेताओं के पुतले पर सामान्य नेताओं के पुतले का 25 प्रतिशत अधिक देना होगा। फर्स्ट हैंड नेताओं के पुतला जलाने के लिए पेट्रोल, सेकंड हैंड नेताओं के पुतलों को जलाने के लिए मिट्टी का तेल व थर्ड ग्रेड के नेताओं के पुतले जलाने के लिए 10 ग्राम कर्पूर फ्री में दिया जाता है। बिका हुआ पुतला वापस नहीं होगा। पुलिस द्वारा छीने सेकंड हैंड पुतलों पर 20 प्रतिशत की छूट मिलेगी।

यह कोई पुतला बिक्री का निबंध नहीं बल्कि पुतला बेचने वाली एक मल्टीनेशनल कंपनी की ब्रांच का विज्ञापन है, जो पिछले तीन-चार दिनों से तेजी से प्रसारित हो रहा है। शहर में इन दिनों एक पुतला फूँको कंपटीशन तेजी से चल रहा है। जो चाहता है, जिसका पुतला फूँक देता है। इसका पुतला मेरे पुतले से बड़ा क्यों? उसका पुतला मेरे पुतले से जल्दी क्यों फुँका? मैंने पुतला फूँका तो तूने क्यों फूँका। यार, तू कैसा नेता है, जो अभी तक एक पुतला भी नहीं फूँक सका? जैसे सवाल भी खड़े हो रहे हैं।

हाल ही में अवतरित हुए एक नेता ने बताया, "भाईजी, दो दिनों में पाँच पुतले फूँक चुका हूँ। दो भाजपा के, दो कांग्रेस के और एक भ्रष्टाचार का? दो को फूँकते हुए फोटो भी छपे। इसी तरह से बायोडाटा मजबूत होता गया तो अगली बार टिकट पक्का। पर भाईजी, दो भाजपा व कांग्रेस दोनों के पुतले फूँके?" उसने केजुएल-सा जवाब दिया, "यही तो राजनीति है। मैनेजमेंट देखिए, कांग्रेस नहीं तो भाजपा टिकट देगी? दोनों ने नहीं दिया तो अन्ना की तरह के किसी मंच पर बैठने को तो मिल

ही जाएगा। मंच हो, लंच हो, प्रपंच हो, भीतर से टच हो तो आदमी खुद-ब-खुद सरपंच हो जाता है साहब!" उसके मैनेजमेंट के सामने मैं खुद को सरवेंट महसूस कर रहा था।

अभी उसकी बात खत्म ही हुई थी कि पुतला व्यापार महामंच के महाअध्यक्ष चहककर बोले, "वाह! क्या दिन बहुरे हैं। डिमांड एंड सप्लाई का व्यापार जोरों से चल रहा है। भाजपा वालों ने कांग्रेस के नेताओं का और कांग्रेस वालों ने भाजपा नेताओं के जब से पुतले फूँकने शुरू किए हैं, हमारी तो पौबारा है। भ्रष्टाचार…"

जवाब में माचिस व्यवसायी सुसमिति के महामंत्री बोले, "आपका व्यापार बढ़ने से मेरे कारोबार में भी इजाफा हुआ है। बरसात में जितनी डिब्बी माचिस भीग गई थी, फटाफट, खटाखट बेच डाली। अब आग लगे, न लगे, उनसे क्या लेना।" उनकी बात सुनकर महाअध्यक्ष ने नाराजगी भरे लहजे में कहा, "बेवकूफ, इन नेताओं को आग लगाने के लिए माचिस की जरूरत ही कहाँ पड़ती है। ये तो अपनी भाषा से ही आग लगा सकते हैं। देखते नहीं, मुंबई में कैसी आग लगाई जा रही है?" इन लोगों की बातें सुन रहे आम अवाम समाज के एक प्रतिनिधि से नहीं रहा गया। बोला—

पुतले जलाने से क्या होगा
जलाना ही है तो
भ्रष्टाचार को जलाओ
व्यभिचार को जलाओ
अत्याचार को जलाओ।
भीतर बैठे पाप को जलाओ
सांप्रदायिकता के साँप को जलाओ
ईर्ष्या, द्वेष, घुटन को जलाओ
कुंठा व मिलावटी फन को जलाओ
नया उजाला लाने को आगे आइए
सड़ी-गली जंग लगी
परंपराओं को जलाइए।

□

अजन्मी कन्या का बयान

मैं माँ के गर्भ में प्यार से पल रही, माता-पिता के भविष्य के सपनों में ढल रही, दुनिया देखने को मचल रही कन्या दिल्ली की घटना से इतनी आहत, भयाक्रांत और दुःखी हुई हूँ कि मैं पूरे होशो-हवाश में बिना किसी के दबाव के एक हाथ में गीता, दूसरे में गुरुग्रंथ, सिर पर कुरआन और होंठों पर बाइबल की करुणामयी जुबान रखकर शपथपूर्वक कहती हूँ कि मैं अब किसी कीमत पर जन्म नहीं लेना चाहती। मेरी हत्या गर्भ में ही कर दी जाए। इसके लिए मैं अपने माता-पिता अथवा संबंधित अस्पताल, डॉक्टर या नर्स को दोषी करार नहीं दूँगी। मेरा यह हलफनामा देश-प्रदेश की सरकारों, तथाकथित मर्दों, राजनीति के दिग्गजों, धर्मगुरुओं तथा मानवाधिकार के पुरोधाओं को स्वीकार हो।

माँ ने जब गर्भस्थ कन्या का एलान सुना तो उसकी आँखें आँसुओं से भर गईं। हलक में अटके शब्दों को किसी तरह से बाहर निकाला और बोली, "बेटी, ऐसा मत बोल। हम हैं न तुम्हारे माँ-बाप। तेरा एक भाई भी है। तू क्यों डरती है। आ न मेरी गोद में।" माँ की बात सुनकर कन्या ने गर्भ में करवट बदली और माँ की नाभि को भीतर से चूमकर प्यार किया और फिर भरे गले से बोली, "सही है कि हर माँ-बाप अपने बच्चों को प्यार-दुलार और सुरक्षा देते हैं, पर माँ! क्या दिव्या के माँ-बाप नहीं थे, जो उसको बीभत्स त्रासदी झेलनी पड़ी। दिल्ली की फिजियोथैरेपिस्ट के भी तो माता-पिता हैं। अंधे कानून व कंक्रीट के जंगल में इन मानवरूपी भेड़ियों के बीच निहत्थी आप क्या कर सकेंगी? बाद में चीख-चिल्लाकर किसी को कानून के फंदे तक ले भी गईं तो भी कभी-न-कभी भेड़ियों के हक में एक शब्द जमानत आएगा और फिर एक दिन दूसरों की तरह आप भी रो-रोकर आँखों की रोशनी खो देंगी, बीमार पड़कर खाँस-खाँसकर दिन काटने को मजबूर हो थककर घर बैठ जाएँगी। भेड़ियों का बाल बाँका न होगा। इसलिए माँ, ऐसे समाज के बीच आऊँ ही क्यों?"

अजन्मी बेटी का तर्क सुनकर माँ जैसे पथरा गई थीं। थोड़ी देर बाद बेटी ने

माँ की कोख में करवट बदली। हलचल से माँ की आँखें चमकीं। अचानक बेटी का स्वर सुनाई दिया, "माँ, कह दो उन सरकारों से, जो 'बेटी बचाओ' अभियान चला रही हैं, जो कन्या विद्याधन बाँट रही हैं, जो 'बेटी पढ़ाओ, देश बढ़ाओ' के नारे लगाते हैं अथवा जो बेटियों की पढ़ाई के लिए अनुदान बाँट रहे हैं। नहीं चाहिए यह सब मुझे, यदि वे दरिंदों के नाखूनों से बेटियों को बचा नहीं सकते। उन्हें न्याय नहीं दिला सकते तो उन्हें ऐसे नाटक करने की क्या जरूरत है? मैं ध्यान विज्ञान से देश की तमाम गर्भस्थ बेटियों को संदेश देने जा रही हूँ कि जब तक शहर, प्रदेश व देश में उनके काबिल वातावरण न बन जाये, वे किसी कीमत पर जन्म न लें।"

बेटी का एलान सुन अर्धमूर्च्छित-सी माँ सोच रही थी, काश! ये दरिंदे इस सच को महसूस कर पाते—

रूह से रूह रूबरू नहीं होती
फूल होते हैं, खुशबू नहीं होती
वह घर नहीं जंगल है,
जिसमें बेटी अथवा बहू नहीं होती।

□

दर्द के जंगल में इतनी जोर से मत चीखो

"डीजल महँगा, चीनी महँगी, महँगी भाजी है, फिर भी हम जीते समझो पाजी हैं।" पंक्तियाँ उस बुजुर्ग ने सुनीं तो उसे पहले तो हँसी आई, दहशत पैदा हुई और फिर रोना आ गया। रोते-रोते उसने पंक्तियों की तुक से तुक मिलाई, "दिल्ली से आई खबर ये ताजी-ताजी है, जो महँगाई पर बात करे, समझो पाजी है।" यह सुनकर वहाँ खड़े लोगों को पहले हँसी आई, फिर चेहरे पर दहशत के भाव उभरे और फिर रोना आ गया। रोना-धोना बंद हुआ तो एक ने बात को आगे बढ़ाया, "भरे पेट जी खाना खाया, जवाब न जी हैं, खाते-खाते रोना आया, उत्तर हाँ जी है।" यह सुनकर पहले सबको हँसी आई, फिर सभी ने अपना-अपना पेट टटोला और उसके बाद रोना आ गया। रोने का क्रम थोड़ी देर चला तो सभी ऐसे खामोश हो गए, जैसे मार्च-अप्रैल के बजाय अभी बजट आने वाला हो। अचानक सभी खिलखिलाकर हँस पड़े। अब हमारे चौंकने की बारी थी। पूछा तो वही बुजर्ग बोले, "सीरियस मत हों, हम लोग तो महँगाई का भय कम करने के लिए महँगाई-महँगाई का खेल खेल रहे थे।" इस बार मुझे भी हँसी आ गई।

दरअसल ये हँसी, ये रोना, ये दहशत अपने शहर के तमाम मोहल्लों, कारखानों, दुकानों, औद्योगिक समूहों व रिहायशी मकानों में बुरी तरह से फैल रहे हैं। रोना इस पर कि गद्दी पर रद्दी-रद्दी सोच लेकर बैठे तमाम गद्दीदार पता नहीं कौन सी पाइथागोरस सिद्ध करके कभी हाउस टैक्स बढ़ा देते हैं तो कभी बिजली की दरें। कभी फोन कॉल महँगी हो जाती है तो कभी रसोई गैस; और दहशत इसकी कि महँगाई को मार गिराने के लिए रोटी को और कितना छोटा तथा भूख की कितनी-कितनी बार हत्या की जाए? कहीं ऐसा करते-करते रोटी ही गुम न हो जाए? रही हँसी तो वह तो बार-बार गद्देदारों की थुलथुल नीतियों, रीतियों और कदम-कदम पर चोट पहुँचाने वाली जूतियों पर आती है, जिन्हें हमीं ने चमकाया और हम ही चपेट में हैं।

अचानक हाउस टैक्स बढ़ गया। शहर का पारा चढ़ गया। मुश्किल से हाउस बना, जिसको नगर निगम अब काँजी हाउस बनाने पर तुला है। सेवा नहीं, फिर भी सेवा कर। हाउस टैक्स के विरोध में एक पार्षद को सदन में इतना शोर मचाते सुना जितना कि उसने अवतार लेने पर भी नहीं मचाया होगा? थोड़ी देर बाद पार्षद शांत हो बाहर आया और सीधे हमारे प्रेस फोटोग्राफर के चरणों पर वैसे ही आ गिरा, जैसे उस दिन दरोगा मंत्रीजी के चरणों पर आ गिरा था। बोला, "मेरी फोटो ले ली है न? और चीखूँ चिल्लाऊँ?" हम हतप्रभ थे। हमारी आँखें आईना हो गईं, पार्षदजी उसमें पूरी तरह नग्न (चरित्र से) दिख रहे थे। उफ, हाउस टैक्स के विरोध के लिए नहीं, फोटो खिंचाने के लिए चीख-पुकार? थोड़ी देर में कई और नेताश्री ने हमारे पास आकर ऐसे ही सवाल किए। अब तो हमारे आईने में सामूहिक नग्नता के दृश्य उभर रहे थे। जनता की चीख नुमाइंदों के ठहाकों में दब गई थी।

शहर को उद्योगों का कब्रिस्तान कहने वालों पर पहले बहुत गुस्सा आता था, परंतु जबसे बिजली की दरों को आसमान की उड़ान पर भेजा गया, औद्योगिक बंदी की स्थिति बनी, लगने लगा है कि वे कितने शानदार, जानदार, ईमानदार और समझदार लोग थे, जिन्हें पहले ही पता चल गया था कि आर्यावर्ते, भारतखंडे एक: समय: ऐसा आगच्छति जब बिजली दरम् आसमानम् उड़ते और ठगे ठगाए लोगानाम मजबूरीवशम औद्योगिक बंदी करते। लगता है कि उन समझदारों ने समय की नब्ज और सत्ता की कभी खत्म न होने वाली जनता व उद्योग विरोधी कब्ज की पहचान पहले ही कर ली थी। यहाँ के उद्योगों के पेट में पहले से ही कुछ नहीं बचा, अब महँगाई का जुलाब। ऐसे में खून के आँसू ही रास्ते बदल-बदलकर निकलेंगे। यही कहा जा सकता है—

यहाँ कुरसियाँ
पूरी तरह से गूँगी-बहरी हैं
वे जमीन पर नहीं, हवा में ठहरी हैं
इसलिए दर्द के जंगल में
इतनी जोर से मत चीखो
अपना जनाजा, अपने ही कंधों पर
उठाना सीखो
वरना एक दिन ऐसा आएगा
तेरी चीख गूँगी और तू
बहरा हो जाएगा।

□

तमीज की भाषा या खीज की भाषा

गुरुदेव जब गुरुकुल पहुँचे, बहुत गुस्से में थे। किसी ने उन्हें सूचना दी थी कि एक शिष्य ने दूसरे शिष्य के प्रति अपमानजनक भाषा का प्रयोग करके गुरुकुल की आचार संहिता तार-तार कर दी है। गुरुदेव को लगा कि जैसे गुरुकुल, गुरुकुल नहीं रहा, चुनावी मैदान हो गया है और शिष्य शिष्ट, विशिष्ट विद्यार्थी न होकर अप्रशिक्षित, अहंकारी, संवेदनहीन राजनीति के व्यापारी हो गए हैं।

उन्होंने गुरुकुल पहुँचते ही सभी शिष्यों को उसी प्रकार तलब किया जैसे चुनाव के दौरान आचार संहिता का पालन न करने पर चुनाव आयोग किसी अधिकारी अथवा प्रत्याशी को तलब करता है। गुरुदेव थोड़ी देर धीर-गंभीर मुद्रा में बैठे रहे। शिष्य समुदाय बाहर से शांत और अंदर से अशांत था। अचानक गुरुदेव ने मौन तोड़ा, "वह महान् शिष्य कौन है, जो चुनावी सभाओं के कतिपय बेलगाम-बदजुबान नेताओं से अप्रत्यक्ष दीक्षा ले रहा है?" गुरुदेव के क्रोध से डरे शिष्यों में एक उठकर खड़ा हुआ और खड़े होते ही बोला, "गुरुदेव! क्षमा करें, गलती हो गई।" गुरुदेव बोले, "चलो अच्छा हुआ कि तूने ताना (शाह) वाली गलती की और उसकी भाँति तुरंत स्वीकार भी लिया। तुम्हें माफी मिल सकती है, परंतु जिसने तुम्हें अति विशिष्ट असांस्कृतिक अपशब्दों द्वारा सार्वजनिक रूप से असम्मानित किया, वह मुगल-ए-आजम कौन है?"

गुरुदेव के व्यंग्यबाण चलते ही एक अन्य शिष्य उठ खड़ा हुआ। उसने क्षमा याचना करने के बजाय अपनी अपसंस्कृति से मढ़ी, अनाचार से जुड़ी अलगाववादी भाषा के प्रति अफसोस जताने के बजाय उचित ठहराने की कोशिश की तो गुरुदेव भड़ककर बोले, "आप अहंकारी समुदाय के स्वयंभू अध्यक्ष कब से बन गए? ध्यान रहे, जैसे मुँह से उगला थूक वापस मुँह में नहीं आता, वैसे ही मुँह से निकले अपशब्द कभी वापस नहीं आते। जहर उगलोगे जो जहरीली हवा में ही साँस लेनी होगी। यह गुरुकुल है, कोई ऐसा सदन नहीं है, जो काली मिर्च का पाउडर उड़ाने

का शर्मनाक आचरण करके भी सम्मान पाते रहो। ये गुरुकुल की कक्षाएँ हैं, कोई चुनावी सभाएँ नहीं, जो मनुष्यता व राष्ट्रीयता के विरुद्ध सभी मर्यादाएँ तोड़कर गुरुकुल को धर्म व जाति की दीवारों से बाँटने वाली भाषा के जहरबुझे तीर शान से चलाओ, फिर भी माला पहनकर निकल जाओ।"

गुरुदेव का गुस्सा आसमान पर था। शिष्य को (सु) बोध हुआ तो उसने पैर पकड़ लिये और वादा किया कि भविष्य में सांस्कृतिक भाषा का ही प्रयोग करेगा। गुरुदेव ने उसे क्षमा कर दिया और दीक्षा दी कि ध्यान रहे—

शब्द जब-जब बोलते हैं
भेद मन का खोलते हैं
शब्द हारा, शब्द जीता
शब्द रावण, शब्द सीता
शब्द मरहम, शब्द भाव
शब्द सागर, शब्द नाव
बोलो सदा तमीज की भाषा
बोलिए मत, खीज की भाषा।

□

राजनीति बस देखती मढ़ा मुकुट से माथ

प्रस्तावना : राजनीति लोकतंत्र के गर्भ से उत्पन्न एक ऐसी अबूझ पहेली है, जो राज व नीति शब्दों के संयुक्त प्रभाव से बनती है। वर्तमान में इसमें नीति गायब हो गया है, राज ही शेष बचा है। इस राज के राज अर्थात् रहस्य को जो लोग कतई नहीं जानते, वे राज का मजा लूट रहे हैं और जो जानते हैं, वे वैतरणी में गोते खा रहे हैं।

राजनीति के प्रकार : राजनीति की निम्नांकित दो प्रजातियाँ होती हैं—

(क) ऊँच राजनीति : आजादी से पहले तक इस प्रजाति की राजनीति का बोलबाला था। तब के राजनेता श्रद्धा के साथ देश को अपने सिर पर रखकर उसके मान-सम्मान, स्वाभिमान, विकास के लिए राजनीति करते थे। अंग्रेजों के खिलाफ उन्होंने भूखे रहकर चमकदार व दमकदार राजनीति की। आजादी मिलने के बाद इसका तेजी से क्षरण होने लगा। आज यह राजनीति शोरूम की वस्तु हो गई है। राजनीति की यह प्रजाति लुप्त हो रही है।

(ख) नीच राजनीति : राजनीति की यह प्रजाति सहज सुलभ, सस्ती (अ) सुंदर, टिकाऊ और बिकाऊ है, जो मान-सम्मान, स्वाभिमान, सच्चाई, सिद्धांत, सदाशयता, दया, क्षमा, करुणा, ईमानदारी व जनता जैसे शब्दों से मीलाधिक दूरी बना जाति, धर्म, क्षेत्र, भाषा, संप्रदाय, फूहड़ नाटक-नौटंकी की पीठ पर सवार होकर बेशर्मी की सड़क पर सरपट यात्रा करती है। इन दिनों इसका सूर्पनखाई स्वरूप हर शहर में देखा-सुना जा सकता है।

कुशब्दों की चोरी : राजनीति के हजारों हाथ, हजारों पाँव, हजारों आँखें, कान, नाक व नाखून हैं। उसके करोड़ों स्वरूप हैं। कण-कण व क्षण-क्षण में व्याप्त राजनीति के रक्तबीज बेशरम बेल की तरह बढ़ते हैं। इन दिनों इस विशेष प्रजाति की राजनीति कुशब्दों जैसे, नीच, शैतान, आदमखोर, जंगली जानवर, हत्यारा, दंगाबाबू, दगाबाज, धोखेबाज, फेंकू, फर्जी, जहरीला विभाजनकारी, देशद्रोही, सौदेबाज,

विनाशकारी, महिला-मानमर्दक, भ्रष्ट, झूठा आदि शब्दों की चोरी करके अपनी (कु) भाषा का (कु) विकास करने में जुटी है।

सौदेबाजी : राजनीति सौदेबाजी में निपुण मानी जाती है। ऊँच राजनीति सत्याग्रह, अनशन, धरना जैसे शांतिप्रिय हथियारों के माध्यम से देश के स्वाभिमान के लिए अपने जीवन का सौदा करने से पीछे नहीं हटती। नीच राजनीति प्रयोग तो इन्हीं हथियारों का करती है, परंतु वह देश के लिए नहीं, गद्दी के लिए वोटों का सौदा करती है। सही व सुंदर तसवीर पर भी स्वार्थ का कीचड़ फेंककर जनता को भ्रमित करके भ्रष्टाचार को संस्कार व शिष्टाचार को कुसंस्कार साबित करने की कोशिश करती है।

उपसंहार : राजनीति के अनेक रंग हैं। कुछ रंग ऐसे भी हैं—

'वोट भिखारी' डोलते, लिये कटोरा हाथ
राजनीति बस देखती, मढ़ा मुकुट से माथ
मन मकड़ी ले घूमता, राजनीति का जाल
आँखों में जलने लगी लुप-लुप बत्ती लाल
दर्शन छोटे ही दिखे, बड़े-बड़े बस नाम
सहने को मजबूर हम, दंगा-पंगा, जाम।

□

यदा-यदा हि धर्मस्य ग्लानिर्भवति भारत

आज पूरे देश में भगवान् कृष्ण का जन्मदिन मनाया जा रहा है। धन्यवाद कन्हैयाजी, जो आप इस देश में पैदा हुए। मोगैंबो खुश है कि आपके स्वागत में आज दोपहर बारह बजे से रात एक बजे तक अर्थात् पूरे 13 घंटे तक बिजली नहीं गई। नगर का इतिहास गवाह है, जिन लोगों के बच्चों की मूँछों की रेख आ गई है, उन्होंने अपने बच्चे के पहले जन्मदिन पर इतनी देर तक लगातार बिजली आती देखी और भोगी हो। हे भगवान्! काश, आप दो दिनों के बजाय हर रोज अवतार लेते तो हमारे शहर में और कुछ होता या न होता, कम-से-कम बिजली-उद्धार तो हो ही जाता।

हे भगवान्! आप एक हैं। आपका संसार एक है। आपकी दृष्टि एक। द्वापर में आपका अवतार भी एक ही हुआ था, फिर कलियुग तक आते-आते आप दो दिन कैसे पैदा होने लगे। पहले दिन साधु-संतों के पास मंदिरों में और दूसरे दिन घरों में? आपने तो वैसे भी चमत्कार-पर-चमत्कार किए हैं। प्रभु, आपका यह चमत्कार समझ के बाहर है। आप कोई हिंदी फिल्मों के नायक तो हैं नहीं, जो दो दिन पैदा हो सकते हो। आप तो इतिहास के महानायक हैं। इतिहास गवाह है कि किसी भी महापुरुष को जन्म लेने में दो दिन नहीं लगे।

प्रभु! आपके भक्त कहते हैं कि पहले दिन आपने जेल में जन्म लिया और दूसरे दिन गोकुल नंदबाबा के यहाँ पहुँचे, इसलिए दो दिन जन्मदिन मनाया जाता है। पर प्रभु! मुझ जैसे अल्पज्ञों को यह बात समझ नहीं आती। मसलन मेरी पहली संतान ने अस्पताल में जन्म लिया और तीसरे दिन घर आई। भगवन, क्या मुझे उसके दो जन्मदिन मनाने चाहिए? नहीं न। तो फिर यह कैसा चमत्कार? कहीं आप डबल रोल में तो नहीं हैं? वैसे यदि आप सरकारी नौकरी में होते तो माना जाता कि आपने सीनियॉरिटी के चक्कर में अपना जन्मदिन बदल लिया है। हो सकता है, आपके खिलाफ जाँच आयोग बना दिया जाता। हालाँकि आयोग बनने से भी आप किसी

तरह के संकट में नहीं आते, क्योंकि आयोग की रिपोर्ट जब तक आती तब तक आप सेवानिवृत्त होकर पेंशन व फंड अपनी रानियों व पटरानियों पर उड़ा चुके होते। यह भी हो सकता था कि रिपोर्ट आ ही नहीं पाती।

हे कृष्ण कन्हैया! आपके कई-कई नाम हैं। भक्तजन खुश होते हैं इन नामों को लेकर, परंतु भारतीय अपराध-विज्ञान गवाह है कि कई-कई नाम रखनेवाले को संदिग्ध माना जाता है। पिछले दिनों पकड़े गए आतंकवादी जहाँ-जहाँ रहे, अलग-अलग नामों से रहे। आज किसी को 'राशन चोर' कह दिया जाए तो वह मानहानि का मुकदमा ठोंक सकता है, पर प्रभु! कितने सहिष्णु हैं कि लोग आपको सरेआम 'माखन चोर' कहते हैं और आप खुश रहते हैं। सोचता हूँ कि देश के स्वनामधन्य नेताओं को खुश रहने का यह गुण शायद आपसे ही मिला है। उन पर घपले-घोटालों के इतने आरोप लगते हैं। चारा चोर उर्फ चाराखोर व चीनी चोर जैसे तमाम हैं, जिनको पूरा देश इन्हीं नामों से पुकारता है, परंतु उनकी सेहत पर कोई असर नहीं। प्रभु आपने इन्हें कैसे-कैसे गुण दिए। काश, कभी आप उनके सहस्त्र फनों को उसी तरह से विदीर्ण करें जैसे कालिया नाग के किए थे? तो भक्तजन आपको अरिमर्दन व मधुसूदन जैसे नामों के साथ-साथ घोटालामर्दन व भ्रष्ट संहारक आदि नामों से भी पुकारें। लोग आपका जन्मदिन अलग-अलग तरह से मनाते हैं। कुछ पूरे दिन भूखे रहते हैं तो कुछ रोज से ज्यादा खाते हैं। कुछ सिर्फ जल के सहारे जीते हैं तो कुछ सोमरस पीते हैं। कुछ भाँग छानते हैं तो कुछ पान खाना भी बुरा मानते हैं। हमें याद है कि पिछले वर्ष एक सरकारी दफ्तर में जब आपका जन्मदिन मनाया गया, समारोह में मुझ जैसों को भी बुलाया गया। किराए के पंडितों-पुरोहितों ने दिन-भर आपके भजन गाए। अफसरों ने दारू के साथ मुर्गे उड़ाए। रात बारह बजे झूमते हुए समारोह में आए तो पंडितजी मुसकराए। एक अधिकारी ने मुँह खोला, चीखकर बोला, "अब तो पैदा करो भगवान् को, ज्यादा मत कष्ट दो आने वाले मेहमान को।" पंडित ने घड़ी देखी और गुनगुनाया, "मेरा कृष्ण कन्हैया आया रे आया।" अधिकारी करने लगे हे हे, बोले, "किशनजी हैपी बर्थ-डे।" फिर थोड़ा सा प्रसाद चखा, गाड़ी पर अपना बोझ रखा और घर की ओर भागे, सारे भक्तगण रात भर जागे।

प्रभु, आपने तो भक्तों की पुकार पर बड़े दुष्टों का संहार किया। आपने कंस जैसे अत्याचारी को पल-भर में मार दिया। आज हर कहीं हो रहा द्रौपदी का चीरहरण, आतंकवादी कंस दे रहा है निर्दोषों को मरण, फिर भी आप खामोश हैं गिरधारी? लगातार बढ़ते जा रहे हैं अत्याचारी। इसलिए हे प्रभु! यह विनती है हमारी—

हे कृष्ण! आप,
'यदा यदा हि धर्मस्य ग्लानिर्भवति भारत'
के कौन से रूप का है इंतजार?
जो आप नहीं लेते फिर से अवतार?
आज 'कर्मण्येवाधिकारस्ते' के स्थान पर
'अकर्मण्येवाधिकारस्ते' आ गया है।
आलसियों का साम्राज्य छा गया है।
'कर्मयोग' हो गया है 'अर्थभोग'
धर्म के नाम पर अधर्म का प्रयोग
इसलिए प्रभु, अब तो आओ।
जैसे कंस को ठिकाने लगाया था
आतंकवाद को ठिकाने लगाओ।

□

अपना-अपना स्वतंत्रता दिवस

"पापाजी! आपको पता है कि कल 'इंडिपेंडेंस डे' है।" बच्चे ने यह सवाल ऐसी मुद्रा में किया कि लगा, वह मेरा सामान्य ज्ञान बढ़ाने की कोशिश कर रहा है। यदि बच्चा न बताता तो सवेरे किसी अखबार का विशेषांक बताता कि आज स्वतंत्रता दिवस है। सरकारी दफ्तर, स्कूल व अखबार ही तो हैं, जो स्वतंत्रता दिवस आने की जानकारी देते हैं। वरना अपने शहर क्या देश भर में आम आदमी को जिस दिन भरपेट खाना मिल जाए, स्वतंत्रता दिवस है और जिस दिन भूखा रहना पड़े, पराधीनता दिवस। बच्चे ने 'इंडिपेंडेंस डे' कहा तो लगा कि सच्चे अर्थों में देश की नई पीढ़ी के पास स्वतंत्रता दिवस आ गया है। यह अलग बात है कि उसका नन्हा मस्तिष्क भी अंग्रेजी और अंग्रेजियत का गुलाम बनाया जा रहा है।

"तो मैं क्या करूँ?" सवाल किया तो बोला, "टीचरजी ने टेन रूपी मँगाए हैं। स्टूडेंट्स को मिठाई बाँटी जाएगी और फंक्शन होगा।" बच्चे की बात फिर भीतर तक उतरी। "अपना देश चंदा कर-करके आजाद हुआ" यह गर्व की बात है, पर आजादी का जश्न भी चंदा करके मनाया जाए, यह बात गले नहीं उतरी। फिर भी बच्चे के मन पर आर्थिक गुलामी का बोझ न पड़े, इसलिए दस रुपए दिए।"

आज सवेरे एक पंजीकृत नेता बनने के लिए प्रवासशील कुरता-पाजामाजी घर आए। खुशी-खुशी बताया, "श्रीमान जी! भगवान् जब देता है तो छप्पर फाड़कर देता है। अब देखिए, चुनाव नजदीक है तो इस बार स्वतंत्रता दिवस पर आधा दर्जन जगहों पर झंडा फहराने का निमंत्रण मिल चुका है।"

"इससे क्या होगा?" मैंने पूछा।

"अरे, यह पूछिए क्या न होगा? इससे लोकप्रियता बढ़ेगी, जिससे चुनाव जीतने में मदद मिलेगी।" उन्होंने चहकते हुए जवाब दिया। अब मेरी समझ में आया कि चुनाव जीतने के लिए स्वतंत्रता दिवस का आना कितना जरूरी है।

"कहाँ-कहाँ से निमंत्रण आया है", मैंने उत्सुकतावश पूछा।

"मोहल्ला सुधार समिति, अखिल भारतीय मोची संघ, बकरा गोश्त व्यापारी एसोसिएशन, चूरी-भूसी दुकानदार परिषद् आदि कई जगह के निमंत्रण हैं।" उन्होंने बताया और इसी के साथ उन्होंने एक परचा पकड़ा दिया। बोले—"यह भाषण तैयार करने की कोशिश की है, जरा आप ठीक कर दीजिए।" मैंने भाषण पढ़ा—मेरे न्यारे क्षेत्र के प्यारे भाइयो और बहनो (अगर महिलाएँ हैं तो)! खुशी की बात है कि हम आज फिर स्वतंत्रता दिवस मना रहे हैं। इससे ज्यादा खुशी की बात यह है कि आपने अबकी झंडा मेरे कर-कमलों से फहरवाया। जहाँ तक झंडे का सवाल है तो अभी तक इस देश में कोई ऐसा झंडा नहीं बना, जो इस झंडे से भी ऊँचा हो सके; और ऊँचा? ऊँचा तो हमारा उद्देश्य है। उद्देश्य कितना भी पवित्र हो, पर प्रयासों के बिना सब बेकार और प्रयास तो मैं कर ही रहा हूँ कि टिकट मिल जाए। टिकट बसों में, रेलों में और वजन तौलने की मशीनों में भी होता है? मशीन? आज आदमी मशीन हो गया है। जहाँ तक आदमी का प्रश्न है तो उसके पास न बिजली है, न पानी। पानी तो नेताओं की आँखों का भी मर गया है और आँखें? आँखें कौन नहीं चुराता? चुराने का सवाल है तो मैं आपको बता दूँ कि दिल्ली में बैठे लोगों ने क्या नहीं चुराया। चारा चुराया, शेयर चुराए, यूरिया व चीनी चुराई...वंदे मातरम् गीत चुराने की कोशिश की। कल को कहीं ये लोग स्वतंत्रता न चुरा लें, इसलिए हमें स्वतंत्रता को बचाकर रखना है। जय हिंद, जय भारत, जय हिंदुस्तान। थैंक्यू वेरी मच।"

भाषण पढ़कर बाग-बाग हो गया। इससे पहले कि कोई टिप्पणी करता, एक और नव अंकुरित नेताश्री आते दिखे। उन्हें देख उन्होंने मेरे हाथ से परचा छीना और चलते बने। चलते-चलते बोले, "कहीं इसने मेरा भाषण चुरा लिया।" उन नव अंकुरित ने आते ही सवाल दागा—"भैयाजी, यह ससुरा चोर क्या लेने आया था आपके पास?"

"अपना भाषण दिखाने आए थे।" मैंने सहज भाव से बता दिया तो वे चिंतित हो उठे। रुआँसी-सी आवाज में बोले, "तो इसका मतलब 15 अगस्त को उसे कोई कार्यक्रम मिल गया है?" मैंने बताया, "कोई कार्यक्रम नहीं...पूरे 6 कार्यक्रम हैं।" यह सुनकर तो जैसे वे आपे से बाहर हो गए। बोले, "अरे भाई साहब! आप भी क्या बात करते हैं! अबकी बार बड़े-बड़े पूर्व विधायक तक कुरता-पाजामा कलफ कराए बैठे हैं और उनसे झूठे मुँह भी कोई कहने नहीं आया कि अबकी ध्वजारोहण आप करिए। मैंने एक यूथ क्लब को 11 सौ रुपए का चंदा दिया है, तब कहीं एक कार्यक्रम हाथ लगा है।" नवांकुरितजी की पीड़ा से मन दु:खी हुआ, पर मैं कर भी क्या सकता था!

इस बार स्वतंत्रता दिवस को लेकर माली बहुत उदास हैं। एक माली से पूछा तो बोला, "पता नहीं क्यों झंडे में फूल न रखने का आदेश कर दिया गया। सौ-दो सौ मिल जाते थे तो आजादी का त्योहार मन जाता था। अबकी सूखे-संट रहेंगे। और तो और, अबकी नेताओं को माला पहनाने के लिए भी माला के ऑर्डर नहीं आए।"

"ऐसा क्यों हुआ, कुछ पता किया?" मैंने पूछा।

"हाँ! एक-दो आयोजकों से पूछा तो उन्होंने बताया कि चुनाव नजदीक हैं, इसलिए किसी नेता को नहीं बुला रहे हैं। एक को बुलाएँगे, दूसरा नाराज होगा। पता नहीं कल गद्दी पर कौन हो?"

उसके तर्क समझ में आ रहे थे।

बहरहाल कल स्वतंत्रता पर्व है। 'नागरिक' आज ही शपथ लेते हैं कि चाहे जो भी हो, हम विदेशियों से अपनी स्वतंत्रता को सुरक्षित रखेंगे और घर के जो लोग स्वतंत्रता के लिए खतरा बन गए हैं, उनको वोट नहीं देंगे। भाई, आपको यदि कोई खतरा महसूस न हो रहा हो तो आप भी यह शपथ उठा सकते हैं।

पिछले स्वतंत्रता दिवस पर जो कुछ पंक्तियाँ लिखी थीं, वे इस बार भी लागू होने की स्थिति में हैं। इसलिए वे पंक्तियाँ पेश हैं।

हमने—
अपने ही देश में
अपना ही झंडा
सेना की सुरक्षा में फहराया।
हमें गर्व है कि हमने
स्वतंत्रता दिवस मनाया।
प्रधानमंत्रीजी ने,
बुलेट प्रूफ जैकेट पहन
बुलेट प्रूफ शीशे में खड़े हो
जनता को
स्वतंत्रता का महत्त्व बताया।
हम सब खुश हैं कि
हमने भी स्वतंत्रता दिवस मनाया।

□

चेन बचाने के अचूक नुस्खे

शिष्यों ने अपने-अपने गले की चेन उतारकर गुरुदेव को सौंपी और बोले, "गुरुदेव, जब तक शहर में चेन खींचू अभियान चल रहा है, तब तक ये आपके पास सुरक्षित।" गुरुदेव शिष्यों के पुख्ता विश्वास, उत्कृष्ट समझ और प्रत्युत्पन्नमति से अभिभूत हो मुसकराए, "इसी को कहते हैं वक्त के साथ चलना। कई महिलाएँ इस मूलमंत्र को नहीं जानती हैं। जो जानती हैं, मानती नहीं और धोखा खाती हैं।"

गुरुदेव के तर्क को सुनकर शिष्यों के चेहरे प्रश्नवाचक हो गए तो गुरुदेव खुद बोले, "शिष्यगणो, चेन और चैन में कोई खास फर्क नहीं है। कोई उचक्का जब किसी महिला की सोने की चेन खींचता है तो वह उसके साथ उस महिला की निश्चिंतता, आत्मविश्वास, प्रिय की निशानी और चैन भी खींच ले जाता है। इन दिनों शहर में जिस तरह से चेन खींचू सक्रिय हैं, उसे लेकर चेन तो छोड़िए, गले में बृहस्पति व्रत का पीला धागा पहनने वाले भी बेचैन हैं। पता नहीं कब वह धागा आशीर्वाद के बजाय गले की फाँसी बन जाए?" इस पर एक होनहार शिष्य ने मुँह खोला, "हाँ गुरुदेव! आपका कथन आई.एस.ओ. की कसौटी पर शुद्ध और सही है। मेरे पड़ोस की भाभी कल जैसे ही घर से निकलीं, एक मोटरसाइकिल सवार ने गले पर हाथ मार दिया। गले में चेन की जगह पीला धागा था, सो गला कटते-कटते बचा। उनको तो अपने हसबैंड पर ही संदेह है कि उन्होंने ही चेन खींचने की आड़ में उनके खिलाफ साजिश रची, वरना चेन खींचने वाले तो दूर से ताड़ लेते हैं कि चेन है कि नहीं? जब से यह घटना हुई है, बेचारे हसबैंड के हँसने पर ही बैंड लग गया है।"

दूसरे शिष्य की जीभ में देर से खुजली हो रही थी। बोला, "गुरुदेव! मेरे पड़ोस की एक बहनजी की तो नकली चेन थी, नहीं टूटी तो उचक्के ने उनकी नाक पर घूँसा मारकर धमकाया। उन्हें खुद उतारकर देनी पड़ी। अगले दिन उचक्कों ने उन्हें दोबारा धमकाया कि वे नकली सोने की चेन पहनकर क्यों निकलती हैं? उचक्कों

ने मानवाधिकार आयोग में मुकदमा करने तक की धमकी दी। बेचारी तब से घर में बंद हैं। समस्या है कि फैशन बिना चेन पहने निकलने की इजाजत नहीं देता, असली चेन है नहीं और नकली पहनकर निकलीं तो इस बार उचक्के उन पर धोखाधड़ी का मुकदमा ही ठोंक देंगे।"

तीसरा शिष्य क्यों चुप रहे, "गुरुदेव, अब तो कानून व्यवस्था की सड़ाँध हद पार कर गई है। माताएँ-बहनें सोने की चेन पहनकर सड़क पर नहीं निकल सकतीं? निकलें तो गले में साड़ी या दुपट्टा लपेटें। हजारों रुपए खर्च करके चेन पहनें और कोई देखे भी नहीं तो फिर पहनने से क्या फायदा? जिस शहर में किसी लेडी को एक चेन तक पहनने की छूट न हो, ऐसे शहर में औरत का जन्म लेना ही व्यर्थ है।" शिष्य की बात को लेकर गुरुदेव गंभीर हो उठे। उन्होंने उँगली में लिपटी शिष्यों की चेनों को लहराया और कहने लगे कि औरत को तो छोड़िए, तुम जैसे नवजवान भी तो चेन पहनकर निकलने की हिम्मत नहीं कर पा रहे हो। क्या दुर्दशा हो गई है शहर की कि महिलाओं को मंगलसूत्र उतारना पड़ रहा है। न उतारें तो लोग गला काटने पर उतर आते हैं। चेन लूटू वारदातों का ग्राफ जितनी तेजी से बढ़ रहा है, पुलिस उतना ही अधिक अपनी मूँछों पर खिजाब मल रही है। थानों में चेन खींचो रिकॉर्ड बनाने की प्रतिस्पर्धा चल रही है?

चौथा शिष्य जैसे गुरु चिंतन को समझ गया था। बोला, "गुरुदेव, कल अपुन ने मोहल्ले के थानेदार से बात की थी तो खीजकर बोले, उनके लिए आतंकवादियों से बड़ी मुसीबत तो चेन पहनने वाली महिलाएँ हैं। उनका वश चले तो महिलाओं के चेन पहनने पर ही पाबंदी लगा दें।" थानेदार का तर्क गुरुदेव के दिमाग में कीड़े-सा कुलबुलाने लगा। सोचने लगे—कल को यदि ये शोहदे सड़क पर महिलाओं के कपड़े नोचने लगे तो ये थानेदार साहब तो कपड़े पहनने पर भी पाबंदी लगा देंगे? तभी पाँचवें शिष्य ने गुरुदेव को एक परचा पकड़ाया, जिस पर नगर पुलिस के एक आला अफसर ने चेन खींचू वारदातों को रोकने के लिए कुछ सुझाव दिए थे—

1. हो सके तो महिलाएँ चेन पहनकर आँगन से बाहर न निकलें।
2. आँगन में भी चेन पहने हों तो अपने घर का दरवाजा जरूर बंद कर लें।
3. सहेली अथवा पड़ोसन को कुढ़ाने के लिए चेन पहनकर निकलना जरूरी हो तो नकली सोने की पहनें और उस पर साड़ी अथवा दुपट्टा लपेटे रहें। मोटरसाइकिल सवारों से दूरी बनाकर रहें।
4. यदि कोई चेन लूटने की कोशिश करे तो उसका भरपूर सहयोग करें। नकली चेन हो तो लुट के एक सप्ताह तक बाहर न निकलें। खिसियाए

लुटेरे गुस्सा उतार सकते हैं।

5. चेन छिनने पर कभी किसी थाने में रिपोर्ट भूल से भी दर्ज न कराएँ। हो सकता है, यह अभियान पुलिस की मिलीभगत से ही चल रहा हो। रिपोर्ट लिखाने में पुलिस के जरिए आपका नाम, पता और हैसियत लुटेरों तक पहुँच सकती है। वे घर तक आ सकते हैं।

इसी बीच कुछ पुलिस वाले सीटी बजाते आए और गुरुदेव की उँगली पर पाँच चेन लटकी देखकर उन्हें दबोच लिया। उन्होंने लाख दुहाई दी कि वे चेन लुटेरे नहीं, बल्कि बच्चों के गुरु हैं, पर पुलिस नहीं मानी। गुरुदेव को एक उपाय सूझा। उन्होंने सभी चेनें पुलिस वालों के गले में पहना दीं, तब कहीं उनको मुक्ति मिली।

सुना है कि आजकल वे पुलिस वाले थाने से बाहर नहीं निकल रहे हैं, क्योंकि उन्हें चेन लुट जाने का डर है और गुरुदेव अपने शिष्यों को सुना रहे हैं—

बाजार में खड़ी थी, जब थी लुटी बेचारी,
बेहोश हो पड़ी थी, थी चेन जब उतारी।
पर्स में थी एक परची, जिस पर लिखा हुआ था,
सारे जहाँ से अच्छी, माँ भारती हमारी।

□

ऑपरेशन जरूरी है

यह जानकर खुशी हुई कि पुलिस अब छेड़ू लड़कों के खिलाफ 'ऑपरेशन रोमियो' चलाने जा रही है। ऑपरेशन मजनूँ के बाद ऑपरेशन रोमियो अर्थात् शहर के तमाम मजनूँ पुलिस के काबू में आ चुके हैं और अब शहर की युवतियों को रोमियोज से परेशानी है। जब रोमियो भी पुलिस के शरणागत हो जाएँगे तो पुलिस क्या करेगी? तब शायद 'ऑपरेशन फरहाद' चलाएँ। थैंक्स फॉर स्वर्गीय मजनूँ, रोमियो और फरहाद। यदि तुम लोग इतिहास में न हुए होते तो भला अपनी नगर यशस्वी पुलिस के पास करने के लिए क्या होता? मेरी समझ से पुलिस विभाग को तुम्हारा एहसानमंद होना ही चाहिए कि तुम्हारे बहाने ही सही, उसके पास कुछ ठीक-ठाक ढंग का काम तो है। मिस्टर रोमियो! पुलिस तुम्हारा एहसान माने या न माने, पर मुझे तुम्हारे और तुम्हारे स्वर्गीय साथियों से पूरी सहानुभूति है। मुझे नहीं लगता कि मि. रोमियो, तुमने या कि श्रीमान मजनूँ ने इतना घटिया और गलीज काम किया था कि समझदार पुलिस की नजर से तुम्हारी मार्केट वैल्यू बदमाश टाइप के छेड़ू आवारा लड़कों जितनी आँकी जाए। मेरी समझ से आज के ये छेड़ू, चरित्र की जिस गिरावट की हद तक उतरकर लड़कियों को छेड़ते हैं, तुमने कभी जूलियट को भी न छेड़ा होगा, यानी कि तुम्हारा मोहब्बत करना भी पुलिस की निगाह में गुंडागर्दी और दुपट्टा खींचू चरित्रहीनता हो गई। मुझे याद है, पिछली बार जब 'ऑपरेशन मजनूँ' चलाया गया था, मजनूँ की आत्मा उस समय फूट-फूटकर रोई थी। जब पुलिस ने एलान किया था कि पहले दिन 20 मजनूँ गिरफ्तार और इतना ही नहीं, यह खबर पढ़कर लैला छाती कूट-कूटकर रोई थी कि 'मेरी जान मजनूँ। इक्कीसवीं सदी में पहुँचते-पहुँचते तुम्हारा चरित्र भारतीय राजनीति के कथित सिद्धांतों से भी नीचे गिर गया कि तुम जिस-तिस से छेड़छाड़ करने लगे हो।' मि. रोमियो, अब तुम तैयार हो जाओ रोने को। हाँ, तुम चाहो तो जूलियट को पहले से ही समझा सकते हो कि जो कुछ होने जा रहा है, पुलिस की शह पर होने जा रहा है।

वैसे पुलिस के लिए इससे दिलचस्प और कोई काम हो भी नहीं सकता। चोरों, उठाईगीरों पर नजर रखते-रखते जिया सूख गया था, सो अब छेड़बाज लड़कों पर नजर रखनी होगी। चूँकि इन लड़कों की नजर लड़कियों पर होती है, इसलिए पुलिस को लड़कियों पर नजर डालनी ही पड़ेगी। ऐसे में कोई पुलिस वाला भी यदि 'चंदन-सा बदन, चंचल चितवन, धीरे से तेरा ये मुसकाना। मुझे दोष न देना जग वालो, हो जाऊँ अगर मैं दीवाना' गाने लगे तो कोई आश्चर्य नहीं हो सकता, पुलिस वाले इस बात का बुरा मान जाएँ। वे यह भी कह सकते हैं कि हम तो छेड़ू लड़कों को पकड़ने का अभियान चलाने जा रहे हैं और नागरिक को मुझमें ही खोट दिख रही है। पर भैया पुलिसजी! नागरिक को आपकी भूमिका पर यह संदेह यों ही नहीं हुआ है। याद होगा कि एक फिल्म में मीनाकुमारी जैसी स्वनामधन्य हीरोइन ने एक गाने में तुम्हारी भूमिका का खुलासा किया है। आखिर 'हमरी न मानो सिपहिया से पूछो, जिसने बजरिया में छीना दुपट्टा मेरा' का अर्थ क्या है? यानी कि दुपट्टा सिपहिया के सामने छीना गया। बजरिया के बीच छीना गया। जब छीना गया तब सिपहिया क्या खैनी मल रहा था? अब सोचिए, अपने शहर की बजरिया में किसी बाला का कोई छेड़ू दुपट्टा छीन ले और ऑपरेशन पर तैनात सिपहिया...उस छेड़ू को पकड़ने के बजाय...बाद में दुपट्टे की शिनाख्त भर करे तो फिर यह संदेह करना ही पड़ेगा। वैसे ये छेड़ू गली में, बाजार में, गर्ल्स स्कूल के सामने, टॉकीज में, अस्पताल में, बस में, टेंपो में सब कहीं पाए जाते हैं। आज सवेरे ही एक हैंडपंप पर एक छेड़ू से भेंट हो गई। सोचा, लगे हाथों बात कर ली जाए।

"तुम्हारा नाम?"

"जी घर में गप्पू, दोस्तों में छेड़ू और पुलिस के बीच कभी मजनूँ तो कभी रोमियो।"

"तुम्हारा मुख्य काम?"

"बस छेड़ना, छेड़ना और छेड़ना।"

"किस-किस समय तुम्हारा छेड़ू चैनल शुरू होता है?"

"महाशय! नगर का छेड़ू चैनल बहुत व्यस्त है। मुझे लीजिए, सवेरे 6 से 7 बजे मॉर्निंग वॉक के बहाने पार्क में, 7 से 12 बजे तक गर्ल्स कॉलेज के सामने, 12 से 12:30 बजे तक किसी टॉकीज के सामने, 12:30 बजे से 2 बजे तक नगर बसों में, 2 से 5 बजे तक फिर कॉलेजों के सामने, 5 बजे से किसी दफ्तर के सामने, फिर किसी टेंपों में। रात का शो छूटने तक बस व्यस्तता-ही-व्यस्तता।"

"ऐसा करते तुम्हें शर्म नहीं आती?"

"शर्म मुझे क्यों आए, शर्म तो उस लड़की को आती है, जिसे छेड़ता हूँ।" उसने सीना तानकर जवाब दिया। फिर बोला, "जब बड़े अधिकारी व नेता छेड़ सकते हैं तो भला मैं क्यों नहीं?"

उसकी चिरंतन विचारधारा को सुनकर मैं अवाक् रह गया। ये जवाब इसलिए भी लिख दिए, ताकि ऑपरेशन पर निकली पुलिस को इन तथाकथित रोमियोज के मनोरोगों को समझने में मदद मिल सके।

वैसे एक बात कहूँ। शहर में यह गंदगी इतनी ज्यादा बढ़ गई है कि शरीफ लड़कियों के लिए घर से निकलना मुश्किल हो गया है? कमबख्त छेड़ुओं को आज के फिल्मी गाने सहायक सामग्री का काम कर रहे हैं। वे बदमाश सरे बाजार 'चोली के पीछे क्या है?' का सवाल करके 'आजा मेरी गाड़ी में बैठ जा' का ऑफर देते हैं। और जब शरीफ लड़की किसी तरह अपना दुपट्टा बचाकर निकल जाती है तो 'क्या अदा क्या जलवे तेरे पारो' का जुमला कसते हैं और 'चुराके दिल मेरा गोरिया चली' की तर्ज पर आहें भरकर 'छोरी के नखरे वाह···वाह' खुद के चरित्र को अपने ही हाथों चिथड़े-चिथड़े कर डालते हैं। काश! नगर पुलिस इन चिथड़ा चरित्र वाले बीमार नवजवानों का सही मायने में कोई ऑपरेशन कर सके तो शहर पर एक बड़ा उपकार होगा। फिलहाल इतना ही—

जिनके लिए
माँ-बहन के रिश्ते
हो गए हैं बेमानी।
या फिर जिनकी आँख का
सूख गया है पानी।
और जो लड़की को
सिर्फ सामान समझते हैं
बदसलूकी को संस्कार और
चरित्रहीनता को सम्मान समझते हैं
जिनका दिमाग सिर्फ फितूरी है।
उन सबका ऑपरेशन जरूरी है।

□

आप कौन! जी, मैं पीलिया

वह कंचनवर्णी, तवंगी मेरे सामने खड़ी मुसकरा रही थी और मैं उसे अपलक निहार रहा था। अचानक मुझे लगा कि उसके दिव्य एवं देदीप्य प्रभामंडल से मैं मुग्ध होता जा रहा हूँ। फिर भी मैंने अपनी चेतना को समेटा और उससे मुखातिब हुआ।

"आप कौन हैं?" मैंने पूछा।

"मैं इस महानगर की अत्यंत लोकप्रिय शुभचिंतक हूँ।" उसने मुसकराते हुए जवाब दिया।

"पर आप तो अचानक दिखी हैं।" मैंने अगला सवाल किया।

"आप अल्पज्ञ हैं श्रीमान! मैं पिछली गरमियों में भी आई थी। आपको पता नहीं शायद कि कितने ही लोग न चाहते हुए भी मुझे गले लगाए हुए थे।" उसके होंठों पर कुटिल मुसकराहट थी।

"आप इस नगर को इतना प्यार करती है?" मैंने पूछा।

"आप ठीक फरमाते हैं। मैं हर उस नगर को प्यार करती हूँ, जिसमें सफाई का इंतजाम नहीं होता। जहाँ के लोग कीचड़ भरा पानी भी बड़े साहस के साथ पीते हैं। जिस नगर-गाँव में खाने-पीने की चीजें और मक्खियों के बीच कोई परदा नहीं होता, मैं उसको बहुत प्यार करती हूँ। चूँकि आज आपका नगर इन कीमती वस्तुओं और अनुकूल परिस्थितियों से लबालब है, अतएव मेरे लिए तीर्थ स्थान बन गया है।" उसने जवाब दिया।

उसकी बातें बड़ी रहस्यमय थीं। समझ में नहीं आ रहा था कि वह पीतवदनी, मंद मुसकराइनी, सहज आकर्षणीया ऐसी बातें क्यों कर रही थी?

"पर आप गरमियों में ही क्यों आती हैं।" मैंने बात बढ़ाने के लिए फिर प्रश्न किया।

"जी! जैसे आपके यहाँ के लोग गरमियों में देहरादून जाते हैं, वैसे ही मैं

आपके शहर में आती हूँ। दरअसल, मुझे 'सरकाय लेव खटिया जाड़ा लगे' से घोर नफरत है। इस मौसम में कमजोर-से-कमजोर आदमी की आतें पावरफुल हो जाती हैं। मुझे तो 'आजा मेरी जान, यह है जून का महीना' से मोहब्बत है। इस मौसम में पावरफुल-से-पावरफुल आदमी की आँतें व गुर्दे 'हवा हवाई' हो जाते हैं। बस ऐसे में मेरी मेहमानवाजी चमक जाती है।"

"पर आप हैं कौन? आपका कोई नाम भी है या नहीं?" मैंने लगभग झुँझलाते हुए पूछा।

"जी, मेरा नाम है पीलिया। कई लोग मुझे 'जॉइंडिस' और 'हेपेटाइटिस' भी कहते हैं।" उसने रहस्यमय मुसकराहट बिखेरते हुए जवाब दिया तो मैं चौंक उठा। मुझे लगा कि उसके नाम को सुनते ही मेरी आँतों में कीड़े कुलबुलाने लगे। अचानक लगा कि मुझे जोर की घबराहट हो रही है।

"पर आप मेरे पास क्यों आई हैं?" मैंने हकलाते हुए पूछा तो वह हँस पड़ी। हँसी सुनकर मेरे हाथ-पाँव पीले होते जा रहे थे। हँसी थमी तो बोली—"क्योंकि आप भी इसी शहर में रहते हैं। आप भी जल संस्थान का पानी पीते हैं। आपके पड़ोस का कूड़ाघर खचाखच भरा हुआ है।" ये ही वस्तुएँ तो हमारी पसंदीदा हैं।"

"पर यहाँ रहना तो मेरी मजबूरी है। आखिर मैं जाऊँ भी तो कहाँ जाऊँ?" मैंने रुआँसी आवाज में कहा तो उसने जोरदार ठहाका लगाया। बोली—"और आपके पास आना मेरी मजबूरी है। यदि आप और कहीं नहीं जा सकते तो अब डॉक्टर के पास जाइए। नहीं तो···!"

"नहीं तो क्या?" मैंने बात पूरी करने को कहा तो उसकी आँखें सुर्ख हो गईं। बोली—"नहीं तो···जैसे बड़े साहबों के घर फिल्टर का पानी रहता है, वैसा ही पानी पियो। दिन में चार-छह बार मुसम्मी का जूस लो। और···।" वह आगे कुछ कहती कि मैं बीच में ही बोल पड़ा, "पर मैं ठहरा कलम का मजदूर। मेरे पास ये सब सुविधाएँ कहाँ से?" उसने पूरी बात सुने बिना ही जवाब दिया, "अब इसका मैं क्या करूँ? जब इस शहर के आम आदमी की कुंडली में पीलिया का योग लिख दिया गया है तो मैं कहाँ जाऊँ?" मैंने दोनों हाथ जोड़कर विनती की कि वह वापस चली जाए। पर उसने तर्क रखा, "मैं चली भी गई तो क्या होगा? मेरे सगे-संबंधी आपके पास आकर बस जाएँगे।"

"सगे-संबंधी?" मैं चौंका।

"हाँ। आपको नहीं पता कि मलेरिया व डायरिया मेरी सगी बहनें हैं। चेचक व खसरा मेरे भाई हैं। कॉलरा मेरा मामा है। डेंगू मेरा खतरनाक चाचा है। कई टिस

जैसे हेपेटाइटिस, कंजक्टिवाइटिस, ब्रोंकाइटिस आदि मेरे खानदानी हैं। इस शहर में रहकर किस-किससे बचेंगे आप? किसी-न-किसी से तो दोस्ती करनी ही पड़ेगी।"

उसने अपने शौर्यवान खानदान का ब्योरा दिया तो मेरी रूह काँप उठी। अचानक मैंने देखा, उसका सौंदर्यमय स्वरूप रामसे ब्रदर्स की फिल्मों की तरह बदल रहा था। उसके नाखून और दाँत बड़े-बड़े हो गए थे। अब वह खून-चूसनी, रक्त-पिपासिनी, प्राण-प्यासी लग रही थी।

मैं चौंककर जाग गया। सपना इतना भयानक था कि संयत होने में काफी देर लगी। जब से जागा हूँ···सोच रहा हूँ कि क्या यह सपना सिर्फ मेरा सपना है। मुझे लगता है कि ऐसे सपने कुछ बड़े लोगों को छोड़ पूरे नगर को डस रहे हैं।···ये सपने भी खूब हैं, जोकि गरमियों के साथ-साथ बस्तियों में फैल रहे हैं। धन्य हैं यहाँ के सरकारी अस्पताल, जिनके पास भी ऐसे डरावने सपनों का इलाज नहीं है। उधर 'नर्सिंग होम्स' के चेहरों पर चमक है। आम आदमी के ये डरावने सपने ही तो हैं, जो उन तक पहुँचकर मीठे-मीठे हो जाते हैं।

फिलहाल बस इतना—
पत्थरों के इस शहर में
इतनी जोर से मत चीखो
यहाँ—
अपनी ही चीखों से
कितने ही बहरे हो गए हैं।
जब से आने लगे हैं—
डरावने-डरावने सपने,
हमारे-तुम्हारे जख्म
और गहरे हो गए हैं।
अफसोस तो यह है कि
हमारे पास न 'कल' था
न कल होगा और
'आज' नहीं है।
उनके पास आश्वासन है,
कमीशन है, थैलियाँ हैं—
पर इलाज नहीं है।

□

गली-गली देते फिरें माँगे बिना सलाह

हर शहर की अपनी संस्कृति और अंदाज होता है। अपने शहर में कुँवारों, कवियों, कुओं व कौओं की भीड़ है तो बिना माँगे सलाह देनेवालों की बाढ़। घर में पड़े मरीज को देखने आनेवाला हर बड़ा-छोटा, खरा-खोटा, दुबला-मोटा तथा थाली-लोटा से लेकर रुमाल-लँगोटा तक कुशल डॉक्टर के गुण लिये अवतरित होगा और चाय-पानी करके मरीज की देखभाल से लेकर इलाज तक की सलाहें दे मारेगा। आपके अब तक किए गए चिकित्सीय प्रयासों को गलत साबित करने की तब तक पुरजोर कोशिश करेगा, जब तक कि आप मौन समर्पण न कर दें। पिछले सप्ताह अपने मित्र के घर इसी तरह के शुद्ध, सात्विक, शिष्ट, विशिष्ट वातावरण को देखने का उस समय मौका मिला, जब वह उनकी नवविवाहिता बीमार बेटी को देखने गया और एक घंटे ठहरना पड़ा।

सौभाग्य या दुर्भाग्य से मित्रवर थोड़ा व्यवहारी किस्म के आदमी हैं, सो आने-जाने वालों की अच्छी आमद हो रही थी। एक ने स्वागत में रखे गए सभी लड्डू चट करके सलाह दी, "बीमारी हारी पर आने वालों के लिए मिठाई का इंतजाम नहीं करना चाहिए। बस एक गिलास ठंडा पानी बहुत है।" दूसरे ने चाय के बजाय ठंडा पीना पसंद किया और ऑपरेशन पर पूरा 'बजट सत्र' पेश करके साबित कर दिया कि डॉक्टर ने कहीं कुछ गड़बड़ जरूर की है, नहीं तो इतने छोटे से ऑपरेशन में इतना दर्द नहीं होता है। तीसरे ने अपने बच्चों के लिए बीमार की पुरानी पुस्तकें माँगकर झोले में भरी और जाते-जाते सलाह दी, "डॉक्टर जानबूझकर अधिक दवाइयाँ लिखते हैं। जरूरी नहीं है कि सब खिलाई जाएँ। ध्यान रखना, ज्यादा दवाइयाँ भी नुकसान करती हैं।" चौथा मरीज के सिर के पास बैठकर आधा घंटे तक चीख-चीखकर अपने बॉस की बुराइयाँ करता रहा और उठते-उठते सलाह दे गया कि मरीज के पास बैठकर किसी को देर तक बातें न करने दिया करो, इससे 'हैडक' बढ़ता है।" जितने आए सभी ने कोई-न-कोई सलाह दी।

किसी ने कहा कि मरीज को पालक खिलाना फायदेमंद होता है, इससे खून बढ़ता है। दूसरे ने कहा, पालक तो भूलकर मत देना, सर्द होती है, पेट खराब हो सकता है। किसी ने कहा, कम-से-कम एक गिलास दूध हर रोज दिया करो तो दूसरे ने कहा, दूध मत देना, भारी होता है। एक सलाह थी कि मरीज को पुदीने का अर्क पिलाओ तो दूसरी में कहा गया, कहीं से गूलर का फूल मिल जाए तो खिलाओ। 'क' ने कहा कि पैर उत्तर की ओर करके लिटाओ तो 'ख' बोली, सिर पूर्व की ओर करके लिटाने से ऊर्जा मिलती है। मिसेज ए की भेदी निगाहें खोजना चाह रही थीं कि बीमारी शादी से पहले की तो नहीं है?

अभी कुछ दिन बीते थे कि मित्रवर को लगा कि वह स्वयं बीमार हो जाएँगे। मैंने सलाह दी और उन्होंने इस परम झेलू कार्यक्रम से बचने का रास्ता निकाल लिया है। अगले दिन उनके घर पहुँचा तो मुख्य द्वार पर बोर्ड था—'कृपया एक-एक कर लाइन से आएँ।' मरीज के कमरे के बाहर लिखा था, 'चाय-नाश्ते के लालच में न बैठें।' कमरे के द्वार पर लिखा था, 'कृपया, मरीज दर्शन के तुरंत बाद बाहर आ जाएँ।' मरीज के सिरहाने वाली दीवार पर लिखा था, "वैधानिक चेतावनी : कृपया मरीज से बात न करें। मरीज कभी-कभी झपटकर काट भी खाता है, इसलिए दूरी बनाकर देखें।' इस नायाब उपाय को देखकर लोग हतप्रभ थे, पर मित्रवर प्रसन्न। मित्रवर बोले—

बीमारी मेहमाँ बनी, हुआ हमें यह बोध,
ठीक नहीं क्यों हो रही, बंदर वाली खोद?
देख पड़ोसी को सुखी, मन में भरते आह,
गली-गली देते फिरें, माँगे बिना सलाह।

□

अंधों-बहरों के हाथ में भाग्य के लेखे

"ओ जमूरे!"

"हाँ उस्ताद!"

"इधर आएगा?"

"आएगा उस्ताद!"

"तो इधर आ!"

"जी, आ गया!"

"जमूरे! इन साहबान का नाम बता।"

"उस्ताद! नाम बताऊँ। अरे, नाम में क्या रखा है उस्ताद! काम पूछो, काम।"

"जमूरे! नेताओं की तरह बातें बनाकर टालने की कोशिश मत कर, अपनी इज्जत का खयाल कर और जितना पूछा जा रहा है, बता।"

"उस्ताद! मैं सच बोल रहा हूँ। चाहे जनता-जनार्दन से पूछकर देख लो। नाम में क्या रखा है? मुझे याद है उस्ताद कि एक दिन एक सरदारजी तीन कुत्तों को टहलाने जा रहे थे। रास्ते में मैंने उनसे कुत्तों के नाम पूछे तो एक का नाम शेरसिंह, दूसरे का रावाशेर सिंह और तीसरे का लॉयन सिंह बताया और जब उनका नाम पूछा तो बोले कि मेरा नाम टॉमी सिंह है। अब सोचिए उस्ताद कि नाम से क्या फर्क पड़ता है? यदि आदमी का नाम कुत्ते का हो जाए तो न आदमी कुत्ते जैसा संयमी हो जाता है और न वफादार, इसी तरह यदि कुत्ते का नाम आदमी के नाम पर रख दिया जाए तो कुत्ता न आदमी की तरह बेईमान हो जाता है और न सांप्रदायिक। सोचिए उस्ताद! शहर पर क्या फर्क पड़ेगा, चाहे किसी का नाम 'सरल' हो या 'कुटिल'। अब आप एम.एल.ए. कहें या विधायक, मेयर या नगर प्रमुख, मंत्री कहें या मिनिस्टर। क्या फर्क पड़ता है नगर के नरक पर। सो उस्ताद, नाम की नहीं, काम की बात करो।"

"जमूरे! तू तो नेताओं की तरह आँय-बाँय-साँय बोलने लगा है। उस्ताद मैं हूँ या तू! मैं नाम पूछ रहा हूँ तो पूरा नाम बता।"

"फिर वही ढाक के तीन पात! उस्ताद, मैं तो जमूरा हूँ और जमूरा ही रहूँगा। जमूरा अर्थात् आम जनता। जनता...जनता रहेगी उस्ताद! उस्ताद चाहे आप हों या घसीटेलाल। पर उस्ताद, फिर कहूँगा कि नाम के चक्कर में मत पड़ो। सोचा क्या फर्क पड़ता है कि किसी पार्टी का नाम इंका हो या तिंका, जद हो या राजद। फर्क तो चरित्र से पड़ता है उस्ताद! फर्क पड़ता है कि कौन क्या काम कर रहा है। कौन किसके काम लगा रहा है? उस्ताद, अब देखिए, नाम तो है फूलबाग, पर क्या एक भी फूल है वहाँ। नाम है घंटाघर और घंटा गायब। नाम स्वरूपनगर पर नगर निगम की महती कृपा से हो गया है कुरूप। नाम हर्षनगर पर अतिक्रमण और गंदगी ने हर्ष की जगह विषाद-ही-विषाद भर दिया है। इसी तरह उस्ताद, नाम तो है नवीन मार्केट, पर नवीन कुछ भी नहीं। सबकुछ घिसा-पिटा। मोती झील के नाम से क्या होता है उस्ताद! न वहाँ झील है, न मोती। इसलिए कहता हूँ उस्ताद कि नाम के चक्कर में मत फँसाओ मुझे, कोई काम की बात करो।"

"अच्छा, नहीं मानता है तो जमूरे सुन। इधर आ। और इन साहबान को ध्यान से देख।"

"आ गया उस्ताद! इन साहबान को देख भी लिया। पूछिए, क्या इनके घर का हवामहल सुनाऊँ उस्ताद!"

"नहीं जमूरे! हम लोग कोई इनकम टैक्स वाले तो हैं नहीं, जो घर के भीतर घुस जाएँ। बता, इन साहबान की परेशानी का सबब क्या है?

"जी उस्ताद! यह बेचारा खाकी वर्दी के झूठ का मारा है। इसने एक अखबार में छपे पुलिस अधिकारी के उस झूठे बयान पर विश्वास कर लिया, जिसमें उसने कहा था कि भोर के लुटेरों का सफाया कर दिया गया है और यह इसी विश्वास पर भोर में स्टेशन की ओर निकल पड़ा। लुट गया बेचारा और कमाल यह है उस्ताद कि इसको लूटने वालों में पुलिस भी शामिल थी। सो इसका गया माल, गया वक्त हो गया है उस्ताद!"

"जमूरे! तूने ठीक बताया। अब इधर आ और बता कि इन मेमसाहब को क्या परेशानी है?"

"लीजिए आ गया उस्ताद! मेमसाब 'टेंपोफुलिंजा' से परेशान हैं। टेंपोफुलिंजा उन लोगों को होता है उस्ताद, जिन्हें मजबूरी में टेंपो जैसी अत्याधुनिक सवारी से सफर करना पड़ता है। उस्ताद मेमसाब को रोज ही टेंपो की ओवरलोडिंग, अश्लील गानों, चालकों-क्लीनरों की शुद्ध-विशुद्ध गालियों, धुआँ और जाम को झेलना पड़ता है। मेमसाब इसलिए परेशान हैं उस्ताद कि प्रशासन कहता है कि उसने टेंपो सुधार दिए हैं

और 'हफ्ता-वसूली' है कि 'टेंपो चरित्र' को सुधरने नहीं दे रही है। उस्ताद यह 'चरित्र-संकट' का मामला है, सो कोई सुधार संभव नहीं है। मेम साब का दुःख स्थायी है।"

"अच्छा जमूरे! अब इधर आ और इस बच्चे को ध्यान से देख। बता इसकी चिंता का सबब क्या है?"

"जी उस्ताद! मैं देख रहा हूँ कि यह बालक होनहार है और मेधावी है, पर आधुनिक द्रोणाचार्यों के जाल में फँस गया है। उस्ताद! बच्चे की गलती यह है कि इसने ट्यूशन न पढ़ने की गुस्ताखी की है और ट्यूशनखोर मास्टरजी ने उसे फेल करने की धमकी दी है। बच्चे का भविष्य ट्यूशन की तलवार की धार पर है उस्ताद! इसलिए बालक चिंतामग्न है। इसके पिताश्री चाहें तो ट्यूशन टैक्स अदा करके इसका भविष्य बचा सकते हैं।"

"शाबास जमूरे! अब भीड़ में पीछे की तरफ जा और वह जो बूढ़ी माई खड़ी हैं न, उनकी परेशानी का जायजा ले।"

"जी उस्ताद! इन माई के पास आ गया। उस्ताद! इन माई की परेशानी...कुल शहर की परेशानी है। ये पानी, बिजली की किल्लत से परेशान हैं। इनके दरवाजे की नालियों में बजबजाता कीचड़, मलेरिया फैला रहा है। गली के मैनहोल का ढक्कन गायब हो गया है। उस्ताद! इनकी दशा अपने नगर जैसी हो गई है।

"गुड, वेरी गुड जमूरे! तू ठीक कहता है। और अब इधर।"

"उस्ताद! उधर देखो, पुलिस आ रही है। जल्दी सामान समेटो उस्ताद! नहीं तो लुट जाओगे।"

(और जमूरा-उस्ताद फिर अपनी औकात में आ जाते हैं। खेल खत्म होता है) दरअसल, यह खेल नहीं, एक हकीकत है, जिसमें उस्ताद सियासत और जमूरा आम आदमी। काश! उस्ताद के भीतर भी जमूरे की क्षमताएँ जीवित रह पातीं। फिलहाल इतना ही कि—

बेचारे जमूरे ने कैसे-कैसे मंजर हैं देखे!
अंधों-बहरों के हाथ में हैं, उसके भाग्य के लेखे।
हर बेईमान उसे—
नैतिकता, सिद्धांत और ईमानदारी की
परिभाषाएँ समझा रहा है।
उसे कठपुतली-सा नचा रहा है।
काश! कभी वक्त ऐसा भी आए।
जमूरा ढोलक पीटे और उस्ताद नाचकर दिखाए। □

नौकरी-पत्नी व प्राइवेट प्रैक्टिस प्रेमिका

मेरे एक चिकित्सक मित्र इतने कर्मठ हैं कि प्रात: सात बजे से रात 12 बजे तक कठोर परिश्रम करते हैं। दोहरी–तिहरी जिम्मेदारी जो है उन पर। मेडिकल कॉलेज में कभी–कभी पढ़ाना, मन–बेमन आउट डोर में बैठना, घर का दवाखाना देखना और नर्सिंग होम जाना। मेरे मन में उनके प्रति इतना आदरभाव है कि मित्र होने के बावजूद मैंने कभी भी उनसे इलाज के बारे में आउट डोर में सलाह नहीं ली। जब भी जरूरत पड़ी, 150 रु. खर्च किए और परचे पर एक बीकासूल और एक एनालजिन लिखवा लाया। वैसे इन दोनों दवाओं की स्पेलिंग व उनकी गुणकारी क्षमताओं के बारे में मुझे भी मालूम है, पर मेरे पास एम.बी.बी.एस. की डिग्री नहीं है, सो ऐसे न जाने कितने नाम, कितनी बार डेढ़–डेढ़ सौ रुपए खर्च करके लिखवाने पड़ते हैं। मित्रवर, साफ कहते हैं, "अवस्थीजी! आउट डोर के दो रुपए के परचे पर चाहे जितनी अच्छी दवाएँ लिख दी जाएँ, फायदा नहीं हो सकता है। सो 150 रु. का परचा बनवाना सेहतमंद साबित होता है।"

अलबत्ता मित्रजी ने कल अपने घरेलू दवाखाने में नई एक्सरे मशीन लगवाई थी, सो मैं भी बधाई देने पहुँच गया। पर यह क्या, मित्रवर तो बहुत दु:खी थे। बोले, "जले पर नमक छिड़कने आए हो? किसकी बधाई···पढ़ा नहीं, सरकार ने गब्बरीय अंदाज में एलान किया है कि एक को चुन लो, नौकरी या प्राइवेट प्रैक्टिस?" उनकी उदासी का कारण अब समझ में आया। मैंने सलाह दी, "डॉक्टर साहब! प्राइवेट प्रैक्टिस से लाखों कमा रहे हो, नौकरी छोड़ दो। नौकरी से मिलता ही क्या है" उन्होंने मुझे घूरकर देखा, लगा कि अभी मेरी हथेली पर सल्फास की गोली रखकर कहेंगे, 'खा जा भाई! ताकत की गोली है।' पर बड़े मीठे अंदाज में बोले, "अवस्थीजी! तुम्हें शायद पता नहीं कि हम डॉक्टरों के लिए नौकरी 'पत्नी' है और प्राइवेट प्रैक्टिस 'प्रेमिका'···पत्नी इसलिए नहीं छोड़ी जा सकती है, क्योंकि उस पर खर्च ही कितना होता है? फिर उससे सामाजिक लाभ भी कितने हैं। योग्यता,

अनुभव और शराफत की चलती-फिरती सर्टीफिकेट होती है पत्नी। और प्रेमिका तो फिर प्रेमिका है, उसे कौन छोड़ना चाहेगा। फिर प्रेमिका सोने का अंडा देने वाली हो तो कहने ही क्या?"

मैं उनकी बातें गंभीरता से सुन रहा था। वे आगे बोले, "यों तो चेंज इज मस्ट फॉर लाइफ?···अब सोचो बदबूदार मरीजों के वार्डों, घिसे-पिटे ऑपरेशन औजारों, और 'जेब से खाली, अक्ल से पैदल' मरीजों की गृहस्थी (सरकारी अस्पताल) से निकलकर, कोई डॉक्टर जब चमचमाते औजारों, ए.सी. ऑपरेशन थिएटर, रूम फ्रेशनर्स से महमहाते वार्डों और जर-जमीन बेचकर भी जान बचाने में जुटे, भरी भरी जेबों के मरीजों के पंचतारा होटल (नर्सिंग होम) में पहुँचता है तो उसे कैसा महसूस होता होगा? बिल्कुल वैसा जैसा 'पत्नी' से अल्पकालिक अवकाश लेकर 'प्रेमिका' के पास आया हो। अब आप ही बताइए कि दोनों में से किसी को छोड़ा जा सकता है?" मैंने कहा, "नहीं साहब, हम तो यह कहते हैं कि 'रघुकुल रीति सदा चली आई, प्राण जाएँ, पर वचन न जाई।"

अभी कुछ इस तरह के सहज-सुबोध, सुपाच्य और संस्कारक्षम बातें सोच ही रहा था कि डॉक्टर मित्र ने मेरे इस रोग के लक्षण भाँप लिये और बोले, "जिस तरह के मानसिक तनाव से तुम गुजर रहे हो, उससे लगता है कि तुम्हें जल्दी ही नर्सिंग होम आना पड़ेगा।" मैंने सवाल उठाया, "नर्सिंग होम? इसका मतलब अब आप सिर्फ प्राइवेट प्रैक्टिस ही करेंगे?" वे चौंके। बोले, "नो, ऐसा नहीं है। जब शिक्षक ट्यूशन नहीं छोड़ सकते हैं। अधिकारी ऊपर की कमाई नहीं छोड़ सकते हैं तो भला हम लोग प्राइवेट प्रैक्टिस क्यों छोड़ें? हम तो जनता का भला ही करते हैं। कोई मुफ्त का माल तो काट नहीं रहे हैं हम! जरा सोचो, आउट डोर में आए किसी मरीज को समझा-बुझाकर नर्सिंग होम की ओर मोड़ने में कितनी दिक्कतें होती हैं। तुम क्या समझते हो, जब क्लास छोड़कर घर बैठे मरीजों को अटैंड करना पड़ता है तो मेरा मन नहीं कचोटता? जनता सेवा तो नारायण सेवा है।" अचानक डॉक्टर मित्र मुखर हो गए और बेरोक-टोक बोलने लगे, "ऐसा नहीं है कि मेरे पास सेंटीमेंट्स नहीं हैं। माना कि हम लोग मरीजों को निश्चित दवाखाने से दवाएँ खरीदने, निश्चित पैथॉलाजी से ही टेस्ट कराने के लिए मजबूर करते हैं। यह भी सही है कि इसमें हम कमीशन भी खाते हैं, पर कभी आपने यह सोचा है कि यदि कोई मरीज इधर-उधर से जाँच करा आए तो इसकी क्या गारंटी है कि वह सही ही होगी। अपनों-अपनों पर सभी को विश्वास होता है। मैं यह भी मानता हूँ कि नर्सिंग होम की सेवाओं से इलाज महँगा हो गया है। पर आप ही बताइए कि इस शहर में सस्ता क्या है? ईमान और सिद्धांतों के सिवा?···"

डॉक्टर मित्र की बातें सुनकर लगा कि उनके भीतर द्वंद्व भी है और आत्मविश्वास भी। मैंने सवाल किया, "डॉक्टर साहब! यदि आपको 'नौकरी' और 'प्राइवेट प्रैक्टिस' में से किसी को चुनना ही पड़ा तो किसे चुनेंगे?" उन्होंने कहा, 'ऐसा नहीं होगा। ऐसी धमकियाँ पहले भी आ चुकी हैं। यह लॉटरी नहीं है, जो बंद हो जाए, हम आई.ए.एस. अधिकारी भी नहीं हैं, जो···। यह जनता के जीवन-मरण का प्रश्न है, जो ऐसे हल होने वाला नहीं है।"

डॉक्टर मित्र के इस आत्मविश्वास को देखकर मुझे एक कविता की कुछ पक्तियाँ याद आ गईं—

तुम्हारी साँस-साँस
पर पहरा है मेरी उँगलियों का
नब्ज टटोलते हो
नाप लेते हैं हम
तुम्हारी जेबों की ऊँचाई
काली-सफेद कमाई।
साँस लेनी है तो—
मेरी अनुमति लेना मजबूरी है,
सरकार तो मुफ्त में
मौत भी नहीं देती
इलाज की कौन कहे
इसलिए मेरे-तेरे दोनों के लिए
'प्राइवेट प्रैक्टिस' जरूरी है।

□

वोट ने हमको क्या-क्या खेल दिखाए

अपुन अमनपसंद, चमनपसंद व नियमपसंद नागरिक है। चूँकि लोकतंत्र में चुनाव में मतदान करना नैतिक दायित्व है, इसलिए वोट डालना मजबूरी है। पर अभी तक अपुन सोच नहीं पाया है कि आखिर वोट किसे दिया जाए? वैसे अपना रिकॉर्ड रहा है कि जिसे वोट दिया, वही हार गया, यदि यह असलियत प्रत्याशियों को पता चल जाए तो कोई भूल से भी वोट माँगने न आए, पर प्रत्याशियों को तो लगता है कि बिना मेरे 'वोट' से न वह जीत सकते हैं और न सरकार बन सकती है। इसलिए आजकल सुबह, दोपहर, शाम और देर रात कोई-न-कोई चला आता है। कटोरा आगे बढ़ाता है और कहता है, 'भाई साहब! आपका समर्थन चाहिए…' यदि समर्थन किसी चीज का नाम होता तो थोड़ी-थोड़ी सभी के कटोरे में फेंककर हाथ जोड़ लेता। साथ ही वोट जैसी फालतू चीज देने से बच जाता।

बहरहाल, संकट वही है कि अपने एक अदद टिकाऊ, हराऊ वोट का क्या करूँ? कोई कहता है, वोट देना है, कोई कहता है, वोट डालना है। कोई कहता है, मेरे पक्ष में मतदान करना है, कोई-कोई जल्दीबाजी में यह भी कह गया है कि मेरे पक्ष में मतदान करना। संकट वही है कि मतदान करूँ तो किसे? लंका (चुनाव) के अखाड़े में तो सभी 52 गज के हैं? सोचा था कि यदि कोई ठीक-ठाक प्रत्याशी सामने हुआ तो उसी के ऊपर अपना वोट शहीद कर दूँगा। अब स्थिति यह है कि एक प्रत्याशीजी का आधा धड़ 'हाथी' का है और आधा आदमी का। मसलन 'हाथी' के चारों पाँवों में बड़ी उँगलियों वाले किसी आदमी के जैसे पंजे उग आए हैं। और जो हिस्सा आदमी जैसा है, उससे 'गांधी मुर्दाबाद' के नारे निकल रहे हैं। जिसके अपने रूप-स्वरूप में ही दोहरापन हो, उस पर कैसे विश्वास किया जा सकता है। ऐसा नहीं कि मुझे गठबंधन अच्छा नहीं लगता है। ऐसा होता तो वह अभी तक कुँवारा होता। पर यह भी कोई गठबंधन हुआ कि दोनों 36 की शक्ल में खड़े होकर जन्म भर एक-दूसरे का मुँह काला करते हैं और जब चुनावी त्योहार आए तो

मूर्ख बनाने के लिए गाना गाने लगे कि 'हम-तुम...एक कमरे में बंद हों और चाबी खो जाए।' इससे क्या फर्क पड़ता है! हम इतने भी मूर्ख नहीं हैं कि गाने का अर्थ न समझ पाएँ। अब चाहे वे इस गाने के बजाय स्टांप पेपर गलों में लटकाकर गाएँ कि 'ये दोस्ती हम नहीं तोड़ेंगे' तो भी अपने को विश्वास आनेवाला है नहीं।

एक और प्रत्याशी हैं, जो हमेशा कमलासन रहे हैं। इस बार आए तो पहचान ही नहीं पाया। पिछले चुनाव में सवेरे-सवेरे जगाकर वोट माँगने आए थे, तब से अब आए हैं। भला इतने दिनों तक कोई किसी को याद रखता है। हाँ, उनकी बातें जरूर याद हैं। पिछली बार कह गए थे कि हमारे हाथ मजबूत करो, मैं तुम्हारी गली की सड़क पक्की करा दूँगा और मैनहोल ढकवा दूँगा। मैं कोई डॉक्टर तो था नहीं, जो उनके हाथों पर फ्लास्टर चढ़ा देता। एक अदद वोट था, सो चिपका दिया। उनके हाथ के साथ-साथ पाँव भी मजबूत हो गए कि इधर लौट ही नहीं पाए। उनके वियोग में गली की सड़क तालाब हो गई और मैनहोल इतना पानीदार हो गया कि किचन तक चहलकदमी करने लगा। इस बार आए तो जीप से नीचे नहीं उतरे और कटोरा आगे बढ़ा दिया। अच्छा किया, नीचे उतरते तो सड़क पर भरा पानी उनके 'कटोरे' तक आ जाता। हद हो गई, फिर वही बासी-कुबासी चेहरा और वही वादा फरोश कटोरा। भला अपना 'वोट' शहीद क्यों करूँ?

यानी कि समस्या वही है कि 'पिया मोरे आँधर, मैं का पर करूँ सिंगार', पर सिंगार तो करना ही है। तीसरे साहब को आजमाया। पता चला, मोर्चा बाँध के आए हैं। मोर्चा मसाला में क्या-क्या है? मैंने पूछा तो बोले, "अरे जनाब, क्या नहीं है, हल्ला बोल है, हँसिया है, हथौड़ा है, चक्कर है, पुष्पांजलि वाली महिला है, जिसके नाम पर चाहो हमारे कटोरे में वोट डाल दो।" सच तो यह है कि इतनी स्वादिष्ट तो भेलपुरी भी नहीं होती होगी, जितना स्वाद इस प्रत्याशीजी में है। भेलपुरी में तो सिर्फ 12 मसाले, 13 जायके होते हैं। इसमें तो 13 मसाले, 14 जायके हैं। समस्या यह है कि मुझे खटाई कतई पसंद नहीं है और इस जायकेदार चीज में खटाई-ही-खटाई है। फिर भला वोट कैसे दें? मैंने जब अपने मित्र को समस्या बताई तो बोले, "किसी निर्दलीय प्रत्याशी को दे दीजिए। वह भी याद करेगा कि कोई तो उसका समर्थक निकला। सुझाव तो अच्छा था, पर यहाँ भी एक समस्या है कि 'वोट' या 'नोट' में से एक ही चीज देने के पक्ष में रहता हूँ और निर्दलीय प्रत्याशी है कि परचा भरने के बाद ही चंदा ले गए थे।

यानी कि समस्या वहीं-की-वहीं है कि अपना इकलौता वोट किस पर न्योछावर करूँ? अपने एक अच्छे मित्र हैं, उच्च शिक्षा क्षेत्र में हैं। इसलिए उनके

पास हर समस्या से बचाव का फॉर्मूला रहता है। ज्ञानी हैं, क्योंकि उपनाम से चतुर्वेदी हैं और पावरफुल हैं, क्योंकि देवताओं के राजा अर्थात् इंद्र के नाम पर उनका नाम है। इन सबके साथ सीधे इतने हैं कि कभी अपने मोहल्ले में किसी ने उनकी ऊँची आवाज नहीं सुनी। मन किया कि उन्हीं से इस समस्या का समाधान पूछा जाए। उनसे मिलने गए तो उन्होंने एक पत्र पकड़ा दिया। पत्र पढ़कर मैंने उनको बधाई दी। उन्हें बधाई देने के बावजूद उनके चेहरों पर खिंचाव देख मैंने कारण पूछा तो उन्होंने एक और कागज पकड़ा दिया। उस कागज पर उन्हें पुलिस ने शांति भंग की आशंका में (धारा 107/16 में) निरुद्ध किया था। वाह! क्या खूब रही, जिनके कंधों पर शांति कायम करने की जिम्मेदारी उन्हीं से शांति भंग की आशंका? यह तो अच्छा हुआ कि कोई पुलिस कर्मचारी सामने नहीं था, नहीं तो मैं उसकी इस नायाब कारनामे पर अपनी 'टोपी' न्योछावर कर देता।

मैंने उन्हें ढाढ़स बँधाया और बताया कि पुलिस ने यह इज्जत सिर्फ तुम्हें ही नहीं बख्शी है मेरे दोस्त! शहर में ऐसी इज्जत 11 वर्ष के बच्चों, 80 वर्ष के बूढ़ों, शिक्षकों, विकलांगों; और तो और, अस्पताल में भरती दो मरीजों को भी बख्शी है। संकट की इस घड़ी में आप अकेले नहीं हैं। मित्र को थोड़ा संतोष मिला, पर मेरी समस्या अभी भी वैसी-की-वैसी है *कि—*

सब-के-सब कहते हैं कि
समता के, ममता के, ईमान के
बीज सदा बोए हैं।
ठग ठी हैं, जो
गंगा नहाए हैं, दूध के धोए हैं
पर सच यह है कि
गंगा के सौदागर हैं
ममता के व्यापारी हैं,
भीतर से दोहरे हैं, बाहर से सदाचारी हैं।
ऐसे में मुश्किल है
हम जाएँ तो कहाँ जाएँ?
अपनी यह माला पहनाएँ
तो किसे पहनाएँ?

□

नन्हे बच्चों के हाथों में

नन्हे-नन्हे बच्चों के
हाथों में
बड़ी-बड़ी झंडियाँ
जुबान पर
भारी-भरकम नारे
और माथे पर पसीना
जुलूसों के खत्म होने पर
टूटती नस-नस है,
आज—
स्कूल में फिर बताशे बँटे,
जी हाँ—
आज 'गणतंत्र दिवस' है।

मैंने यह कविता लिखते हुए खुद से सवाल किया था कि बकौल शायर 'पीठ पर बोझ पा गए बच्चे, पालने में बुढ़ा गए बच्चे' को चरितार्थ करते हुए हमारे बच्चों में इतनी ऊर्जा कहाँ से आती है कि किसी भी राष्ट्रीय पर्व पर उनकी नन्ही जुबानों पर रखे गए पहाड़ जैसे नारे लगातार उछलते रहते हैं, फिर उनकी जुबानें छिलती तक नहीं। वह कौन सी अजस्र बहने वाली जीवनधारा है, जो इन बच्चों को निर्भीकता के पालने में लिटाकर 'जो हमसे टकराएगा, चूर-चूर हो जाएगा', कहने का साहस देती है। यह भी सवाल उठा था कि 'हम लाए हैं तूफान से कश्ती निकाल के। इस देश को रखना मेरे बच्चो सँभाल के।' के बाद की वह कश्ती कहाँ है, जिसे बच्चों के हाथों में सौंपने का दावा किया गया था। बच्चों के हाथ तो अभी भी खाली हैं। आखिर वह त्योहार कब आएगा, जब बच्चों के हाथों में थमाए गए 'बमों' की जगह फूलों के गुलदस्ते होंगे या फिर किताबें?

आज 'गणतंत्र दिवस' है—

वर्षों पहले उठे ये सवाल आज और उलझे-से लग रहे हैं। देखिए, झंडे उठाए 'भारत माता जिंदाबाद, गणतंत्र दिवस अमर रहे, देश की रक्षा कौन करेगा! हम करेंगे, हम करेंगे' और अचानक मिसजी एक बाँह पकड़ लेती हैं, "क्यों! तुम्हारा गणतंत्र दिवस का चंदा क्यों नहीं जमा है? जुलूस खत्म होने दो, तुम्हें लड्डू नहीं मिलेंगे।" बच्चा सहम जाता है। उसकी जुबान के नारे बिखर जाते हैं। वह खामोशी से आगे बढ़ता है। मानो वह सोच रहा हो कि लड्डू नहीं मिलेंगे तो देश की रक्षा कैसे करेंगे? शायद बच्चा यह भी सोचता हो कि देश की रक्षा, उसके विकास और गणतंत्र की हर कीमत पर सुरक्षा का दम भरने वाले ये टोपी वाले भी क्या लड्डू खाए बिना यह सब करते हैं, 'आजादी की खुली हवा में हम चलते सीना तान के, हम बच्चे हिंदुस्तान के' बच्चा दबी-दबी आवाज में दोहराता है, 'हम बच्चे हिंदुस्तान के, हम...।'

आज 'गणतंत्र दिवस' है—

सवेरे जब आँख खुली तो पास की पान की दुकान पर का टेपरिकॉर्डर 'तोरे नैना हैं गोरी कटार इन्हें अलमारी में रख दे' के बजाय, 'यह देश है वीर जवानों का, अलबेलों का मस्तानों का' बज रहा था। चौराहे पर आया। हाल ही में जो नगर बस गुजरी, उसमें 'दैया रे दैया, डस गयो पापी बिछुआ...' के बजाय 'मेरा रंग दे बसंती चोला, मेरा रंग दे बसंती चोला' बज रहा था। और आगे बढ़ा तो एक होटल में 'चाय पी लो, गरम-गरम चाय पी लो' के स्थान पर 'मत रो माँ! लाल तेरे बहुतेरे' की गूँज थी। तभी एक टेंपो निकला, उसमें भी "गंगा मेरी माँ का नाम, बाप का नाम हिमालय' बज रहा था। लग रहा था कि वाकई कोई राष्ट्रीय त्योहार है।

एक मित्र थोड़े उदास-से मिले, "कैसे हो भाई?" पूछने पर फट पड़े, "ये कैसेट वाले भी खूब हैं, कल शाम से कई दुकानें खोजीं, पर किसी पर भी राष्ट्रीय गीतों की कैसेट नहीं मिली। वर्ष में दो बार बजते हैं ये गाने, तब तो इतना घमंड है और यदि हर रोज बजने लगे तो पता नहीं क्या करें ये लोग!" लगा कि मित्र की नाराजगी में संवैधानिक परिवर्तन कर दूँ, पर भीतर से आवाज आई—काश! इन गीतों के कैसेट रोज बजें और मन के भीतर बजें।

आज 'गणतंत्र दिवस' है—

उस बड़े पार्क में पाँच जगह खंभे गाड़े गए हैं। एक के ऊपर 'वैश्य समाज',

दूसरे पर 'ब्राह्मण समाज', तीसरे के नीचे 'क्षत्रिय महासभा', चौथे पर 'पिछड़ा वर्ग प्रकोष्ठ' और पाँचवें पर 'अल्पसंख्यक महासभा' को तिरंगा फहराना है। सभी खंभों के पास बँधे लाउडस्पीकरों से 'कदम मिला के बढ़े चलो, हम एक हैं' और 'एक रहेंगे, जाँति-पाँति का भेद नहीं है', 'हिंदू, मुसलिम, सिख, ईसाई आपस में सब भाई-भाई' जैसे नारे लगाए जा रहे थे। मेरी तरह आप भी सोचते होंगे कि काश, कोई ऐसा दिन आए, जब उस और उस जैसे पार्कों में तरह-तरह के संघ, समाज, दल, महासंघ और प्रकोष्ठ के बजाय सिर्फ 'भारतीय नागरिक संगठन' के खंभे के नीचे सभी एकजुट होकर तिरंगा फहराएँगे और एक स्वर में गाएँगे—'यह हिंदुस्तान हमारा है, हमको प्राणों से प्यारा है।'

समझ नहीं पा रहा हूँ कि यह स्थिति कब तक चलेगी कि—

हमने
अपने ही देश में
अपना ही झंडा
सेना की सुरक्षा में फहराया।
हम खुश हैं कि
हमने गणतंत्र दिवस मनाया।

काश! ऐसा दिन भी आए कि हम चाहे अपना शहर हो या देश का और कोई क्षेत्र, चाहे कश्मीर हो या लालकिला, हर कहीं 'तिरंगा झंडा' निर्भय हो फहरा सकें और सेनाएँ झंडा फहराने वाले की सुरक्षा में बंदूकें तानकर न खड़ी हों, बल्कि तिरंगे को सलामी देने के लिए ही डटें। फिलहाल तो आप सभी को 'गणतंत्र दिवस' की बधाई देते हुए मैं यही कह सकता हूँ कि—

हम होंगे कामयाब एक दिन!
मन में है विश्वास, पूरा है विश्वास,
हम होंगे कामयाब एक दिन!

□

भागदौड़ में कमी हो तो बताओ

नगर के सुपरिचित व्यवसायी को फोन किया तो उधर से दबी-दबी, डरी-डरी सी आवाज आई। मैंने पूरा परिचय दिया और कुछ साथ के संस्मरण बताए तब व्यापारी महोदय खुलकर बोले। मैंने डर का कारण पूछा तो बोले, "शहर में अब व्यापारी सुरक्षित नहीं रहे। रोज एक व्यापारी की हत्या हो रही है। देर रात तक वसूली के लिए डरावने फोन आते हैं। माँग पूरी न करो तो निबटा देने की धमकियाँ दी जाती हैं। बच्चे उठवा लेने की बात कहकर खौफजदा किया जाता है। साँस लेना मुहाल हो गया है।" व्यथा सुनाते-सुनाते व्यापारी मित्र फोन पर रोने लगे तो मुझे लगा कि चौपटीकृत कानून व्यवस्था गरीब से लेकर अरबपति तक की आँखों में आँसू ला सकती है। भीतर से सवाल उभरा कि क्या व्यापार विकास परिषद् की स्थापना करके इसी तरह व्यापार व व्यापारियों का विकास कराया जाएगा? ऐसे ही दिन-दहाड़े, खुलेआम, फिल्मी अंदाज में हत्याएँ होती रहीं तो अभी तो शहर से उद्योग ही भागे हैं, उद्योगपति भी भाग जाएँगे।

इसका मतलब यह नहीं है कि शहर की कानून-व्यवस्था चुस्त नहीं है। आप किसी सड़क से बिना हेलमेट के निकल जाइए, फिर देखिए कानून के रखवालों को, कैसे गिद्ध की तरह झपट्टा मारते हैं? क्या मजाल किसी मुख्य सड़क से कोई ट्रक बिना पुलिस की मुट्ठी गरम किए निकल जाए।

कानून के नुमाइंदे जान की बाजी लगाकर ट्रक पर लटक जाते हैं, जब तक मुट्ठी गरम नहीं हो जाती, ट्रक निकल नहीं सकता। जिस शहर का कानून इतना चुस्त-दुरुस्त हो, भला उस पर कैसे उँगली उठाई जा सकती है? अर्थात् शहर का कानून दस किमी. प्रति घंटा की रफ्तार से रेंग रहे ट्रैफिक के बीच बिना हेलमेट के हड्डी तुड़वाने की इजाजत नहीं देता। इतनी चुस्त, कड़कदार, कलफदार, ड्यूटीपसंद, जाँबाज पुलिस का तो नागरिक अभिनंदन कराया जाना चाहिए। एक सप्ताह बाद बाहर से लौटे मैंने एक पुलिस मित्र को जानकारी दी कि एक और व्यापारी की

हत्या कर दी गई, तो उसके भीतर किसी तरह की हलचल तक नहीं हुई। वे बोले, "यह तो क्राइम रुटीन है। कोई नई घटना हो तो बताइए?" इसी बीच मोबाइल बजा। एक व्यापारी मित्र का फोन था। उसने बताया, बेटे का विवाह कैंसिल हो गया है, पार्टी में न पधारें। कारण पूछा तो बोला, "जिस बेखटके से व्यापारियों की हत्याएँ हो रही हैं, लड़की वाले भयभीत हो गए हैं कि उनकी बेटी पता नहीं कब विधवा हो जाए?" इतना कहते-कहते मित्र फोन पर ही सुबकने लगा।

सुना है, पिछले दिनों किसी बूढ़े डाकू ने पुलिस के सामने आत्मसमर्पण किया था। उसने पूरी जिंदगी बीहड़ में बिताई। अब बुढ़ापा सुधारने के लिए बंदूक डाल दी। बंदूक टाँगकर सुबह से शाम तक ड्यूटी करने वाली खाकी वर्दियों को भी बुढ़ापा आना है। उन बेचारों को किसी के सामने समर्पण करने की छूट नहीं है। सो कई अभी से बुढ़ापे का अभ्यास कर रहे हैं और अपराधियों व अपराध के सामने आत्मसमर्पण किए बैठे हैं। उनका प्रशिक्षण भी गजब का है। गोली चलने की आवाज पूरब दिशा से आती है तो वे पश्चिम की ओर भागते हैं। गलती का एहसास होने पर जब तक पूरब की ओर पहुँचते हैं, तब तक काम हो चुका होता है। अपराधी मन-ही-मन पुलिस को धन्यवाद देकर टहलते हुए निकल लेते हैं, यहाँ एक चर्चित लघुकथा को तुकांत देना उपयुक्त रहेगा—

जंगल में जानवरों का दबाव था भारी
बंदर को सौंप दी गई
जानवरों की सुरक्षा की जिम्मेदारी
एक दिन शेर जो था राजा सच्चा
धर दबोचा बकरी का बच्चा
दुःखी बकरी मिमियाई—
बच्चे को बचाओ बंदर भाई
बंदर आया उस पेड़ के पीछे
शेर बच्चा दबाए बैठा था जिसके नीचे
बंदर डालियों पर कूदने-फाँदने लगा
देर हुई तो बकरी का विवेक जगा—
कूद-फाँद बंद कर बच्चे को बचाओ
बंदर बोला—'बकरी मैया
तुम्हारा बच्चा बचे, न बचे
मेरी भागदौड़ में कमी हो तो बताओ?' □

बस्ती में जब से खुला ठेका बीच बाजार

शहर में हजारों बोतलें शराब तस्करी से लाई गईं, ताकि लोगों की दीवाली चुस्त-दुरुस्त व मस्त-मस्त मन सके। पौराणिक प्रसंग गवाह हैं कि रामजी के जमाने में किसी 'सोमरस' का चलन था। पीने वालों के सोमरस का अर्थ दारू ही है, वह चाहे कच्ची हो या पक्की, बोतल वाली हो या पन्नी वाली। मतलब तो उसमें शामिल नशे और नशे में छिपी मस्ती से है। होली-दीवाली हो या कोई और त्योहार, नशे बगैर सब रूखा लगता है। उनका तर्क है, "भैया दारू राखिए, बिन दारू सब सून, दारू से ही करते सदा, मंजन या कि दातून।"

दारू ऐसा आइटम है, जिसे लेकर साहित्य में 'हालावाद' चल सकता है तो दोस्तों के बीच 'प्यालावाद'। बच्चनजी की 'मधुशाला' से लेकर अच्छन के 'हमप्याला' तक इसी का बोलबाला रहा है। दारू के बल पर ही कोई शायर मसजिद में बैठकर पीने की इजाजत माँगने की हिम्मत करके वह स्थान पूछता है, जहाँ खुदा न रहता हो। जब पूरी खुदाई ही खुदा की है तो भला वह कहाँ नहीं होगा? इस तरह तो शायर ने पीने वालों को हर कहीं बैठकर पीने की छूट दे दी। जो काम परमात्मा के रूबरू होकर किया जाए, वह बुरा कैसे हो सकता है? शायद इसलिए तस्करों ने यह पुण्य काम किया।

अपना शहर रामलीलाओं का शहर भी है। इस प्रकार शहर को श्रीराम के राजतिलक पर दीपक जलाकर उत्साह व उमंग के साथ खुशी मनाने का पौराणिक अधिकार है। और जब तक हलक के नीचे दारू न जाए, उत्साह, उमंग, खुशी जैसी चीजें अंकुरित ही नहीं होतीं! तस्कर शहर के इस महान् गुण से अच्छी तरह परिचित हैं। वे जानते हैं कि सूखे-सूखे त्योहार मनाने का क्या अर्थ हो सकता है? इसलिए शहर की जरूरतों को ध्यान में रखते हुए उन्होंने यह मुफीद व अभिनंदनीय व्यवस्था की है। पुलिस भी कम समझदार नहीं है। भला वह ऐसे अभिनंदनीय, सर्ववंदनीय, प्रशंसनीय, संस्कार-सुधारू कार्य में क्यों मदद न करे? इससे उनकी वर्दी और

कड़क होती है। छोटी-से-छोटी वर्दी के गले में एक पाउच उतर जाए तो उसके डंडे की मारक शक्ति बढ़ जाती है। गालियों की मिलावट से किनारा करके विशुद्ध 'गाली' हो जाती है।

आखिर दारू पीने से क्या मिलता है? जिन दिनों यह सवाल मेरी खोपड़ी में क्रिकेट का फॉलोआन कर रहा था, उन दिनों मैं भीषण खाँसी, जुकाम से पीड़ित था। मैंने अपने दारूबाज मित्र से पूछा तो वे ठहाका मारकर हँसे और 'सकल पदारथ है जग माहीं, करमहीन नर पावत नाहीं' पंक्ति दोहराते हुए मेरी ओर दारू से भरा बोतल का ढक्कन बढ़ाया और बोले, "पी लो, खाँसी, जुकाम चला जाएगा।" मैंने मजाक उड़ाया, कहीं दारू पीने से खाँसी, जुकाम जाता है तो उन्होंने कहा कि जब दारू पीने से मेरी नौकरी चली गई, बीवी चली गई, कोठी व जमा रकम चली गई तो खाँसी कौन सी चीज है? दारू के समर्थन में उन्होंने और पोस्टर लगाए, बॉस को गालियाँ देने, बड़े-से-बड़े अधिकारी के सामने सच कहने, बीवी से भयमुक्त कराने जैसे काम सिर्फ दारू ही करा सकती है। लेकिन अगले क्षण उनकी आँखों से जैसे बरसात शुरू गई। रुँधे गले से गुनगुनाने लगे, 'पीने वालों को पीने का बहाना चाहिए।' पर मेरे भाई, जब तक दारू दवा रहती है, दुआ देती है, पर जब दारू लत बन जाती है तो गत बिगाड़ देती है। लती ऐसे तस्करों की जय बोलते हैं, पर उनके परिवार जानते हैं कि ये तस्कर हत्यारे हैं, जिनके कारण कई घरों में दीवाली के दीपक जलने से पहले ही बुझ जाते हैं। यह तस्करी नहीं, पीढ़ी के साथ भद्दी मसखरी है। काश, इसे रोका जा सके। सच तो यह है कि शहर की सबसे बड़ी जरूरतों से किसी को क्या लेना-देना? पानी व बिजली की तस्करी तो होने से रही। सच तो यह है कि—

बस्ती में जब से खुला ठेका बीच बाजार,
खेतों में उगने लगीं, चीखें, रुदन, मजार।
रधिया रोए रात भर, बोतल बन गई सौत,
ऐसे जीने से भली, लगती अब तो मौत।

□□□